책벌레들의 동서고금 주행일지

책벌레들의 동서고금 종횡무진

ⓒ 김삼웅, 2008

초판 1쇄 2008년 7월 23일 발행
초판 3쇄 2011년 8월 25일 발행
2판 1쇄 2017년 6월 19일 펴냄

지은이 김삼웅
펴낸이 김성실
제작 한영문화사

펴낸곳 시대의창   **등록** 제10-1756호(1999. 5. 11)
주소 03985 서울시 마포구 연희로 19-1
전화 02) 335-6125   **팩스** 02) 325-5607
전자우편 sidaebooks@daum.net
페이스북 www.facebook.com/sidaebooks
트위터 @sidaebooks

ISBN 978-89-5940-573-2 (03810)

잘못된 책은 구입하신 곳에서 바꾸어 드립니다.

이 도서의 국립중앙도서관 출판예정도서목록(CIP)은
서지정보유통지원시스템 홈페이지(http://seoji.nl.go.kr)와
국가자료공동목록시스템(http:www.nl.go.kr/kolisnet)에서 이용하실 수 있습니다.
(CIP제어번호 : CIP2017011755)

책벌레들의 동서고금 종횡무진

김삼웅 지음

책에 살고 책에 죽은 책벌레들의 이야기

시대의창

서문을 대신하는 '책벌레의 변'

1

누구나 책을 내면 들머리에 서문序文을 쓴다. 나도 남들처럼 그냥 그렇게 써왔다. 그런데 최근에야 '차례 서序'자가 '실마리 서緖'자와 같은 뜻임을 알았다. "序는 緖(실마리 서)와 같으니 만일 누에고치에서 한 실마리를 얻으면 한 누에고치의 실을 다 뽑아낼 수 있는 것과 마찬가지로, 이 序에서 한 실마리를 얻으면 이 책 속에 담겨 있는 모든 뜻을 남김없이 풀 수 있다는 것이다." 이겸노 선생이《선종영가집서禪宗永嘉集序》의 序에 대한 주석을 풀이한 내용이다. 그래서 책벌레가 가장 두려운 '서액書厄'에서 책의 실마리를 풀어보려고 한다.

조선시대 연산군 때는 독서인을 독사인毒蛇人이라 사갈시했고, 광해군 때는 독서당을 독사당毒蛇堂이라 매도했다. 중국의 사가들은 청나라 강희·옹정·건륭 황제의 치세기간을 중국 역사상 가장 안정되고 번영된 시대로 인식한다. 이들 황제는 개인적으로 자질이 우수하고 책을 좋아하여 문화를 번창시킨 군주였다. 그런데 이 시기에 '문자의 옥獄'이 자주 일어나 수많은 알짜배기 문인들이 죽임을 당한 것은 역사의 아이러니라 하겠다.

옹정제雍正帝 때는 필화사건이 있었다. 향시 시험관 사사정査嗣庭이란 사람이 시경詩經의 한 구절인 '유민소지維民所止(백성이 머무른 곳)'를 시험문제로 냈다. 그런데 반대세력은 '유維'자는 황제 '옹정

雍正'의 '옹雍'자에서 머리를 떼어낸 것이고, '지止'자는 '정正'자에서 윗머리를 자른 것이니, '유민소지'라는 말은 옹정의 목을 자른다는 뜻이고, 이는 청조에 반기를 든 반체제 행위라면서 모략했다. 이로 인해 사사정은 목이 잘리고 일족이 참화를 입었다.

건륭제乾隆帝 때는 호중조胡中藻라는 시인의 '일세일월무一世日月無'라는 시구가 문제가 되었다. 이 시구는 "이 세상에 해와 달이 없구나"라는 내용인데, 반대파들은 '일日'자와 '월月'자를 합치면 '명明'자가 되니, 이는 명나라가 망한 것을 슬퍼한 것이라고 모략했다. 이에 건륭제는 직접 호중조를 심문하고 결국 그를 처형했다.

히틀러의 선전상 괴벨스는 "신문은 피아노 건반이다. 치는 사람에 따라 천당을 지옥으로, 지옥을 천당으로 바꿀 수 있다"면서 "나에게 한 문장만 주면 천당과 지옥을 바꾸어 놓겠다"라고 호언했다. 그런데 아직도 이 땅에는 괴벨스의 후예들이 있다. 그들은 남의 글의 앞뒤를 잘라내서 용공이라는 딱지를 붙이고, 진실을 왜곡하면서 사대권력의 나팔수 노릇을 한다. 그중에는 언론인, 문필가들도 적지 않다. 이들은 역사의 필주를 받아 마땅할 것이며 하늘이 결코 용서하지 않을 것이다. 그래서 추사는 일찍이 "글쓰기에 뜻을 가진 자라면 무엇보다도 자신을 속이지 않는 데서부터 출발하라"고 일렀다.

2

책을 읽다보면 좋은 문장을 발견하는 경우가 종종 있다. 그럴 때는 이루 말할 수 없는 행복감을 느낀다. 옛날에는 특수한 계층의 사람들만 책을 읽고 글을 썼지만 이제는 누구나 책을 읽고 글을 쓸 수 있다. 그러다보니 글이 남용되고 책이 남발하여 공해현상이 나타나기도 한다. 그러나 변함없는 사실은 쓰기와 읽기는 인간의 특권이라는 점이다.

좋은 책을 읽은 사람과 그렇지 않은 사람은 '격格'이 다르다. 인문사회 분야의 책을 읽은 사람과 처세 관련 책만 읽는 사람의 격이 같을 수는 없다. 원나라의 김이상金履祥은 "글 읽는 선비를 만나보면 그 사람의 다섯 가지 맛五味이 모두 섞여 있어서 재미가 진진하다"고 썼다. 바쁜 세상에 문·사·철·시·서·화의 모든 분야에 걸쳐 광범위한 독서를 하기란 쉽지 않지만, 최소한 인간이 인간다울 수 있을 정도의 책은 읽어야 하지 않을까 싶다. "사상이 없는 사람은 정신적 과객"이라고 한 옛 사람들의 말은 옳다.

몇 해 전에 사두었던, 무함무드 깐수로 더 잘 알려진 정수일 교수의 《소걸음으로 천리를 가다》라는 옥중서한집을 최근에 들어서야 읽게 되었다. 내용 중에는 그냥 지나치기 아까운 대목이 무척 많았다. 그는 이 책에서 "인간만이 요람에서 무덤으로 가는 전 노정을 쉼 없는 수업과 수양으로 채움으로써, 비로소 만물의 영장이 되는 것"이고 "글 쓰는 일은 연속적으로 난산을 하는 정신적 임신이다" 라고 했다.

스티브 풀러는 《지식인》이라는 책에서 지식인과 학자를 구별하는 방법을 아주 간명하게 '풀이'했다. "대학은 포도원이고, 학자들은 와인 생산자, 지식인들은 와인감식가다. 와인 생산자의 존재 이유가 팔리는 와인을 생산하는 데 있다면 감식가의 존재 이유는 어떤 음식에는 어떤 와인을 마시는 게 좋을지를 알려주는 데 있다."

문제는 와인 생산자와 감식자가 겸업을 하게 됨으로써 이윤추구가 절대적인 시대가치로 굳어져가고 있다는 것이다. 책을 선택해도 처세나 돈벌이 관련이 우선이고, 인문 분야는 곰팡스럽게 여기고 있는 이 세태를 말함이다.

우리는 고려 무인정권 훨씬 이전부터 문치세상에서 책을 만들고 책과 더불어 수천 년을 살아왔다. 그런 덕택에 참으로 값진 책, 좋은 글이 수없이 생산, 유통되었다. '달과 별처럼 빛나는 훌륭한 문장月章星句' 역시 적지 않았다. 프랑스함대가 강화도를 점령했을 때 집집마다 책이 쌓여 있는 것을 보고 놀랐다고 한다. 그때 약탈해간 《직지심경》은 아직도 이역에서 기약 없는 귀향의 날을 기다리고 있다.

나라에 전란이 극심했던 관계로 책의 횡액도 많았다. 조선후기 이규경李圭景은 유고《대동서액변증설大東書厄辯證說》에서 우리나라 서액書厄의 사례를 밝히고, 나라에서 책의 소중함을 알고 잘 관리 보존할 것을 충고했다. 다음은 그 내용이다.

첫째, 당나라 이세적李世勣이 고구려를 평정하고 동남의 전적들을 평양에 모아놓고 보니 그 문물이 중국보다 월등하여 시기심에서 모두 불태웠다.

둘째, 신라 말기에 견훤이 삼국의 유적들을 완산에 모아두었다가 패망하게 되자 불질러 태웠다.

셋째, 고려시대에 여러 차례 몽골·여진 등의 침략병화로 개경을 비롯한 전국 각지의 수많은 책이 불탔다.

넷째, 조선 명종 8년, 경복궁의 화재로 사정전 이남이 불탔을 때 수많은 전적典籍이 잿더미로 변했다.

다섯째, 조선 인조 병자호란 때 난민들의 방화로 수많은 서책이 소진되었다.

여섯째, 임진·병자 양란 때 왜적과 청나라 장수들이 경향 민간에 산재한 전적을 모아 불태웠다.

일곱째, 조선 인조 2년 갑자년에 안주병사 이괄의 반란으로 인조는 공주로 피난하고, 서울이 반군의 소굴이 되면서 다량의 도서가 소진되었다.

여덟째, 우리 겨레들이 전적을 소중히 여기지 아니함인지 뜯어서 종이를 뜨거나 벽을 발라 많은 책이 없어졌다.

아홉째, 장서가들이 다량의 책을 비치해두고 타인에게 빌려주지도 아니하며 자신이 읽지도 아니하고 쌓아두었다가 좀과 쥐의 밥이 되었다. 또 지각없는 하인들이 주인 몰래 팔아 없앴기 때문에 결본이 많이 생기게 되었다.

그뿐인가. 일제 침략과 강점기에 저들은 한국의 사상과 정신을 말살하고자 수많은 책을 압수, 소각하거나 일본으로 실어갔다. 특히 한국의 고대사, 단군 관련 서적은 모조리 약탈했다. 이에 앞서 개화기에는 서양인들이 귀중본을 가져갔고, 해방의 혼란기와 6.25 전란기에도 도서의 수난은 계속되었다. 도서뿐 아니라 각종 문화재도 유사한 참화를 입었다. 박정희·전두환 독재정권 시대에도 많은 책과 글이 필화를 당했다.

3

영국의 정치가이며 저술가이기도 한 처칠은 독서예찬이 아닌 '책의 예찬'을 쓴 적이 있다. 그는 그 글에서 "설령 당신이 갖고 있는 책의 전부를 읽지 못한다 하더라도 서가의 책을 한 권 빼어들고 쓰다듬거나 아무데나 닥치는 대로 펴서 눈에 띈 최초의 문장부터 읽어보라. 그리고 설사 그 책을 이해하지 못한다 하더라도 그 책이 서가 어디에 꽂혀 있는가를 기억해두라. 그러면 책은 당신의 친구가 될 것이다"라고 말했다.

조선시대의 대표적인 학자 서경덕徐敬德은 〈독서유감〉이란 글을 남겼다. "책 읽으니/ 천하 이치 모두 깨우쳐/ 세모에도 안빈낙도 오히려 달가와/ 부귀공명 시샘 많아 손대기 두렵고/ 초야에 사니 시비 없이 몸이 편하구나/ 산나물·물고기로 배를 채우고/ 맑은 바람 밝은 달에 상쾌한 마음/ 책 읽어 모든 의혹 후련히 푸니/ 인생백년 허망함 면하게 되었네"

이 책은 출판전문지《기획회의》에 1년 동안 〈책벌레 좌충우돌〉이란 제목으로 연재했던 내용에 3편을 더하여 묶은 것이다. 그동안 책읽기에서 쌓은 작은 결실이다.

한 달에 두 번씩 연재하면서 나는 한 마리 책벌레가 되어 동서고금을 종횡하는 행복을 누렸다. 그러나 '책벌레'는 아직 가보고 싶고 만나고 싶은 책이 수없이 많고 자료도 넉넉하다. 하여 앞으로 이런 책을 4권쯤 더 쓰고 싶다.

지면을 주신 한기호 한국출판마케팅연구소장님과 단행본으로 엮어주신 시대의창 김성실 사장님께 고마움의 말씀을 드린다.

김 삼 웅

차례

글이 어찌 나를 취하게 하나 • 227

책벌레들의 동서고금 종횡무진

'두어차'들의 책 향기 경연

나 죽으면 한 마리 책벌레 되리
연암과 다산에게 회초리 맞을 일
인간존재의 잣대, 읽은 책과 쓴 책이다
"내 책을 진리 앞에만 바치겠다"
보는 사람 없어도 책은 거기 있는가
"천국은 틀림없이 도서관처럼 생겼을 것"
시대를 아파하고 세속에 분개하는 글쓰기
'두어자'들의 책향기 경연
척박한 글밭에 피는 꽃은

나 죽으면
한 마리 책벌레 되리

중국 삼국시대 강동江東 땅에 정천鄭泉이라는 사람이 살았다. 그는 손권孫權 밑에서 일하던 문사文士였다. 어찌나 술을 좋아했던지, 죽을 때 친구들에게 각별한 유언을 남겼다. "내가 죽거든 자네들 부디 내 시체를 질그릇 만드는 굴 곁에 묻어 주게. 백년 후에 백골이 삭아서 흙이 되면 누가 아는가? 그 흙을 파다가 술병을 만들지. 그렇게 된다면 나의 소원은 성취될 것이네."

세상의 수많은 술꾼들 중에 이만한 애주가도 찾기 어려울 것이다. '사위주호死爲酒壺', 즉 "죽어서 술병이 되리라"는 말이 생기게 된 소이연이다.

애주가들이 이러한데 애서가들의 소망은 어떠할까. 지구상에는 벌레(곤충)가 6만여 종에 달한다고 한다. 익충도 많고 해충도 많다. '벌레'라는 말은 어감부터가 별로다. 하지만 옛 글에서는 인간을 벌레에 비유하기도 했다.

"너와 나 모든 인간의 모습은 물독 속의 벌레에 지나지 않
는다."   (장자)

"티끌같이 많은 중생들은 한결같이 허망한 것이며, 마치 한
그릇 속에 백천 마리의 모기와 파리를 넣은 것 같이 그 좁은
속에서 웅성거리고 떠들고 야단이다."   (팔만대장경)

"등불을 좇아가는 여름 벌레는 애욕을 좇는 인간과 같다."
                                                      (팔만대장경)

"진짜 파먹는 자者, 어쩔 수 없는 벌레는 조금이라도, 제단
밑 잠자는 그대들을 위해 있는 것은 아니다. 그 벌레는 삶을
살아가며 나를 떠나지 않는다."   (P. 발레리,《해변의 묘지》)

그런데 수많은 벌레 중에 '책벌레'가 되면 어떨까. 죽은 지 백 년
이 지나 백골이 삭아서 책벌레가 되어, 도서관이나 대형 서점에 들
어가 백만 권 장서를 야금야금 먹는(읽는)다면 어떨까.

책벌레를 '두어자蠹魚子'라 했다.《본초강목本草綱目》에는 종이벌
레 이야기가 나오는데, '종이벌레(책벌레)'가 도교의 경전 속에 들어
가 신선神仙이란 글자를 파먹으면 몸에 오색이 나는 신선이 된다는
설을 소개하는 내용이다.

옛날 동사東寺라는 절이 있었다. 하루는 어린 사미가 법화
경法華經을 읽는데 전혀 이해하기 어려운 글자에 부딪쳤다.
안경을 뜻하는 애체靉靆라는 두 글자였다. 그러던 어느 날
밤, 스승의 꿈에 노승이 나타나 "이 사미는 절 마을에 살았

던 한 여인의 후신으로, 이 여인이 죽기 전에 읽었던 법화경
에 애체라는 두 글자를 종이벌레가 파먹어 빠져 있었다"고
말하는 것이었다. 스승이 "왜 종이벌레가 그 두 글자만을
파먹었습니까?"라고 묻자 노승은 "한 선비가 절세의 미색
을 아내로 맞았는데 눈이 어두워 애체를 구하다가 끝내 못
구하고 품은 한을 종이벌레로 환생, 한풀이를 한 것"이라
했다. 이에 스승은 절 마을로 가 그 여인이 사미승의 나이인
17세에 죽었다는 것과 그 여인이 읽었다는 법화경에 애체
라는 두 글자가 빠져 있음을 확인했다.

(이규태, 〈책찜질 이야기〉)

책벌레는 다른 벌레들과는 달리 이승의 한恨이나 원怨의 변신으
로 나타났다는 이야기가 많다. 당나라 장역지張易之의 아들이 '신선
神仙'이란 글자를 써서 병에 담아 종이벌레에게 먹여서 신선이 되고
자 했으나 정신병자가 되고 말았다는 이야기도 전한다.

🐛 '벌레'에 관한 몇 가지 삽화

조선왕조 사림정치의 상징 인물이자 '동방오현東方五賢'에 속했
던 정암 조광조를 죽이고 기묘사화를 일으킨 '주범'이 하찮은 벌레
였다면 믿기지 않을 것이다. 조광조의 개혁정치로 기득권을 잃게
된 훈구세력은 온갖 방법을 동원해 개혁세력의 영수인 조광조를 음
해했다. 그들은 후궁들까지 동원하여 모략을 일삼았다. 훈구파의

원로급인 홍경주, 남곤, 심정이 조광조 제거에 앞장선 핵심인물이다. 이들 중 홍경주의 딸 희빈이 중종의 총애를 받고 있었는데 이를 기화로 백성들이 정암의 덕을 칭송한다는 말과 세상의 민심이 그에게 돌아서서 정암이 왕이 될 것이라는 소문을 참소讒訴했다.

'베게 밑 송사'에 넘어가지 않는 절대권력자는 흔치 않는 법, 희빈의 농간에 놀아난 후궁들은 궁궐 정원의 나뭇잎에 조씨가 왕이 된다는 '주초위왕走肖爲王'이라는 글자를 써서 벌레가 파먹게 한 다음, 궁녀로 하여금 이를 따서 왕에게 바치게 해 의심을 조장했다. 이 기록은《조선왕조실록》에도 나온다.

추악한 권력의 음모에 벌레가 동원된 것이지만, 벌레의 역할도 무시할 수 없음을 보여주는 '역사적 사건'이었다.

> 옛 사람이 말했다. "만약 꽃·달·미인이 없다면 이 세상에 태어나고 싶지 않다." 내가 한 마디 말을 더 보탠다. "만일 글쓰기와 바둑·술이 없으면 반드시 사람의 몸이 되지 않으리."

청나라 장조張潮(1650~?)의 글 〈유몽영幽夢影〉에 나오는 말이다. '두어자'도 여기에 한 마디 보탠다. "그것들 모두 다 있어도 책이 없다면 무엇으로도 환생하지 않겠노라."

왜일까. 책이 무엇이관대 윤회輪回의 질서까지도 거부하려는가. "책은 소년의 음식이 되고 노년을 즐겁게 하며, 번영과 장식과 위급한 때의 도피처가 되고 위로가 된다. 집에서는 쾌락의 종자가 되며,

밖에서도 방해물이 되지 않고, 여행할 때는 야간의 반려가 된다"는 키케로Marcus Tullius Cicero의 지적처럼 책에 대한 '효능'을 정의해 주는 말도 드물 것이다.

자신을 한 마리의 좀蠹으로 치부하는 문사文士들도 있었다. '좀'이란 곡식을 갉아먹는 작은 벌레다. 성호星湖 이익李瀷(1579~1624)은 평생 벼슬을 마다하고 초야에 묻혀 글쓰기와 풍류를 즐긴 선비다.

> 나는 천성이 글을 좋아해서 하루 종일 끙끙거려도 실 한오라기 곡식 한 알, 나의 힘으로 생산해내지 못한다. 어찌 이른바 하늘과 땅 사이에 한 마리 좀이 아니겠는가.(《사설僿說》)

성호와 비슷한 시기를 산 여헌旅軒 장현광張顯光(1554~1637)도 한 마리 좀을 자처하며 유유자적의 풍류생활에 자족했다.

> 나는 하늘과 땅 사이에 기생하는 한 마리 좀이다. 기술자도 아니고 장사꾼도 아니고 농부도 아니고 선비도 아니다. 일찍이 학문에 종사한다고 했지만 몸과 마음을 닦는 공부에 독실하지 못했고, 거기에 분수조차 지키지 않아 거짓 이름을 도둑질하는가 하면 맑은 이 시대를 속여 벼슬까지 받았다. 이제야 그게 분수가 아니라는 걸 깨닫고서 산야로 물러가긴 했지만, 스스로 농사를 짓지 않고도 배불리 먹고 따스하게 옷 입으니 내가 평생을 돌아보건대 좀이 아니고 무엇이겠는가.
> 《여헌전서旅軒全書》

우리나라 선비 중에는 특정 부류를 국가의 좀壁魚벌레라고 질타한 사람들이 있었다. 박제가朴齊家는 놀고먹는 유생들을 좀벌레라 했고, 다산茶山 정약용丁若鏞은 탐관오리를 '자벌레'라고 불렀다. 자벌레는 먹을 것이 보여야 기어가고, 겁을 주면 움츠리고만 있어 부패관리에 비유되는 좀벌레의 일종이다.

그런데 우리나라 선비들만 '벌레'를 자처하거나 '인간벌레'를 비판한 것이 아니다. 소크라테스(기원전 469~399)는 고대 그리스의 저명한 철학자로서 시민들에게 지식과 도덕을 가르치고 있었다. 그의 주위에는 청년귀족들이 모여들었다. 그는 40세 무렵부터 일신의 안락과 가정의 빈곤을 돌보지 않고 아테네의 '등에gadfly' 역할을 하고자 했다. 등에는 소나 말에 붙어서 따끔하게 쏘는 벌레다. 등에의 몸빛은 대체로 누런 갈색으로 온 몸에 털이 많으며 투명하다. 그리고 한 쌍의 날개가 있다. 또 입은 바늘 모양으로 뾰족하고 겹눈이 매우 크다. '망충亡蟲' 또는 '목충木蟲'이라고도 부른다. 아테네 시민들의 부패하고 마비된 양심을 깨우는 데는 등에처럼 따끔하게 쏘는, 영혼의 각성운동이 필요했다.

소크라테스가 스스로 등에를 자임하고 나선 것은 그만한 이유가 있었다. 그의 조국 아테네는 페르시아의 침공을 거국적 단결로 물리쳐 승리를 거두고 국위를 사방에 떨쳤다. 그러나 곧이어 극심한 분열로 150여 국의 도시국가로 쪼개지고 그마저도 동족상잔의 내란상태에 있었다. 게다가 스파르타의 침략으로 멸망위기에 처하게 되었다. 아테네는 이런 위기상황에서 혁명과 반혁명이 엎치락뒤치락하는 국내정치의 혼란기를 맞는다. 그리고 30인의 과두정부가 수

립되고 공포정치가 실시되었다. 그러나 과두정부는 8개월 만에 붕괴되고 다시 민주제로 환원되었다. 이런 과정에서 일체의 권위와 사회정의가 무너지고 중상모략과 악성 이기주의가 판을 치게 되었다. 진리도 양심도 찾기 어려운 이성의 말기적 현상이 나타나기 시작한 것이다.

소크라테스는 분연히 일어섰다. 시민들의 도덕적 각성을 촉구하면서 "너 자신을 알라grothiseanton"고 청년들을 교화시켰다. 그는 아테네에서 소위 지혜가 높고 현명하다는 사람들을 찾아가 문답을 통해 진리에 도달하고자 노력했다. 소크라테스가 문답을 통해 얻은 결론은 '그들은 모르면서 모른다는 것조차 모르고 있는데, 자신은 모르면서 모른다는 것을 스스로 알고 있다'는 사실이었다.

그들에게는 무지의 자각이 없는 데 반해 '무지의 자각'을 아는 소크라테스는 아테네의 현인으로서 사명을 갖고 시민교육과 진실을 추구하는 일에 열중했다. 그러나 이 때문에 많은 적이 생기고 오해를 낳고 불신을 사고 위험인물로 간주되어 결국 고발당하게 되었다. 그리고 "국가가 인정하는 신들을 믿지 않고, 새로운 다이모니온을 끌어들여 청년들을 부패 타락케 했다. 그 죄는 마땅히 죽음에 해당한다"는 이유로 사형이 선고되었다.

소크라테스는 참 멋있는 사내였다. 소크라테스가 사약을 받자 그의 제자는 "스승님께서 부당하게 처형되는 것은 정말 참기 어렵습니다"라고 말했다. 그러자 소크라테스는 "그러면 너는 내가 정당하게 처형되는 것을 원하느냐"라고 말했다고 한다.

마침내 처형의 날, 소크라테스는 태연자약하게 독배를 마시며

"클리톤이여, 아스크래피오스신에게 닭 한 마리 빚진 것을 갚아다오"라는 한 마디를 남겼다. 소크라테스의 진짜 죄라면 '등에'의 역할을 한 것이리라.

🦦 정신이면서 물질인 것은

세상에는 정신이면서 물질인 것이 딱 두 가지가 있다. 그 중의 하나가 책이다. 그래서 키케로는 "책이 없는 공허는 영혼이 없는 육체와 같다"고 했을 것이다.

> 책! 그 속에는 인류가 수천 년 동안을 두고 쌓아온 사색과 체험과 연구와 관찰의 기록이 백화점 점두와 같이 전시되어 있다. 이 이상의 성관盛觀, 이 이상의 보고寶庫, 이 이상의 위대한 교사가 어디 있는가. 책만 펴 놓으면 우리는 수천 년 전의 대천재와도 흉금을 터놓고 마음대로 토론할 수 있으며, 육해 수만 리를 격한 곳에 있는 대학자의 학설도 여비나 학비를 들일 것 없이 집에 앉은 채로 자유로 듣고 배울 수 있다.
>
> (유진오, 〈독서법〉)

그렇다고 책이 꼭 예찬의 대상이 된 것만은 아니다. 진시황의 분서갱유焚書坑儒가 아니더라도 수많은 압제자들이 책을 증오했다. 다음은 대표적인 글쟁이인 러시아의 문호 도스토예프스키의 말이다.

24

"책이란 도대체 뭣하는 물건입니까. 터무니없는 거짓말만 늘어놓은 게 아닙니까. 소설책이란 것은 정말 백해무익한 물건입니다. 허튼 수작을 하기 위해 쓴 것들입니다. 그런 건 빈둥빈둥 놀고먹는 게으름뱅이들이나 읽을 물건이지요."

《가난한 사람들》

도스토예프스키의 이 말을 액면 그대로 받아들일 수는 없다. 소설 속의 대화고, 소설은 픽션(허구)이니까. 그럼에도 불구하고 책에는 항상 비판자와 폄훼자가 따른다. 《성경》《불경》《논어》를 비판하는 사람들이 있듯이 말이다. 하지만 책 예찬자가 훨씬 많았고, '예찬사'도 의미 있는 것들이 많았다. 김시습만큼 책 사랑이 남달랐던 선비도 많지 않을 것이다. 그는 〈도서명圖書銘〉에서 다음과 같이 썼다.

내 도서만이	我圖我書
오직 나의 벗이라네	惟我之友
옛것을 읽혀 새것을 알고	溫故知新
정밀하게 연구해서 굳게 지키리	精硏確守
도리에 어긋나는 그런 글이야	不經之文
술(꾀일) 물리쳐 유혹당하지 말아야 하리	酒改而寬
성리에 관한 책을	性理之書
극진하게 미루고 분석하기	窮推折剖
이것이 군자가 도서를 사랑하는	是謂君子愛圖書
참 뜻이라 이르는 것이네	之眞趣

책이 존귀한 만큼 책 도둑도 많았다. 다음은 스페인 바르셀로나의 산페드로에 있는 한 수도원의 기록이다.

> 이 책을 훔치는 자, 빌려서 돌려주지 않는 자, 그런 자들의 손에서는 이 책이 뱀으로 변하리라. 그런 자의 수족은 마비되고, 그런 무리들은 모두 역병에 쓰러지리라. 고통에 몸부림치며 자비를 구하는 비탄의 소리를 지르게 되리라. 그런 자들의 고통은 영원히 멈추지 않으리니, 책벌레들이 그들의 내장을 갉아먹으리라. 또 최후의 심판에 이르러 마침내 지옥의 불길이 그를 영원히 삼키리라.

겁난다. 책 훔치는 형벌이 그토록 가혹할까. "책벌레들이 그들의 내장을 갉아먹으리라"는 구절에 특히 겁이 난다. 한편으로는 책벌레가 책을 먹지 않고 책 도둑의 내장을 갉아먹는다는 이 모순이 반갑기도 하다.

'책벌레'가 고고성을 울리는 첫 글이니 벌레 이야기로 마무리하면 어떨까.

> 자연에서는 가장 일찍 일어나는 새가 가장 많은 벌레를 잡는다. 하지만 도서수집에서는 벌레를 보았을 때 그게 벌레인 줄 알아채는 새가 모든 걸 차지한다.
>
> (마이클 새들러, 《콜로폰》 제3호)

"인간은 항상 시간이 없다고 불평하면서 마치 시간이 무한정 있는 듯 행동한다."(세네카) '두어자'는 시간이 없다고 불평하면서 책의 세계를 향해 힘차게 뛴다. "뛰어봐야 벼룩"일지도 모르지만.

연암과 다산에게
회초리 맞을 일

글은 달과 같고
자석과 같다
잠재의식 속에 숨어 있는 것들을
의식으로 끄집어내는
자석이다

—캐슬린 애덤스

　　누군가 말했다. 인류역사상 가장 위대한 3대 발
명은 불, 바퀴와 더불어 문자라고. 불은 야수로부터 인간의 종을 지
켜주었고, 바퀴는 시간과 공간의 거리를 단축시켜 주었다. 그리고
'인간의 의사소통을 위한 시각적 기호체계'인 문자의 발명은 의사
소통과 더불어 '기억의 축적'을 가져옴으로써 역사시대를 열어주었
다. 문자는 인간의 역사를 만들고 문명과 문화를 일구었을 뿐 아니
라 과학시대, 정보사회까지 큰 영향을 주었다.

문자가 집성된 책이 오늘날과 같은 모습으로 우리 곁에 오기까지는 수천 년이 걸렸다. 중세의 수도원에서는 책을 지키기 위해 독서대를 사슬로 묶어두기도 했다.

그러나 구텐베르크가 인쇄술을 발명하면서 책들은 사슬에서 풀려났다. 책등에 제목을 붙이고 바깥을 보게 하는 데 1200년, 책꽂이가 벽이라는 공간으로 자리를 옮기는 데 또 1000년이 걸렸다(헨리 페트로스키, 정영목 옮김,《서가에 꽂힌 책》).

우리나라는 원래 문文의 나라다. 전통적으로 문사가 대접받았고 문치文治가 이루어졌다. 무인이 나라를 세우고도 곧 문인통치로 전환되기도 했다. 고려시대에 40년 그리고 대한민국시대에 5.16 군사정변 이후의 30여 년 동안만 무인이 지배했을 뿐이다. 그만큼 문의 역사는 길고 문화는 화려하다. 세계 최초로 금속활자를 만들고, 팔만대장경과 조선왕조실록을 편찬한 나라가 아닌가.

우리나라는 세계 어느 나라 못지않게 책벌레가 많았고 애서광·독서광도 많았다. 따라서 책과 관련한 이야깃거리도 다양하고 글쓰기에 얽힌 비화도 가득하다. 그러나 아쉽게도 외세의 침략과 전란·내우 등으로 문화재급 서책 수십만 권이 인멸되거나 탈취되어 해외에 나가 있는 실정이다.

조선시대의 대표적인 글쟁이 연암 박지원과 다산 정약용의 글쓰기와 책에 대한 사연을 들어보자.

🐛 연암 박지원의 책 사랑과 글쓰기

조선 중기의 대표적인 독서광, 글쟁이, 책벌레였던 연암 박지원의 생애는 온통 책과 관련되어 있다. 연암은 《양반전》에서 선비를 정의하면서 "독서왈사讀書日士"라는 구절을 포함시켰다. 이는 책 읽는 부류를 뜻한다.

연암이 살았던 조선시대에는 양반사대부와 그 자제들이 오로지 과거급제를 목표로 공부했다. 시詩·부부賦 위주의 사장지학詞章之學이 흐르고 있었던 것이다. 즉, 현실사회나 민생문제를 해결하는 데 직접적으로 도움을 줄 수 없는, 오로지 학문을 위한 학문이었다.

여기에다 성리학 위주의 주자학에 배타적으로 집착해 다른 학문을 이단시함으로써 공부와 독서범위도 지극히 제한되었다. 선비들은 지나친 주자학 편식으로 지적인 성장을 멈추거나 불구가 되어가고 있었다. 이와 같은 풍토에 과감히 도전한 이가 바로 연암이다. 연암은 선비가 독서를 통해 탐구한 지식이 자신의 입신출세나 명예욕의 충족에만 머물러서는 안 되고, 그 혜택이 백성에 미치고 그 공功을 만세에 드리워야 한다는 '이민택물利民澤物'을 실천적 독서론으로 제시했다.

> 무릇 독서는 장차 무엇을 위해서 하는 것인가. 문술文術을 풍부하게 하기 위함인가, 문예文譽를 넓히기 위함인가. 학문을 강구하고 도道를 논하는 것은 독서의 사事요, 효제孝悌하고 충신忠信하는 것은 강학講學의 실實이며, 예악형정禮樂

刑政은 강학의 용用이다. 독서를 하면서도 실용할 줄을 모르
면 참된 강학이 아니며, 강학에서 귀하게 여기는 점은 그 실
용을 향하는 데 있다.

어김없는 실학파의 독서론이고 참선비의 길을 제시하는 방법론
이다. 그렇다고 요즘 우리 서점가를 장식한 처세술이나 취업과 관
련된 책을 읽으라는 뜻은 아니다.

독서를 하면서 써먹을 것을 구하는 것은 모두 사심에서 비
롯된 것인데, 해 마칠 때까지 독서를 해도 학문에 진보가 없
는 것은 사의私意가 그것을 해치기 때문이다.

《연암집》의 〈원사原士〉에 나오는 말이다. 공을 세우고 배운 것을
한번 써먹어야겠다는 '사의'를 누르지 못하면 그것은 참된 독서가
아니라는 주장이다. 다음은 연암이 제자들에게 체계적인 책읽기를
훈계하는 글이다.

독서하는 방법에는 과정을 정해놓고 하는 것보다 더 좋은
방법은 없으며 질질 끄는 것보다 더 나쁜 것은 없다. ……
제군들이 나를 따라 공부하려고 한다면 반드시 일정한 과
정을 정해놓고, 매일 경서經書 한 장과 강목綱目 한 단을 읽
되, 빨리 읽으려 하지 말고, 익히 외우고 깊이 생각하며 어
려운 대목은 토론해서 잘 분별하도록 하는 것이 좋다. 공부

할 양을 미리 정해 놓고 날로 미처 익히면 뜻이 정情해지고, 의義가 밝아지며, 음音이 농해지고, 의意가 익혀져서 자연히 외어지게 된다.

연암은 모르는 것이 있으면 길가는 사람을 붙잡고라도 물어봐야 하며, 어린아이나 종이 자기보다 한 자라도 더 많이 안다면 그에게 우선 배워야 한다고 했다. 일찍이 공자는 '불치하문不恥下問'이라 하여 제자들에게 "아랫사람에게 묻는 것이 부끄럽지 않다"고 가르쳤다. 연암은 박제가의《북학의北學議》서문에서 다음과 같이 썼다.

학문하는 길에는 방법이 따로 없다. 모르는 것이 있으면 길 가는 사람을 붙들고 묻는 것이 옳고, 심부름하는 아이가 나보다 한 글자라도 더 알고 있으면 배울 수 있는 것이니, 자기가 남만 못한 것을 부끄럽게 여겨 자기보다 나은 사람에게 물어보지 않으면 죽을 때까지 스스로 고루하고 방술이 없는 데에 갇히는 것이 된다. 순 임금은 밭 갈고, 질그릇 굽고, 고기잡이할 때부터 왕이 되기까지 다른 사람의 좋은 점은 반드시 취했다. 공자도 "나는 어려서부터 미천하게 지내천한 일에도 상당히 능하다"고 했다. 그 미천한 일이란 밭 갈고, 질그릇 굽고, 고기잡이하는 일 따위다. 순 임금과 공자와 같은 성인이나 재주가 능한 이도 사물을 접한 다음 솜씨를 익히기 시작했고, 일에 닥쳐서 필요한 그릇을 만들어 냈다. 또 시일이 부족하고, 지혜도 막히는 데가 있었다. 그런 까닭으로 순 임금과 공자가 성인이 된 것은 평소 남에게 묻기를 좋아하고 그로부터 잘 배웠기 때문이다.

(《북학의》, 서문 중에서)

연암의 책에 대한 인식은 숭엄하기까지 해 보인다. 선비가 선비를 알아보고, 책벌레가 영양가 있는 책을 알아보듯이 연암은 누구보다 책의 가치를 제대로 알고 있는 사람이었다. 연암이 책을 얼마나 소중하게 여겼는지는 그가 책을 어떻게 관리했는지를 보면 알수 있다.

> 책을 대할 때는 하품을 하지 말고, 기지개를 켜지도 말고, 졸지도 말아야 하며, 만약 기침이 날 때는 머리를 돌려 책을 피해야 하며, 책장을 뒤집되 침을 묻혀서 하지 말고, 표지를 할 때 손톱으로 해서는 안 된다. 서산書算을 하면서 번수를 기록할 때는 뜻이 들어가면 헤아리고, 뜻이 들어가지 않으면 헤아리지 말아야 한다.
> 그리고 책을 베고 자서는 안 되며, 책으로 그릇을 덮지 말고, 권질을 어지럽게 두지도 말고, 먼지를 털고 좀벌레를 쫓으며, 맑은 날에는 햇볕을 쪼이고, 남에게 빌려온 서적의 글자가 잘못되었으면, 교정을 봐서 쪽지를 붙이고, 종이가 떨어졌으면 붙이고 꿰맨 실이 끊어졌으면 새로 꿰매어서 돌려줘야 한다.
>
> (〈원사原士〉, 《연암집》 권10)

연암은 조선시대를 대표하는 열린 지식인이었다. 그는 좁은 반도에서, 그것도 주자학의 울타리 안에서 학맥을 가르고 지연으로 나누어 '공자왈'에만 집착하는 선비들을 질타했다. 또 선진 문화국인 중국을 배우자는 북학北學을 주장하면서 1780년에는 직접 연경燕京을 찾아가기도 했다. 《열하일기》는 이런 '역사체험'의 산물이다.

우리나라 선비들은 세계의 한 모퉁이 지역에서 태어나 한쪽으로 치우친 기질을 갖고 있다. 발은 한 번도 중국을 밟아보지 못했고 눈으로도 중국을 보지 못했다. 나서 늙고 병들어 죽을 때까지 이 나라 강토를 떠나본 적이 없다. 그래서 학의 다리가 길고 까마귀 날개가 검은 것처럼 각기 타고난 천품을 바꾸지 못한 채 마치 우물 안 개구리나 나뭇가지 하나에만 매달려 있는 뱁새처럼 홀로 그 땅을 지켜왔다. 따라서 "예禮는 차라리 야野 해야 한다" 하고, 더러운 것이 검소한 것인 줄로만 안다. 소위 사농공상의 사민四民이라는 것은 겨우 명목만 남았고, 이용후생의 도구는 날로 곤궁해지기만 한다. 이것은 다름이 아니고 학문하는 도를 모르기 때문이다.   《연암집》 권7)

연암이 조선 선비들의 우물 안 개구리 행태를 비판한 글이다. "개구리는 우물에서, 두더지는 밭에서 각각 그 터전이 제일이라 여기는" 것과 같은, 과거시험 준비와 음풍농월에만 빠진 선비들을 질타하고 있다.

연암은 전통적인 고루한 한문문체를 개혁해서 참신한 문체를 만들어 유행시켰다. 새로운 문체로 쓴 《열하일기》가 선풍적인 인기를 끈 것이다. 그러나 보수층의 반격이 만만치 않았다. 명군 반열에 오른 군왕 정조가 앞장서서 '문체반정文體反正'을 일으켜 연암을 탄압하고 참신한 문체운동을 저지했다. '문체반정'은 지금 우리 사회에서 외국어 투성이의 글쓰기로 이어지고 있으니, 연암의 회초리를 맞아 마땅하다.

🦭 다산 정약용의 책 사랑과 글쓰기

정인보鄭寅普 선생이 "한자가 생긴 이래 가장 많은 저술을 남긴 대학자"라고 추켜 세운 다산 정약용은 참으로 많은 글을 쓰고 수백 권의 책을 지었다. 그의 독서론, 시론, 문장론 등은 지금 읽어도 마음이 열리고 무릎을 치게 한다.

다음은 정약용이 강진 유배지에서 두 아들에게 보낸 서한 형식의 글이다. 먼저 독서론이다.

내가 몇 년 전부터 독서에 대하여 깨달은 바가 무척 많은데 마구잡이로 그냥 읽어 내리기만 한다면 하루에 백 번 천 번을 읽어도 읽지 않는 것과 다를 바가 없다. 무릇 독서하는 도중에 의미를 모르는 글자를 만나면 그때마다 널리 고찰하고 세밀하게 연구하여 그 근본 뿌리를 파헤쳐 글 전체를 이해할 수 있어야 한다. 날마다 이런 식으로 책을 읽는다면

수백 가지의 책을 함께 보는 것이 된다. 이렇게 읽어야 읽은
책의 의리義理를 훤히 꿰뚫어 알 수 있게 되는 것이니 이점
깊이 명심해라.

다산은 철저하게 정독을 주장한다. 정독을 통해 '근본뿌리'를 알
고, 전체를 이해하라는 주장이다. 다음은 시론詩論이다.

시에 역사적 사실을 전혀 인용하지 아니하고 음풍영월吟風
詠月이나 장기나 두고 술 먹는 이야기를 주제로 시를 짓는
다면 이거야말로 벽지의 시골 서너 집 모여 사는 촌선비의
시에 지나지 않는다. 차후로 시를 지을 때는 역사적 사실을
인용하는 일에 주안점을 두도록 해라.
우리나라 사람들은 역사적 사실을 인용한답시고 걸핏하면
중국의 일이나 인용하고 있으니 이것 역시 볼품없는 짓이
다. 아무쪼록《삼국사기》《고려사》《국조보감》《여지승람》
《징비록》《연려실기술》및 우리나라의 다른 글 속에서 그
사실을 뽑아내고, 그 지방을 고찰하여 시에 인용한 뒤에라
야 후세에 전할 수 있는 좋은 시가 나올 것이며 세상에 명성
을 떨칠 수 있을 것이다.

다산은 역사의식과 시의성이 없는 글쓰기의 무용론을 편다. 특히
글을 쓸 때마다 중국의 고사나 인용하는 사대 성향의 글쓰기를 매섭
게 비판한다. 연암이 선진 중국의 문물을 배워야 한다는 주장과는

다른 차원의 주체의식이다. 다산의 문장론은 지금도 광채를 띤다.

> 의원醫員이 삼대를 계속해오지 않았으면 그가 주는 약을 먹
> 지 않는 것 같이 반드시 몇 대를 내려가면서 글을 하는 집안
> 이라야 문장을 할 수 있는 것이다. 돌이켜보건대 내 재주가
> 너희들보다 조금은 나을지 모르지만, 어려서는 방향을 알
> 지 못하였고 나이 열다섯에야 비로소 서울 유학을 해보았
> 으나 이곳저곳 집적거리기만 했지 얻은 것이라곤 아무것도
> 없었다.
> (중략)
> 지난 봄에 유배를 받기에 이르렀으니, 거의 하루도 오로지
> 독서에만 마음 쓸 겨를이 없었다. 그러므로 내가 지은 시나
> 문장은 아무리 맑은 물로 많이 씻어낸다 해도 끝내 과거시
> 험 답안 같은 틀을 벗어날 수 없고 조금 괜찮은 것일지라도
> 관각체館閣體의 기운을 면할 수 없는 것이다.

　다산은 자신의 글도 과거시험 답안이나 관각체를 벗어나지 못하
고 있음을 자인하면서 자식들에게 문장의 중요성을 강조한다. 다산
의 자식에 대한 권독의 집념은 비장감마저 서린다.

> 나는 천지간에 의지할 곳 없이 외롭게 서 있는지라 마음 붙
> 여 살아갈 곳으로 글과 붓이 있을 뿐이다. 문득 한 구절이나
> 한 편 정도 마음에 드는 곳을 만났을 때 다만 혼자서 읊조리

거나 감상하다가 이윽고 생각하길 '이 세상에서는 오직 너
희들에게나 보여줄 수 있겠다' 여기는데, 너희들 생각은 독
서에서 이미 연燕 나라나 월越 나라처럼 멀리 떨어져나가서
문자를 쓸데없는 물건 보듯 하는구나. 쏜살같은 세월에 몇
년이 지나면 나이 들어 신체가 장대해지고 아버지의 책을
읽으려고나 하겠느냐.

다산은 귀양살이 하는 동안 집필한 자신의 저술이 역사에 길이
남기를 염원했다. 그래서 자식들이 학문을 익혀서 아비의 글을 이
해하고 정리하여 후세에 전하기를 독려한 것이다. 그의 글을 좀더
읽어보자.

내가 나라의 은혜를 입어 실낱같은 목숨만을 보전하여 여
러 해 동안 곤궁하게 살아오면서 저술한 책이 많아졌다. 다
만 한탄스러운 것은 너희들이 내 곁에 있지 않아 미묘한 말
과 의미를 전해들을 기회가 적고 문리文理가 틔지 못하고
학문을 좋아하는 습성이 생기지 않은 것이다. 몇 가지를 억
지로 이야기해주어도 듣자마자 잊어먹어 마치 진秦 나라 효
공孝公이 임금 되는 도道를 들려주는 것과 같으니 무슨 의미
가 있겠느냐. 내 아들이 이 모양이니 상자 속에 감추어 둔
책들이 나를 알아주는 사람을 만나게 될 때까지 전해지기
를 기다리기가 어렵겠구나.
나 죽은 후에 아무리 청결한 희생과 풍성한 음식으로 제사

를 지내준다 하여도 내가 흠향하고 기뻐하기는 내 책 한 편
을 읽어주고 내 책 한 부분이라도 베껴두는 일보다는 못하
게 여길 것이니 너희들은 꼭 이 점을 새겨두기 바란다.

　다산은 자신의 수백 권의 저술 가운데 유독 두 권의 책을 소중하
게 여겼다. 세상에서는 《목민심서》나 《흠흠신서》 등을 들지만, 정
작 본인은 《주역사전周易四箋》과 《상례사전喪禮四箋》을 꼽았다. "왼
쪽 팔이 마비되어 마침내 폐인이 다 되어가고 시력이 아주 형편없
이 나빠져 오직 안경에 의존"하면서 썼다는 책들이다.

　　《주역사전》은 내가 하늘의 도움을 얻어 지어낸 책이다. 절
　　대로 사람의 힘으로 알아내지 못하고 지혜로운 생각만으로
　　도 알아낼 수 없는 것이니, 이 책에 마음을 푹 기울여 오묘
　　한 뜻을 다 통달할 수 있는 사람은 자손이나 친구들 중에도
　　천년에 한번쯤 만날 정도로 어려울 것이다. 아끼고 중요하
　　게 여겨 여타의 책보다 곱절을 더 생각해야 할 것이다.

　　《상례사전》은 내가 성인聖人의 글을 독실하게 믿고서 만든
　　것으로, 내 입장에서는 엉터리 학문이 거센 물결처럼 흐르
　　는 판국에 그걸 흐르지 못하도록 모든 냇물을 막아 수사洙
　　泗의 참된 학문으로 돌아가게 하려는 뜻에서 저술한 책이
　　다. 정밀하게 사고하고 꼼꼼히 살펴 그 오묘한 뜻을 알아주
　　는 사람이 있게 된다면 죽은 뼈에 새 살을 나게 하고 죽을

목숨을 살려주는 일이다. 나에게 천금千金의 대가를 주지 않더라도 감지덕지하겠다. 만약 내가 사면을 받게 되어 이 두 가지 책만이라도 후세에 전해진다면 나머지 책들은 없애버린다 해도 괜찮다. 나는 임술년(1802) 봄부터 책을 저술하는 일에 마음을 기울이고 붓과 벼루를 옆에 두고 밤낮으로 쉬지 않으며 일해 왔다. 그래서 왼쪽 팔이 마비되어 마침내 페인이 다 되어가고 시력이 아주 형편없이 나빠져 오직 안경에 의존하고 있는데, 이렇게 하는 일이 무엇 때문이겠느냐? 이는 오직 너희들과 조카 학초學樵가 전술해내며 명성을 떨어뜨리지 않을 것으로 여겼기 때문이다.

(정약용 지음, 박석무 편역, 《유배지에서 보낸 편지》)

이 글을 읽으면 '두어자'의 더듬이를 곧추 세우게 된다. 다산 하면 《목민심서》 등을 떠올렸는데, 정작 당사자는 "나머지 책은 다 없애버린다 해도" 《상례사전》과 《주역사전》만은 남기고 싶다고 했다. 이를 모르고 살아왔으니, 다산에게 회초리를 맞아 마땅할 일이 아니겠는가.

인간존재의 잣대,
읽은 책과 쓴 책이다

사람人이 글을 쓰고 글이 인격人格을 만든다. 그리고 인격이 문장을 짓는다. 아무나 글을 쓸 수 있으나 그것이 좋은 문장으로 남는 경우는 그렇게 많지 않다. 격格이 있는 사람만이 품격 있는 문장을 쓸 수 있는 것이다. 이런 점에서 프랑스의 문인 뷔퐁 (1707~1788)의 "글은 곧 사람이다"라는 명제는 '두어자'들에게는 영원한 진리에 속한다. 동양에서는 오래 전부터 이를 '문여기인文如其人'이라 했다. "글은 그 사람과 다를 바 없다"는 말이다. 이 역시 '두어자'들 사이에서는 진리에 속한다.

신채호만이 〈조선혁명선언〉(의열단선언)을 쓸 수 있고, 조지훈만이 〈지조론〉을 쓸 수 있는 것이다. 즉, 인격이 품격 있는 글을 만든다. 반면 아무리 글이 좋아도 격이 없는 사람의 글은 대접을 받지 못한다. 이완용의 글씨는 당대의 명필이었지만 그의 휘호를 욕심내는 사람은 거의 없다. 이광수와 최남선의 글이 아무리 당대의 명론탁

설이었어도 오늘에 와서 그들의 글을 인용하는 학자는 극소수에 불과하다. 글은 좋지만 글의 주체인 '인격'이 무너졌기 때문이다. 글과 사람은 별개라는 주장도 없지는 않다. 글만 좋으면 설사 사람에게 흠이 있더라도 무방하다는 논리다. 이는 흔히 친일문인들을 비호할 때 쓰인다.

'두어자'들은 늘 바쁘다. 책읽기와 글쓰기의 여행길은 그래서 시공을 뛰어넘고 사계四季를 건너는 긴 여행이다. 책읽기는 '단어 word'를 통해 '세상world'을 보고 듣는 여행이라 한다.

송나라 시인 황산곡黃山谷은 "선비가 사흘간 책을 읽지 않으면 하는 말이 무미건조하고 거울을 볼 때 그 얼굴이 스스로 부끄럽다"고 했다. 여기서 '선비'를 오늘의 '식자識者'로 바꿔도 무방하다.

미국의 작가 토마스 울프가 어느 날 하버드 대학교 도서관을 지나면서 "시간이 결코 허락지 않아 읽지 못한 저 많은 책을 생각하면 생의 보람을 느낀다"고 중얼거렸다. 그리고 틈만나면, 아니 틈을 만들어서 하버드 대학교 도서관을 찾아 책을 읽고 꿈을 키웠다.

T. 바르틀린의 《성도전聖徒傳》의 한 구절은 책의 존재와 효용에 대한 최상의 헌사일 것이다. 책의 존재와 효용성에 대해 이만큼 알차게 정리한 글을 아직 보지 못했다.

> 책이 없다면 하느님은 말이 없고, 정의는 잠들고, 자연과학은 멈추고, 철학은 절름거리고, 문학은 벙어리가 되며, 모든 것이 칠흑의 어둠 속에 묻혀버릴 것이다.

🐟 국화 이슬로 먹을 갈아 쓴 글

어떤 책을 읽은 것인가, 이 힘든 명제는 '두어자'는 물론 공부를 하고 학문을 하는 사람들에게 영원한 화두다. 그래서 흔히 니체의 "모든 서적 중에서 나는 다만 사람이 그 피로써 쓴 것만을 좋아한다"는 말이 회자된다. 니체의 잠언이 당위론적이라면 중국의 시인 도연명의 말은 보다 실천적이다. 그는 "나는 깨끗한 국화 이슬로 먹을 갈아 그 먹으로 조국 진나라의 역사를 썼다"고 했다. '두어자'들은 피로 쓴 책과 국화 이슬로 먹을 갈아 쓴, 그런 책을 읽고 싶어 한다. 이런 소망이 '두어자'들 뿐이겠는가.

옛 사람의 글에 '추수문장불염진秋水文章不染塵'이라는 시구가 있다. "가을 물 같은 문장은 티끌에 물들지 않는다"는 뜻이다. '가을 물'은 티끌 하나도 용납하지 않는다. 얼음 같이 차지만 얼지 않고 시시한 물고기는 키우지 않는다. 마찬가지로 '가을 물 같은' 문장은 천고千古를 두고 썩지 않는다. 아무리 포악한 권세나 사특한 식자가 범하려 해도 이를 용납하지 않는다. 그래서 좋은 글, 좋은 문장은 영생한다.

중국에서 이백과 더불어 시성詩聖과 시선詩仙의 한 축을 이룬 두보의 글쓰기 자세는 남달랐다. 그는 "만 권의 책을 읽고 쓴 자기의 시를 남이 읽어 동動하지 않는다면 저승에 가서까지 동動하게 하고야 말겠다"는 각오로 시를 지었다. 이런 두보의 패기야말로 글쓰기의 전범이 될 만하다.

조선시대의 선비상(유학자상)은 참 행복한 모습으로 재조명받고 있다. 추사 김정희는 "가슴 속에 만 권의 독서량이 쌓여서 피어나는 문자향文字香과 서권기書卷氣가 넘쳐야 한다"고 선비상을 그렸다. 그리고 시도詩道를 논하여 "무릇 시도는 광대하여 구비하지 않는 것이 없어 웅혼雄渾도 있고 섬농纖濃도 있고 고고高古도 있고 청기淸奇도 있으므로 각기 그 성령의 가까운 바를 따르고 일단에만 매이고 엉겨서는 안 된다"고 했다.

추사의 인품이 글쓰기 정신으로 배어 있음을 보게 된다. 인품과 인격에서 '문자향'과 '서권기'가 넘칠 정도라면, 그 바탕에 문文·사史·철哲·시詩·서書·화畵를 두루 갖추었다는 것을 의미한다.

실제로 조선시대에는 이런 품品과 격格을 갖춘 선비가 적지 않았다. 선비뿐이 아니다. '말하는 꽃'이라 불리던 기생 중에도 문·사·철은 몰라도 시·서·화를 갖춘 기생들이 있었다. 황진이와 부안 기생 매창은 시시한 선비들은 명함도 내밀기 어려운 '선비기생'이었다.

그래서인지 진짜 선비와 가짜선비의 논쟁이 치열했고, 선비의 조건도 까다로웠다. 정도전이 제시한 진짜 선비眞儒의 자질론은 무엇보다 치열했다.

1. 음양오행에 입각한 천문·역학·지리학 등 자연과학적 지식에 소양이 깊어야 한다.
2. 역사가여야 한다.
3. 윤리도덕의 실천가여야 한다.
4. 계몽적 성리철학자여야 한다.

5. 교육자·문필가여야 한다.

6. 순도자順道者여야 한다.

진짜 유학자의 길이란 이렇게 까다로웠다. 하여, 진유眞儒와 위유僞儒가 섞이게 되고, 진짜와 가짜의 싸움이 잦아서 각종 사화(土禍·史禍)가 벌어졌다. '밀림의 법칙' 때문인지 '현장'의 싸움에서는 진유가 빈번히 패했다.

오늘의 교수·문인·언론인을 '현대판 선비'라 한다면 그들에게서 '서권기'와 '문자향'의 문격文格을 얼마나 찾을 수 있을지 옛 선비들과 비교하게 되는 경우가 가끔 있다. 같은 물을 마시고도 소는 우유를 만들고, 뱀은 독을 만든다. 마찬가지로 같은 책을 읽고도 어떤 이는 참선비가 되고 어떤 이는 썩은 선비가 된다. 같은 스승 밑에서 글 공부를 하고도 어떤 학생은 모범생이 되고 어떤 학생은 악동이 되는 이치와 같다고 할 것이다. 같은 땅이 산삼도 키우고 독초도 키우는 조물주와 대지의 조화에는 무슨 뜻이 담겼을까.

📖 징심구세의 글쓰기 정신

글에 정론正論이 있고 곡론曲論이 있듯이 책에도 진서珍書가 있고 위서僞書가 있다. 지금은 기억 속으로 사라지고 말았지만 1970년대까지만 해도 신문사 편집국 벽에는 기자정신을 일깨우는 거창한 구호가 걸려 있었다. "직필은 사람이 죽이고 곡필은 하늘이 죽인다"는 글귀였다. 언론이 독재권력의 탄압을 받고 있을 때의 일이다. 걸핏하면 필화사건이 일어나서 '직필'이 수난을 받던 시대였다.

그러나 시대상황이 바뀌면서 '직필'을 죽이는 사람은 없어지고, 그 대신 '하늘'의 영역이 넓어졌으니 글쟁이들에게는 다행일까 불행일까.

조선시대 실학자들의 글쓰기에는 '징심구세澄心求世' 정신이 살아 있었다. 이는 인간의 마음을 맑게 하고 세상을 구하는 데 학문의 목적을 둔다는 뜻으로, 음풍농월을 배척하는 '참글' 정신이라 하겠다.

조선후기의 글쟁이 중에는 연암 박지원 만한 책벌레도 흔치 않을 것이다. 박지원은 이 책에서 두고두고 '우려먹을' 것이지만, 어느 날 벗이 보내준 술 한 병을 통째로 마시고 취한 '자화상'을 그린 〈찬讚〉은 뒤로 미루기가 아까운 글이다.

제 몸 위함은 양주楊朱를 닮았고

겸애兼愛함은 묵자墨子를 닮았고

집안에 양식이 자주 떨어지는 건 안회顔回를 닮았고

고요히 앉았기는 노자老子를 닮았고

자유롭고 거리낌 없기는 장자莊子를 닮았고

참선하는 듯함은 부처를 닮았고

불공不恭스럽기는 유하혜柳下惠를 닮았고

술 잘 마시는 건 유령劉伶을 닮았고

하염없이 자는 건 자상호子桑戶를 닮았고

저술하는 건 양웅楊雄을 닮았고

자신을 큰 인물에 견주는 건 공명孔明을 닮았으니

나는 얼추 성인聖人일세!

다만 키가 조교曋交만 못하고

청렴함이 어릉於陵을 못 따라가니

부끄럽네 부끄러워!   (박희병,《연암을 읽는다》중에서)

인용된 연암의 글 맛을 제대로 알기 위해서는 다소의 해설이 필
요하다. 양주는 전국시대의 극단적인 이기주의 사상가고, 묵자는
전국시대의 사상가로 자신을 사랑하듯이 남을 사랑하라는 겸애설
을 주장했다. 안회는 노나라의 대부大夫로서 공자가 그 어짊을 칭찬
했던 인물이다. 유령은 위진시대의 죽림칠현의 일원으로 술을 좋
아했던 천하의 애주가고, 진단은 북송 초기의 도가사상가로 한 번
잠을 자면 100일 동안 내리 잤다는 사람이다. 자상호는 맹자반, 자
금장과 함께 속세를 벗어나 거문고를 타며 일생을 지우志友들과 벗
하며 살았다. 양웅은 서한의 학자로서《태현경太玄經》과《법언法言》
등을 지었는데, 자신의 책을 당대에는 이해할 만한 사람이 없다고
여겨 후대에 자신의 뜻을 알아줄 또다른 양웅을 기다린다고 공언한
인물이다. 공명은 저 유명한 제갈공명이고, 조교는 조나라 군주의
아우로 키가 2미터가 넘었다는 사람이다. 어릉은 전국시대 제나라
의 진중자陣仲子로서 불의를 배척하고 청렴결백하게 산 현인을 말
함이다.

연암의 마음 깊이가 가히 이만했으니, 조선시대 참선비의 기개와
그릇이 대단하다 하겠다. '두어자'는 부럽기만 하다.

중국 진종황제의 〈권학문〉은 두 가지 의미에서 항상 되새길 만한

가치가 있는 글이다. 황제의 신분에서 권력이나 부富보다 책에 높은 가치를 두었다는 점과, 책이야말로 세상의 모든 욕구를 제공해준다는 필요성을 제시한 점 때문이다.

> 부자가 되려고 좋은 농토 살 필요 없느니
> 책 속에 수천 가마니 곡식이 절로 나온다네
> 편안히 살려는데 좋은 집 못 가졌다 안달 말게
> 책 속에서 호화로움 절로 나온다네
> 외출할 때 시중드는 사람 없다고 한탄 말게
> 책 속에 수레와 마부들 줄 서서 대기하고 있지 않나
> 좋은 아내 못 얻어 걱정할 것 없느니
> 책 속에 옥 같이 예쁜 여자가 기다리고 있다네
> 사내가 되어 평생포부 이루고자 한다면
> 창 앞에 앉아 경서나 부지런히 읽게나

🐟 저승갈 때 무슨 책 넣어 갈까

어느 날 애공哀公이 공자에게 유가儒家(선비)에 대해 물었다.

> 선비는 재물을 맡겨도 탐낼 줄 모르며 풍류에 가까워도 음란에 이르지 않으며, 군중群衆으로 협박해도 두려워 아니하며, 병력으로 막아도 겁내지 아니하며, 이利를 보아도 의義를 상하지 아니하며, 죽음에 이르러도 그 절조를 고치지 아

니하며, 지나간 일을 뉘우치지 아니하며, 한 번 실수는 두 번 다시 아니하며, 허튼 소문을 캐어보려 아니하며, 체모를 지키되 잔꾀를 부리지 아니한다.

선비는 친해질 수는 있어도 굴복시킬 수는 없으며, 죽일 수는 있어도 모욕할 수는 없다. 그 살림은 검박하고 그 음식은 간소하며 잘못하면 사리로 따질 수는 있어도 면박해 욕할 수는 없다. 선비는 이처럼 굳세다.

러시아의 문호 도스토예프스키는 인간 존재의 가치와 평가에 대해 단호하게 말한다.

> 한 인간의 존재를 결정짓는 것은 그가 읽은 책과 그가 쓴 글이다.

그러니까 인간존재의 가치를 평가하는 '잣대'를 읽은 책과 쓴 글에 두는 것이다. 책읽기와 글쓰기의 의미를 인간존재의 가치에 부여한 도스토예프스키는 진정 세기의 벽과 세계의 울타리를 넘는 문호답다.

여행을 갈 때 사람들은 여러 가지 물건을 챙긴다. 몇 권의 책을 가방에 넣는 것은 식자들에게는 필수다. 그렇다면 '두어자'들이 이승을 하직하고 저세상으로 길고 먼 여행을 떠날 때는 무엇을 챙겨야 할까.

명종 때의 문인 하응림河應臨은 32세로 요절하면서 소동파의 시집 한 질을 무덤 속에 넣어달라고 유언했다. 성종 때의 청백리 재상 손순효孫舜孝는 70세로 임종을 맞으면서 무덤 속에 소주 한 병만 넣어달라고 했다. 또 부안의 명기名妓 매창梅窓은 거문고와 함께 매장해 줄 것을 유언했다.

요즘은 매장보다 화장을 하는 경우가 많아져서 무덤 속에 책을 넣어달라는 유언은 별로 실속이 없어 보인다. 또 애꿎은 책벌레까지 화장당할 것이 아닌가. 그래서 대안을 찾아야 할 것 같다.

"내 책을
진리 앞에만 바치겠다"

그동안 수많은 사람들이 '글'로 인해 죽었다. 그래서 이런 이야기는 사람들의 관심거리조차 되지 않는다. 하지만 글자 한 자 때문에, 형용사의 순서 때문에, 시 한 편 때문에, 권세가에게 책을 바치지 않아서 죽거나 사지로 몰린 경우라면 귀가 솔깃해진다.

서양 중세의 세루베르라는 사람은 형용사의 위치 때문에 화형을 당했다. 교회가 형용사의 위치를 바꾸면 살려주겠다고 했는데, 끝까지 이를 거부해서 변을 당한 것이다. 바로 '영원한eternal'이라는 형용사가 문제가 되었다. 세루베르는 예수를 '영원하신 하나님의 아들'이라고 표현했는데 교단은 '하나님의 영원하신 아들'로 형용사의 위치를 바꾸라고 지시했다. 그러나 그는 끝까지 자신의 글을 고치지 않다가 끔찍한 죽임을 당하고 말았다.

고려시대 인물 정지상鄭知常(?~1135)은 뛰어난 문인이자 시인이었다. 다섯 살 때 강위에 뜬 해오라기를 보고 "어느 누가 흰 붓을 가지고 을乙자를 강물에 썼는가"라고 했다는 일화가 전해질 만큼 어려서부터 시재가 뛰어난 인물이었다. 그러나 큰 뜻을 펴보지도 못한 채 묘청의 서경천도, 칭제건원 사건에 연루되어 김부식에게 피살되고 말았다.

김부식과 정지상의 사이가 벌어지게 된 배경에는 시 한 구절에 얽힌 사연이 따른다. 정지상은 젊어서 〈사람을 보내며送人〉라는 시 한 편을 지었다.

비 개인 언덕에는 풀빛이 짙은데
그대 남포에 보내자니 슬픈 노래 울먹이네
대동강물 어느 때에 마르리
이별의 눈물 해마다 푸른 물결에 보태지니

정지상의 마지막 절구인 "이별의 눈물 해마다 푸른 물결에 보태지니別淚年年靑綠波"는 김부식이 욕심내는 절창이었다. 그래서 은밀히 이 구절을 자기에게 넘겨줄 것을 요청했지만 거절당했다. 김부식은 이에 앙심을 품고 정지상을 적대시했다. 김부식이 어느 봄 날 고심 끝에 시 한 편을 지었다.

버들 빛은 천 가지에 푸르고
복숭아꽃 만 점이 붉구나

이때 옆에 있던 정지상이 "누가 천 가지, 만 점을 세어보았다던 가? 왜 '버들 빛은 가지마다 푸르고絲絲綠, 복숭아꽃 점마다 붉네點 點紅'라고 짓지 못하는가"라고 판잔을 주었다.

시간이 흘러 당대의 최고 권력자가 된 김부식은 이래저래 자기보다 시문에 있어 한 수 위인 정지상을 가만히 두지 않았다. 그는 정지상을 서경천도 사건을 빌미로 희생양으로 삼았다. 시적詩敵에 대한 보복인 셈이다.

조선시대 연소기예年少氣銳한 무장 남이南怡(1441~1468) 장군을 죽이는 데는 훈구파들이 글자 하나를 바꿔치기함으로써 가능했다.

남이는 세조 13년인 17세 때 무과에 급제하여 이시애의 난과 건주위 야인 정벌 때 큰 공을 세워 적개공신이 되고 병조판서에 올라 우리 역사상 가장 젊은 장관이 되었다. 그러나 예종이 왕위에 오른 뒤 외척(남이는 태종의 외손자이자 좌의정을 지낸 권람의 사위였다)에게 병권을 맡겨서는 안 된다는 주장에 따라 겸사복장兼司僕裝으로 밀려났다. 이에 반대세력은 남이를 제거할 빌미를 찾았다. 그 빌미가 바로 남이가 건주의 야인 정벌에 나섰을 때 지은 시다.

> 백두산 높은 봉은 칼을 갈아 다 없애고
> 두만강 깊은 물은 말을 먹여 다 없애서
> 남아 이십에 나라 평정 못하면
> 그 누가 대장부라 일컫겠는가

유자광 일파는 남이의 '남아이십미평국男兒二十未平國'의 평平자를 '얻을 득得'자로 바꿔, 남이가 반역을 꿈꾸고 있다고 고변했다. 결국 남이는 국문 끝에 능지처사陵遲處死되었다. 능지처사형은 처음에는 팔다리와 몸을 자르고 다음에는 목을 찔러 죽이는 극형이다.

조선시대의 대표적인 개혁사상가로 알려진 조광조趙光祖(1482~1519) 역시 모략을 받아 죽었다. 남곤, 심정, 홍경주 등 훈구파들은 궁녀들을 시켜 후원에 있는 떡갈나무 잎에 꿀물로 '주초위왕走肖爲王', 즉 "조씨가 왕이 된다"는 뜻의 글자를 여기저기에 써놓게 했다. 꿀물이 발라진 부분을 벌레가 갉아먹자 글자가 자연스럽게 드러났다. 훈구파는 이 나뭇잎을 따다가 왕에게 보이면서 사화를 일으켰다. 이로 인해 조광조는 전라도 화순군 능주로 귀양을 갔고, 그곳에서 사약을 받고 죽었다. 조광조가 죽은 지 400년이 지난 지금까지도 그 죽음의 배경을 놓고 분석이 엇갈리고 있다.

전주 출신인 정여립鄭汝立(1546~1589)은 독서를 많이 하고 학문이 높아 장래가 촉망되던 인재였다. 선조 3년에 문과에 급제하여 벼슬길에 올랐다가 동인과 서인 모두로부터 배척받아 고향으로 다시 돌아오게 되었다. 그리고 고향에서 대동계大同契를 만들었다. 일본의 침략이 있을 것으로 내다보고 대동계를 만들어 양반이나 상민, 노비를 가리지 않고 군사훈련을 시킨 것이다. 그런데 이것이 모함을 받는 빌미가 되었다.

여기서는 정치권력을 둘러싸고 진행된 음모는 제처두기로 하자. 정여립이 어떤 모함을 받아 죽게 되었는지를 살펴보자. 정여립의 아들의 이름은 옥남玉男이었다. 그리고 호를 거점去點이라 지었다. 이에 반대세력은 옥玉자에서 점을 지우면 왕王이 된다면서 역모를 꾀하고 있다는 혐의를 정여립에게 씌웠다. 호에 관련한 내용이 사실인지, 반대세력이 조작한 것인지는 분명치 않다.

🐟 이백과 두보, 시선과 시성

한때 중국에서 이백李白(701~762)과 두보杜甫(712~770)를 둘러싸고 '어느 쪽이 더 위인가'에 대한 논쟁이 일었다. 흔히 이백을 두고 시선詩仙이라 칭송하고 두보에게는 시성詩聖이라는 왕관을 씌운다. 선仙과 성聖의 우열을 따지는 것은 형이하학자들이나 할 일이다.

이백은 중국 성당기盛唐期의 대표적 시인으로, 신선이 지상으로 귀양 와서 사람이 되었다는 뜻의 적선謫仙이라는 별명을 가지고 있었다. 또 어머니가 태백성太白星을 본 태몽을 꾸었다 하여 이태백이라 했다는 이야기도 전한다. 어느 날 당 현종玄宗은 궁정에서 주연을 베풀고 이백을 불러 시를 짓게 했다. 그런데 이백은 궁정에 불려오기 전에 주막에서 고주망태가 되도록 만취한 상태에 있었다. 그러나 황제의 분부를 거절할 수는 없었다.

불려온 이백은 당당했다. 만조백관이 황제 앞에 오금을 펴지 못하고 있을 때 이백은 황제에게 조건을 제시했다. 잠을 자도록 허락하거나 술을 더 달라는 주문이었다.

현종은 성군이란 소리를 듣고자 했고 이백의 인품을 아는지라 술을 내렸다. 마침 후원에는 모란꽃이 만발했다. 황제는 이백에게 곁에 앉은 양귀비와 모란꽃을 견주어 시를 짓도록 명했다. 이백이 누구인가. 그는 술 한 말을 거뜬히 마시고 술잔이 입에서 떨어지자마자 〈청평조사淸平調詞〉세 수를 줄줄이 지었다. 그중 한 연은 이러하다.

> 요염한 꽃 한 가지 짙은 향기는
> 무산신녀의 정보다 짙어
> 한나라 궁중에 누가 이를 닮으리오
> 곱게 차려입은 비연의 모습이던가

그런데 이 시가 이백의 인생행로를 바꿔놓았다. 그를 시기하고 황제와 양귀비에게 아첨하려는 무리가 시를 문제 삼은 것이다. 그들은 이백이 어리석은 황제를 유혹하여 나라를 망치게 한 비연飛燕과 양귀비를 비교하고 있다고 음해하기 시작했다. 그러나 시를 좋아하고 이백의 재능을 아껴온 황제는 이를 받아들이지 않았다. 그러자 이번에는 시구 중 "무산신녀巫山神女의 운우정사雲雨情事"를 문제삼았다. 그리고 이 구절이 망칙하고 모욕적인 내용을 담고 있다고 양귀비에게 고자질했다. 이에 양귀비는 화가 나서 현종에게 달려갔다. 양귀비의 말이라면 흑백을 가리지 않는 황제는 마침내 이백의 관직을 박탈하고 멀리 지방으로 추방시키고 말았다.

권력에서 멀어진 이백은 오히려 잘 되었다 싶어, 천하를 주유하며 술과 시로 여생을 보냈다. 안록산의 난 때는 엉뚱하게 반란군으로 몰려 감옥에 갇힌 신세가 되기도 했지만, 다시 풀려나 떠돌아다니며 살았다.

이백은 일생을 호협과 유랑으로 전전하면서 시 1000여 수를 남기고 62세의 나이에 역시 시인다운 죽음을 맞는다. 술에 취해 채석

강에 비친 달을 붙잡으려다 익사한 것이다. 그는 시와 술과 달을 벗 삼아 떠돌다 달을 좇아서 신선의 고향으로 돌아갔다. 그가 마지막으로 지은 시는 고향을 그리는 오언단시五言短詩였다.

> 책상 앞의 달빛을 보니
> 땅 위의 서리 내린 듯
> 머리 들어 산 위의 달을 보고
> 머리 숙여 고향을 생각한다

두보는 시쳇말로 하면 민중 시인이었다. 소식蘇軾(1036~1101)은 두보를 두고 "그 이름이 만고에 드리운다"고 우러렀고, 한유韓愈 (768~824)는 "이백과 두보의 문장은 만 길의 길이다"라고 평했다.

두보는 이백보다 11세 연하였다. 하지만 두 사람은 시선과 시성 답게 돈독한 우정을 나누었다. 두보는 이백을 그리면서 〈몽이백夢李白〉을 지었다.

> 뜬 구름은 종일 흘러가는데
> 나그네 당신은 오랫동안 오지 않는다
> 사흘 밤이나 계속 당신을 꿈에 보는 것은
> 당신에 대한 나의 깊은 애정 표현
> 당신은 돌아온다고 항상 서성대면서
> 구차하게 말하길
> 오기는 쉽지 않다고 한다

두보의 무대는 언제나 '현실'이었다. 현실에 바탕을 두고 시를 짓고 글을 쓰며 정치와 사회의 개혁을 주장했다. 이백처럼 달나라를 동경하는 이상주의자도 아니었고, 왕유王維(699~761)처럼 사후의 영생을 추구하지도 않았다. 그는 오직 인간의 현실적인 문제에 관심을 보였다. 우리의 다산 정약용과 비교된다. 시 〈석오촌〉은 두보의 현실 인식과 당시 민중의 참담한 생활상을 그대로 보여준다.

어스름 저녁
석호촌에 들렀더니
아전들 기를 쓰며
사람을 잡아가네

영감은 담을 넘어 도망가고
할미는 문밖에서 떨고 있더군
아전놈은 고래고래 소리지르고
할미는 울면서 하소연하네

삼형제 모두 싸움터에 보냈습니다
한 애의 편지엔 두 애가 벌써 전사했답니다
산 사람은 그저 살겠지만
죽은 자만 불쌍합니다
집에 사내 하나 없고
사내라면 오직

젖먹이 손자놈뿐입니다
그 애 어미는 집에 있지만
나들이 할 치마하나 없답니다

두보는 짧은 기간이지만 말단 관리로 일한 적도 있고, 포로가 되어 수인 생활을 하기도 했다. 하지만 일생을 시와 술과 더불어 유랑하며 지냈다. 그리고 동정호에서 현령이 보낸 상한 고기를 먹고 식중독에 걸려 59세의 나이로 죽었다. 스스로를 '천지에 외로운 한 마리 갈매기'에 비유했던 그는 외롭게 살다가 쓸쓸히 갔다.

🐖 스피노자의 진리를 위한 고독한 싸움

스피노자Baruch de spinoza(1632~1677)는 영국의 시인 워즈워스가 '움직이는 영혼'이라 표현할 만큼 중세 암흑에 도전하여 싸운 깨어 있는 지성이었다. 그는 네덜란드 암스테르담에서 유대인 상인의 아들로 태어났다. 머리가 비상하여 히브리어를 비롯해 10개 국어에 정통했다. 그는 프란시스 반덴엔더라는 자유사상가에게 사상의 독립과 근대철학을 배우게 되었는데 이것이 그가 자유와 지성에 눈뜨게 된 계기였다.

스피노자가 박해를 받기 시작한 것은 종교 때문이다. 무한한 동경의 대상으로 인식해온 신이 기독교와 유대교에서 말하고 있는 신과 동일한 신이 아니라는 데서 비판의식에 눈뜨게 된 것이다. 유대교의 교리를 공부하면 할수록 의혹이 생겼던 그는 사물을 편견 없이 직시하고자 했다. 교단은 이러한 그의 행동에 당혹스러워 했다. 회유를 하거나 좋은 조건을 제시했지만 그는 이를 모두 거부했다. 이에 교단은 그를 이단으로 몰았고 무신론자로 낙인찍었다. 마침내 유대 교단은 스피노자를 무신론자라 하여 파문을 선고했다.

스피노자는 일생 동안 독신으로 지내며 빈곤과 박해, 고독과 병고라는 네 가지 십자가를 지고 살았다. 그러나 결코 신념을 굽히지 않았고, 학문에 대한 정열도 식지 않았다. 맑고 깨끗한 영혼을 지키며 독선적인 교회 세력과 싸우고, 진리를 밝히는 책을 쓰면서 떠돌이처럼 살았다. 또 폐병으로 20년 동안 고생하면서도 냉철한 이성과 온화한 감정을 잃지 않았다.

그는 1663년《데카르트의 철학》을 쓰고, 1667년《신학정치론》을 익명으로 출판했다. 이 책은 성서를 비판한 최초의 저작이자 대표작으로 꼽히게 되었다. 이 책 때문에 스피노자는 "일찍이 지구 표면에 발 딛고 산 인간 중에서 가장 독신적瀆神的인 무신론자"라는 비난을 받아야 했다.

1672년 프랑스와 네덜란드 사이에 큰 전쟁이 벌어졌을 때의 일이다. 네덜란드를 점령한 프랑스군 총사령관 콩테 공公은 스피노자의 명성을 듣고 그를 찾아와서 "당신이 쓴 책에 서명하여 프랑스 국왕에게 헌정한다면 연금을 받을 수 있도록 주선하겠다"고 제안했다. 이때 스피노자는 "나는 나의 책을 오직 진리 앞에만 바치겠다"면서 결연하게 이를 거절했다.

그에게 노후의 평온을 보장하는 몇 차례의 유혹이 더 찾아왔다. 독일의 루트비히 대공大公은 하이델베르크대학의 정교수로 그를 초

60

빙했다. 그러나 여기에는 "철학적 사색을 위한 완전한 자유를 보장하겠으나, 이 자유를 기성 종교를 교란하기 위해 남용하지 말아달라"는 단서가 붙어 있었다. 그러나 스피노자는 이 영광스러운 자리를 거부했다. 그는 "기성 종교를 교란하지 않기 위해서 어느 범위까지 철학적 사색의 자유를 제한해야 하는지 알 수가 없다"는 말로 거부의 이유를 밝혔다.

45세의 나이로 고독하게 운명하기 전에 남긴 《지성개조론》의 서두에 스피노자는 이렇게 썼다.

세상 사람들은 부와 명예와 쾌락을 인생의 최고선으로 생각하고 그것을 추구한다. 나도 그러한 것에 끌렸던 때가 있었다. 그러나 그것이 인생의 최고선이 아님을 깨달았다. 부와 명예와 쾌락은 인간의 정신을 질식시키거나 교란시키거나 우둔케 하거나 적지 않은 후회를 남긴다. 쾌락의 추구에는 회오悔悟가 따른다. 그러면 무엇이 인간에게 최고의 생활인가. 그것은 진리를 사랑하고 진리를 추구하는 생활이다.

보는 사람 없어도
책은 거기 있는가

"일리아드의 서사시 한 편만을 읽기 위해 이 세상에 태어났다고 해도 결코 억울할 것이 없다"고 말한 이는 시인 쉴러다. "하루 종일 식사도 하지 않고 밤이 새도록 잠도 자지 않고 생각해 보았으나 무익한지라, 배움만 같지 못하더라"고 책읽기의 가치를 높이 평가한 이는 공자다. 백낙천은 독서를 농경에 비유하여 "농사를 안 지으면 곳간이 비는 것과 같이 독서를 하지 않으면 자손이 어리석다"고 말하며 책읽기를 권했다. 책을 많이 읽기로 손꼽히는 퇴계 이황은 독서를 권장하는 다음과 같은 시를 썼다.

故人도 날 못보고
나도 고인 못 봬
예전 길 앞에 있거든
아니 예고 어이리

중국에서도 이와 비슷한 시가 있다.

> 내가 옛 사람을 보지 못함을 탄식하듯이. 그 옛 사람은 또
> 나를 보지 못함을 안타까워하리라. 내 마음이 그 마음이고
> 그 마음이 내 마음이니 이는 결국 내가 나를 보지 못해 안타
> 까워함인가?
>
> (장조, 〈유몽영〉)

옛 사람들은 책을 '천고상우千古尙友'라 했다. 천년을 사귄 벗이
라는 뜻이다. 이를 받아 임어당은 "책을 읽지 않는 사람은 시간적
공간적으로 자기세계에 감금되어 있다. 일정한 틀에 박혀 있는 그
가 일상에서 접촉하는 것은 소수의 지기知己일 뿐이므로 보고 듣는
것이 한정돼 있다"고 했다. 많은 독서는 많은 벗을 사귀는 것과 같
다는 우회적인 지적이다. 조선시대 퇴계, 율곡과 함께 3대 성리학자
로 불린 서경덕徐敬德은 독서와 관련해 다음과 같이 썼다.

> 책 읽으니 천하 경륜 모두 깨우쳐
> 세모歲暮에도 안빈낙도安貧樂道 외려 달가워
> 부귀공명 시샘 많아 손대기 두렵고
> 숨어 사니 시비 없이 몸이 편하구나
> 산나물 물고기로 배를 채우고
> 맑은 바람 밝은 달에 상쾌한 마음
> 글 읽어 모든 의혹 후련히 푸니
> 인생 백년 허황함 면케 되었네
>
> (〈독서유감〉)

미국 코넬대학의 머민N. David memin 교수는 "보는 사람이 없어도 달은 거기 있는가"라는 물리학상의 명제를 제시했다. 이 명제는 철학자 버클리가 제기한 이래 아인슈타인이 양자론을 논박하기 위해 논의했던 순간까지 물리학과 철학의 중심과제의 하나가 되었던 이론이다. 아인슈타인은 해나 달과 같이 객관적인 사물은 우리가 바라보거나 말거나 거기 있다는 물리학적 설명을 제시하고, 양자론은 물리학적 세계의 완전한 서술을 마련하지 못했기 때문에 결함이 있을 뿐 아니라 완성된 이론도 아니라는 점을 지적하기 위해 "보는 사람이……"의 명제를 설정했던 것이다.

보는 사람이 없어도 달은 거기 있는가? 달은 보는 사람이 없어도 존재할 것이지만, 책은 읽는 사람이 없는데 만들어질까? 먼 뒷날의 독자 한 사람을 위해 책을 써서 깊숙한 곳에 숨겨두었다는 사람이 없지는 않았다. 읽는 이가 없더라도 쓰는 것 자체에 목적을 두고 글을 쓰거나 책을 만드는 경우도 있을 것이다.

🐟 칠보시에 얽힌 골육상쟁

어느 시대나 권력투쟁은 있기 마련이다. 그래서 알베르 카뮈는 "자신 속에 위대함을 지닌 사람은 정치를 하지 않는다"고 했는지도 모른다.

중국 전국 시대의 영웅 조조의 가문에서도 권력투쟁은 어김없이 일어났다. '난세의 간웅'이라는 호칭을 듣던 조조의 후계자를 두고 뒷날 위문제魏文帝가 된 아들 조비曹조와 둘째아들 조식曹植 사이에 피의 권력쟁탈전이 벌어졌다.

　이들의 왕위 승계를 둘러싼 권력투쟁이 일반의 경우와 다른 것은 이들 삼부자가 이른바 '삼조三曹'로 불릴만큼 모두 뛰어난 시인이었다는 점이다. 그 중에서도 조비가 가장 탁월했다고 한다.

　마침내 제위에 오른 조비는 '당연한' 수순으로 경쟁자에 대한 정치보복을 시작했다. 그리고 마지막으로 아우 조식의 숙청 차례가 되었다. 이미 황제가 된 형은 아우에게 '자비'를 베푸는 마음으로 일곱 걸음을 걷기 전에 시를 짓지 않으면 죽이겠다고 협박했다. 이것은 마치 로마 황제가 정치범들을 굶주린 사자와 싸우게 하고 이기면 살려주겠다는 '자비'와 비슷한 것이었다. 그러나 조식은 조금도 위축되지 않고 천고에 남을 시를 지었다. 아직까지 골육상쟁의 비극을 이만큼 절실하게 표현한 글을 보지 못했다.

　　콩을 삶아 국을 만들고
　　메주를 걸러 간장을 만드네
　　콩대는 솥 아래에서 타고
　　콩은 솥 안에서 우네
　　본래 같은 데서 났으면서
　　서로 닦달함이 어찌 그리 급한가

　'콩대로 콩 삶는다'는 비극의 시구는 여기서 기원한다. 조식은 골육상쟁, 동족상잔의 비극을 짧은 순간에 짧은 시로 써서 만대에 전했다.

도연명陶淵明은 흔히 〈귀거래사〉로 잘 알려져 있다. 그는 평택 현령에 부임했으나 소인배들의 행패에 허리 굽힐 수 없다면서 관직을 버리고 고향으로 돌아갔다. 도연명은 "돌아가리라, 전원이 곧 잡초로 무성할 판인데 어찌 돌아가지 않으리오"라는 〈귀거래사〉로 '국화시인'이라는 별명을 얻게 되었다. 그러나 〈음주〉라는 시에서 볼 수 있듯이 그는 술을 너무 좋아했다. 그래서 이 분야에서 손꼽히는 절구를 남기기도 했다.

천추 만세 후에	千秋萬歲後
누가 영과 욕을 알리오	誰知榮與辱
다만 한스러운 것은 살아생전에	但恨在世時
술을 족히 마셔보지 못한 것뿐이네	飮酒不得足

　도연명은 자신을 오류선생五柳先生이라 자호하고, 자전적인 시문 《오류선생전》을 지었다. 여기에서 그는 "선생은 책읽기를 좋아하되, 그 뜻을 심하게 따져들지 않으며, 좋은 구절을 만날 때마다 문득 흔연하여 밥 먹는 것조차 잊는다"라고 썼다.

　실제로 '두어자'들은 책을 읽다가 '좋은 구절'을 만나면 헤어진 연인을 만난 듯이 밥 먹는 것조차 종종 잊는다. 잠자는 것조차 잊는 경우도 있을 것이다.

🐟 조선시대 식자들의 독서회 조직

조선시대 김득신金得臣(1604~1684)은 좀 특이한 사람이다. 증관 문과에 병과로 급제하여 가선대부 안풍군安豊君에 습봉되었다. 특이한 행적은 글 읽기를 무척 좋아하여 그 시대에 '독서회'를 조직하여 책의 구입과 독서에 열중했다는 점이다. 또 화적에게 살해된 것도 특이하다면 특이하다.

김득신은 아호 백곡栢谷을 딴《백곡집》에서 〈문학동호회에 대한 소감文會稧序〉이라는 글을 남겼다. '문회계'란 요즘의 독서회를 뜻한다. 김득신은 박색회博塞會(장기나 바둑 같은 오락 모임), 음거회飮腒會(술 마시는 모임), 어렵회漁獵會(사냥모임) 등 많은 모임이 있지만, 글을 좋아하는 사람끼리의 모임은 없어서 늘 마음속으로 서운하게 생각하고 있었다. 그러던 차에 몇 사람으로부터 제의를 받게 되었다.

김득신은 그들의 취지가 "문장에 취미 있는 사람 4~5명과 더불어 날마다 모여서 옛글을 낭독하기도 하고, 문학적 소재를 가지고 직접 글을 쓰기도 하여 훌륭한 문장이든 하찮은 문장이든 간에 끊임없이 연구 발표하다 보면 결국에는 세상을 감동시킬 만한 작품을 만들 수 있지 않겠는가"라는 것이어서 여기에 적극 찬동하게 되었다고 밝혔다.

김득신은 "우리가 문학으로써 벗을 삼으니 앞으로 게으르지 않고 더욱 정진하기 위하여 우리 모임을 '문회계文會稧'라고 하는 것이 어떠하겠는가? 이렇게 이름을 지어놓으면 모임의 의도가 분명해져서 게을러지지 않을 것이 아니오. 여러분 의견은 어떠하오?"라며 모임의 이름을 문회계文會楔로 할 것을 제안했다. 이에 문우文友들의 적극적으로 찬성해 '문회계'가 태어났다.

김득신은 '계'라는 명칭을 붙인 것은 앞으로 오랜 세월 동안 태만하지 말자는 의도였다고 덧붙이면서 "학문을 혼자서 배우는 것은 고루하다 하였다. 모임의 취지는 이와 같이 고루한 폐단을 없애기 위함"이라고 부연했다.

김득신은 '문회계'를 이끌면서 책을 구입하는 방도를 찾았다. 그리고 "서적이 없으면 지식을 넓힐 수 없다. 곧 서적은 문학 작품을 넓힐 수 있는 근본이 된다. 그러므로 여러 회원은 각각 서적을 구입할 수 있는 물자를 내어 때에 따라 이자를 늘리고 그 이자가 많아지면 책을 많이 사놓자. 그래서 계원이 모일 때 돌아가며 읽을 수 있도록 한다면 계원들이 지식을 늘릴 수 있는 자료가 될 터이니, 그 뜻한 바가 또한 원대한 것이다. 계원이 모두 믿음으로 뭉쳤으니 훌륭한 결과가 있을 것이다"라고 제안했다. 책 읽고 책 모으기를 위한 생각이 옛날과 지금이 다르지 않음을 보여준다.

🐟 사간원 벽에 걸어둔 글

홍귀달洪貴達(1438~1504)은 호를 허백당虛白堂이라 지었다. 그는 조선 세조 6년에 강릉 별시 을과에 급제하여 관계에 나왔다. 이시애의 난에 공을 세워 이조 정랑에 올랐으나, 연산군 4년 무오사화에 반대하는 상소 때문에 좌천되었고, 연산군 10년에 손녀를 궁녀로 들이라는 명을 거역하여 교수형을 받았다. 연산군 시대에 보기 드문 의기가 있는 선비였다.

홍귀달은 사간司諫 시절에 사간원 벽에 사간의 책무와 자신의 의지를 담는 〈계축문契軸文〉을 지어서 걸어 놓았다. 그리고 그 이유를 다음과 같이 밝혔다. "오늘날 간쟁의 언책言責을 맡은 자로는 그 직위가 다섯 명인데, 대사간, 사간, 헌납 그리고 두 명의 정언正言이다. 모두 조정에서 엄격한 기준으로 뽑은 사람들이다. 그들은 한결같이 임금의 과오를 바로잡아 나라를 바르게 이끌도록 해야 한다고 마음으로 다짐한다."

홍귀달은 "내가 만일 나의 직책을 수행하지 못한다면 어찌 하루라도 이 직책에 있겠는가?"라고 마음으로 맹세하면서, 깨끗한 비단에 자신의 초상화를 그리고, 그 밑에 자신의 이름을 써서 사간원 벽에 걸어놓았다. 이름에 걸맞게 공명정대하게 나랏일에 부응하겠다는 다짐이었다. 홍귀달은 여기에 다음과 같은 시구를 덧붙였다.

> 나라에 간쟁하는 벼슬을 두니
> 이것은 곧 국가의 복이다
> 그 자리에 꼭 알맞은
> 사람을 뽑으면
> 더욱더 큰 복이라
> 간절히 바라노니
> 성상께서 산수 자연 속에
> 숨어 사는 자의 말이라도
> 겸허한 마음으로 받아들이면

나라에 크게 유익하여
억만 년 무궁한 국운이
반석같이 튼튼할 것이다   《허백정집虛白亭集》

감사원이나 검찰, 언론사 편집국 벽에도 〈계축문〉을 걸어두면 어
떨까.

🐟 후손이 불태운 원천석의 글

최근 중국에서는 모택동毛澤東의 평생동지 주은래周恩來의 〈병상
일기〉가 중국 정부의 강력한 통제에도 불구하고 일반에 알려지면서
파문을 일으켰다. 모택동의 그늘에 가려 평생 2인자 노릇을 하면서
도 끝까지 그를 지지해온 주은래가 임종을 앞두고 모택동을 비판해
충격을 준 것이다.

"모택동을 주석으로 추대한 것은 자신의 과오였다"는 것이 〈병
상일기〉의 핵심이다. 임종 직전 주은래는 광기로 치닫는 모택동의
노선투쟁에 회의를 느끼며, 지난날 모택동을 중국의 지도자로 추대
한 것을 크게 후회했다고 한다. 그는 1944년 중국 공산당 6기 주석
단 회의에서 꼴찌를 한 모택동을 자신이 추대한 것과, 1962년 공산
당 확대공작회의에서 모택동을 퇴진시키지 못한 것이 문화혁명이
라는 대재앙으로 이어지게 되었다고 밝혔다.

중국 정부는 이와 같은 주은래의 통한과 과오를 담은 〈병상일기〉
를 공개하지 않고 있다. 여전히 '국부'로 추앙되는 모택동의 권위를

손상시키지 않으려는 의지로 보인다. 모택동은 생전에 측근들의 권유에도 '평생동지'인 주은래의 병상을 한 번도 찾지 않았다고 한다. 마지막 가는 사람의 '입'이 두려웠을지도 모른다.

우리 역사에도 비슷한 사례가 있었다. 운곡耘谷 원천석元天錫(1330~?)은 고려 말의 글 잘 짓는 학자로 뒤에 태종이 된 이방원의 스승이었다. 그는 고려가 망하자 원주의 치악산에 들어가 세상을 등지고 살았다.

> 흥망이 유수하여 만월대도 추초로다
> 오백년 왕업이 목적牧笛(목동의 피리소리)에 부쳐 시니
> 석양에 지나는 객이 눈물겨워 하노라

고려가 망한 뒤 개경을 찾은 원천석이 흥망이 무상함을 읊은 시다. 조선왕조가 창업되고 태종이 즉위하면서 원천석은 태종의 부름을 받았으나 끝내 응하지 않았다. 태종이 치악산까지 찾아갔지만 몸을 숨기고 만나주지 않았다. 치악산의 태종대는 그때 태종이 원천석을 기다리면서 잠시 쉬었던 곳이라고 한다. 태종이 그를 찾아간 것은 스승에 대한 예우를 생각한 점도 있지만 고명한 학자를 새 왕조에 출사시킴으로써 명분을 얻어 정통성을 확보하려는 뜻도 담겼을 것이다.

원천석이 은거하면서 쓴 책 중에는 《운곡야사》와 《운곡행록耘谷行錄》 등이 있다. 《운곡야사》에 얽힌 사연은 이렇다. 그가 죽을 때 자손들에게 "이 궤짝 속에 있는 나의 저술을 함부로 남에게 보이지

마라. 수백 년 뒤 우리 후손 가운데 특출한 인물이 나오거든 그때 비로소 이 속의 원고를 책으로 출판하라"고 유언했다. 그래서 증손 대에 와서 그 원고를 살펴보니 당시의 세상에서는 용납되기 어려운 내용이 담겨 있었다.

화를 입을 것을 두려워한 자손들은 이 원고를 모조리 불살라 버렸다고 한다. 지금 전하고 있는 책들은 반체제적인 내용은 모두 빠져 있다. 원천석이 끝까지 출사를 거부하자 태종이 그의 아들 원형을 현감으로 등용했다. 운곡 집안이 새 왕조에 입조한 것이다. 그런 처지에서 이성계의 창업과정을 격렬히 비판했을 《운곡야사》가 햇볕을 보기는 불가능했을 것이다. 《운곡야사》는 저자의 후손에 의해 분서된 특이한 경우라 하겠다. 그러나 지금도 중국에서는 권력자를 비판한 글이 금서가 되고 있는 실정이다.

"천국은 틀림없이 도서관처럼 생겼을 것"

　　제목과 같은 엄청난 '예언'을 한 사람은 아르헨티나의 소설가이자 시인이고 포스트모더니즘의 선구자로 불리는 호르헤 루이스 보르헤스Jorge Luis Borges(1899~1986)다. 그는 인간이 발명한 무수한 도구 중에 가장 놀랄만한 것은 책이고, 그 이유로 책은 "기억의 확장이며 상상력의 확장"이라고 말했다.

　　그런 보르헤스가 "천국은 틀림없이 도서관처럼 생겼을 것이다"라고 선언한 것은 책의 역사상 가장 '혁명적인 예언'이라고 할 수 있겠다. 이 사실이 입증된다면 콜럼버스의 아메리카대륙 '발견'이나 뉴턴의 만유인력 그리고 기독교, 불교의 천당·지옥론에 맞먹는 대발견 또는 대예언이 되지 않겠는가.

　　천국이 도서관처럼 생겼다면 당연히 '두어자'들은 상석上席을 차지하게 될 것이다. 그 나라에서는 글쓰기, 책읽기, 책 만들기, 책 판매하는 일에 종사하는 사람들이 우대를 받을 것이고, 졸부들, 깡패

들, 정상배들, 아첨꾼, 노름꾼, 마약중독자들은 설 땅을 잃을 것이다. 또 도서관장이 최고의 존경과 사랑받는 존재가 되고, 사서들은 선망의 대상이 될 것이다.

그렇다면 보르헤스가 상상한 '천국'은 어떤 도서관일까. 장서량이 70만 권에 이른 알렉산드라 도서관, 시저가 이 도시에 입성한 뒤 BC 48년에 파괴되었다는, 그런 도서관일까.

도서관도 천차만별이라 가늠하기가 어렵다. 하지만 어떤 도서관이면 어떠랴! 책이 쌓여 있거나 꽂혀 있으면 도서관이고 천국이지, 굳이 형식이 중요하겠는가. '두어자'들이 언제 대리석집과 벽돌집을 구별하던가, 책의 내용과 종류와 수량이 문제일 뿐이다.

> 인간이 상용하는 여러 가지 도구들 가운데 가장 놀랄 만한 것은 의심할 여지없이 책이다. 다른 것들은 신체의 확장이다. 현미경과 망원경은 시각을 확장한 것이고, 전화는 목소리의 확장이고, 칼과 쟁기는 팔의 확장이다. 그러나 책은 다른 것이다. 즉 책은 기억의 확장이며 상상력의 확장이다.
>
> (보르헤스,《허구들》)

에머슨의 생각도 보르헤스와 크게 다르지 않았다. 표현만 달랐을 뿐이다. 그는 "도서관은 일종의 마술상자"라고 했다. 이 마술상자 속에 인류의 가장 좋은 정신들이 마술에 걸려 있다는 것이다. 그래서 '두어자'들이 책장을 펼치면 마술에서 깨어날 수 있다고 한다. 에머슨이 누구인가. 미국식 문명을 거부하고 자연과 더불어 산 자연주의 철학자 헨리 데이비드 소로의 스승이자 동지인 초절주의超絶主義 사상가가 아닌가. 초절주의란 순수한 철학체계나 종교의 교파가 아닌 실천도덕적 인생관 내지 행동 이념을 말한다. 퓨리터니즘puritanism 붕괴 이후 지성과 감성을 내포한 전인적인 욕구를 만족시키기 위해서 생긴 운동이다.

에머슨을 중심으로 한 일련의 자연주의자들은 물질숭배주의에 반기를 들고 단순한 삶 살기 운동을 전개하면서 자신들이 시범을 보였다. 책읽기와 산책하기, 토론과 협동생활을 하면서 삶을 좀더 깊이 있게 관조하고 음미하자는 정신이었다.

에머슨의 수상집 《자연론》은 소로의 사상형성에 큰 영향을 주었다. 그런 에머슨이 책이 진열된 도서관을 '마술상자'라고 표현한 것은 역시 보통의 안목으로는 꿰뚫기 어려운 시각이다. 그렇다면 '마술상자' 속에는 누가 사는가.

🖋 사림의 어제와 오늘

"천하의 공적인 말을 사론士論이라 하며, 당세의 일류를 사류士流라 하며, 천하의 의로운 목소리를 사기士氣라 하며, 군자가 죄 없이 죽는 것을 사화士禍라 하며, 학문을 강조하고 토의를 논하는 것을 사림士林이라 한다." 연암의 글이다.

사림이 대접받으면 나라가 흥륭하고, 사림이 화禍를 입으면 나라가 어지러워진다. 사림은 나라의 원기元氣를 세우는 중심이었다. 흔히 사림과 양반을 동의어로 생각하는 경향이 있지만 차이가 크다.

사림은 어디까지나 '지식인=선비'와 한 묶음이지만, 양반은 계급적·세습적 특권층이었다. 양반 중에서 선비와 사림이 나왔다고 해서 양반이 곧 선비는 아니다. 사림은 조선조에 몇 차례 사화로 큰 화를 당하면서 전통적인 사론과 사기가 크게 저하되었다. 또 일제강점기에 저항적인 민족주의 계열의 식자(사림)들 역시 혹독한 시련을 겪었다. 이로 인해 사림의 사기는 땅에 떨어졌고 의기는 하늘로 치솟았다.

'분단-이승만 독재-군사정부-유신 독재' 시대를 거치면서 그리고 민주화 진행과정에서 나타난 진보와 보수 간의 본질을 잃어버린 대결 구도로 인해 전통 사림의 본령은 단절의 위기에 놓이게 되었다. 그렇지만 "모든 역사는 '그럼에도 불구하고'라는 말로써 이루어졌다"라는 니체의 말처럼 지금도 책 읽는 '사림'은 있고, 책 만드는 사람도 사라지지 않았다. 사림의 존재는 사라질 수 없는 것이다.

오늘의 사림은 바로 좋은 글 쓰고 좋은 책 읽는 사람들이다. 어떤 글을 쓰고, 어떤 책을 읽고, 어떤 책을 만드느냐에 따라 사림의 격格과 급及이 달라질 뿐이다. 천국의 상석을 차지하고 있을 글쟁이들의 '천국행' 사연을 찾아보자.

🐟 칼라일과 에머슨, 고리키와 레닌

칼라일이 에머슨을 처음 만나 인사를 한 뒤 30분간이나 묵묵히 앉아 있다가 "오늘 저녁은 퍽 재미있게 놀았습니다"라고 말하며 헤어졌다는 싱겁고도 이상한 얘기가 있다. 이 얘기는 김용준의 《근원

수필》에 나온다. 말이 필요하지 않는 사이, 눈빛만으로도 통하고 이해하는 관계가 진정한 지우知友가 아닐까.

필명이 러시아어로 '쓰디쓴' '최대의 고통'이라는 뜻을 가진 작가 막심 고리키Maksim Gorkii는 청년시절 생활고로 몇 차례 자살을 시도할 만큼 어려운 환경에서 자라난 노동자 문학가다. 20년간이나 러시아혁명에 참여했으며, 네 번이나 재판을 받고 수년 동안 유형 · 망명 생활을 한 사람을 혁명가가 아니라고 한다면 이상할지도 모르겠다. 그러나 그는 혁명가는 아니었다. 일생을 노동자를 위해 투쟁하고 그들의 이익을 도모하는 작품을 쓰면서 혁명에 참여했을 뿐이다.

1905년 1월, 러시아혁명이 챠르 정부의 무자비한 유혈 진압으로 실패하자 고리키는 볼세비키당에 들어가 레닌과 합법신문인《새로운 삶》을 발행했다.

그러나 곧 쫓겨났고 이후 여러 나라를 유랑하며 지냈다. 그는 미국 망명 당시 소설《어머니》의 초고를 썼다. 그리고 이탈리아 남부 카프리 섬으로 망명처를 옮겼다.

1908년 봄, 레닌이 카프리 섬으로 고리키를 만나러 왔다. 그곳에는 러시아혁명에서 패배한 망명객들이 많이 모여살고 있었다. 고리키와 레닌은 며칠 동안 혁명에 관한 이야기는 한 마디도 하지 않은 채 그저 체스만 두면서 지냈다. 그리고 레닌은 홀쩍 떠나갔다. 폭력적 혁명주의자와 볼세비키 낭만주의 작가 사이에 말이 통하지 않았던 것일까, 아니면 말이 필요하지 않았던 것일까.

조선시대 한 양반이 허균에게 물었다. "당신은 문장도 뛰어나고 벼슬도 높은데 왜 매일 이상한 자들과 어울리는가." 허균이 뭐라고 했을까? "나는 권문세족을 만나면 허리가 뻣뻣해지고, 마음에 없는 말을 하려면 혀가 굳어버리는 증상이 생긴다네. 그래서 나는 당신이 이상하다고 표현한 그들과 어울릴 때가 가장 행복하다네." 그 양반은 돌아가면서 혼잣말처럼 중얼거렸다. "별 미친놈 다 보겠네."

기계적 합리주의자들, 만년 양지족陽地族, 기득권자들에게는 미친놈, 한심한 놈, 덜떨어진 놈으로 비치는 부류의 사람들이 있다. 바로 아웃사이더, 국외자局外者, 열외자列外者들이다. 그렇지만 많은 사람들은 그들을 통해 '대리만족'을 얻는다. '잘난' 사람들과만 사귀었던 그 많은 양반들은 흔적도 없이 사라지고, 아웃사이더 허균은 역사와 함께 영원한 '두어자'들의 벗이 되고 있지 않은가.

🐟 비단과 무명베 그리고 기고학황

남명南冥 조식曺植(1501~1572)에게 어느 날 제자가 찾아와 퇴계의 글과 남명의 글을 비교해 달라는 꽤 까탈스러운 질문을 했다.

이에 조식은 "내 글은 비단을 짜되 한 필을 이루지 못했고, 퇴계의 글은 무명베를 짜되 한 필을 이루었다"고 말했다. 긴 여운이 담긴 짧은 답변이었다. '비단'과 '무명베'의 차이란 무엇일까. 남명의 글이 함부로 입기 어려운 비단과 같다면, 퇴계의 글은 일반인이 일상적으로 입고 사는 무명베와 같다. 어느 쪽이 더 값진 것일까.

휴암休庵 백인걸白仁傑(1497~1579)과 율곡이 정암과 퇴계의 우열을 놓고 논쟁을 벌인 적이 있다.

율곡이 "정암은 타고난 자품姿品은 훌륭하나 학문이 성숙하지 못하여 일을 그르쳤다"고 평하자, 한 때 조광조에게 글을 배웠던 휴암은 '기고학황氣高學荒', 즉 "기개가 높았고 글은 거칠다"라고 수정했다. 이 소식을 전해들은 선조가 율곡에게 "그대와 우계를 비교하면 어떤가?" 하고 묻자 율곡은 "재주는 소신이 우계보다 좀 나으나 수신修身과 학문에 힘씀에는 우계에 미치지 못한다"고 겸손하게 말했다. 요즘 나도는 인물평의 격格과는 비교되는 일화다.

율곡은 어느 날 제자들에게 〈여정사제생서輿情舍諸生書〉라는 글을 주었다. 이는 "학문의 공이란 오직 마음을 지성껏 다잡아서 구차하지 않음에 있고, 일에 따라서는 올바름으로써 해야 한다. 그 마음이 성실하지 못해 읽는 둥 마는 둥 하면, 비록 종일토록 바로 앉아서 글을 읽는다 해도 아무 소득이 없다"는 의미다. 즉, 책 읽기의 성실성을 당부한 것이다.

평생을 두보杜甫 시의 연구에 바친 이병주李丙疇는 두보의 글쓰기를 두고 "눈물로 먹을 갈아 한숨으로 쓴 맘부림의 앙금이 두시杜詩"라고 정의했다. 실제로 두보는 만권의 책을 읽어낸 노력가이자, 자기의 시를 남이 읽어서 마음이 움직이지 않는다면 저승에 가서라도 움직이게 하겠다고 다짐한 사람이다. '독서파만권讀書破萬券 하필여유신下筆如有神'은 두보에 대한 가장 짧고 가장 정확한 평가다. "만권의 책을 읽어 제쳤고, 붓 내려감에 신이 붙은 듯했다"는 말이다.

글쟁이가 먹고 사는 길이 과거에 급제하는 것이 유일한 시대에 두보는 과거시험에서 떨어졌다. 그리고 사발농사로 평생을 살았다. 그런 정황에서도 두보는 시와 벗과 술을 좋아했다. 어느 날은 구호미救護米를 타오다가 벗을 만나자 쌀을 잡히고 몽땅 술을 퍼마신 적도 있다. 그럼에도 불구하고 그는 눈물로 먹을 갈아 한숨으로 시를 썼다. 이것이 바로 '두보시'의 실체인 것이다.

🐌 임제와 홍명희의 같은 점은?

황진이는 살아서도 뭇 남성들을 울렸지만 죽은 뒤에도 꽤 괜찮은 남성들에게 시련을 안겨 주었다.

조선의 문인 임제林悌가 평안도 평사評事가 되어 올라가는 길이었다. 평사란 감사 다음으로 가는 벼슬이라 수행원도 적지 않았을 것이다. 그는 지나는 길에 닭 한 마리와 술 한 병을 준비하여 황진이 무덤을 찾아 제사를 지내고, 손수 지은 제문을 읽었다.

제문은 호탕하기 그지없는 내용이었다. 임제의 작품인데 비할 바가 있겠는가. 그런데 이것이 화근이 되었다. "평사라는 자가 한갓 기생의 무덤에 제사를 지내고 축문을 읽다니, 기본이 안 된 공직자다!" 아마 이런 지탄이 있었을 것이다. 임지에 도착한 임제를 기다리고 있었던 것은 안타깝게도 파직명령이었다.

소설 《임꺽정》을 쓴 벽초 홍명희가 월북(납북) 뒤 북한에서 고위직으로 있을 때의 일이다. 일이 있어 개성을 방문한 그는 황진이의 무덤을 찾았다. 임제처럼 닭과 술병을 준비했었는지는 알려진 바가 없다. 또 제문을 읽었는지도 알 수 없다. 그러나 업무를 마치고 평양에 귀환하자 '낡은 봉건잔재의 유습'이라는 혹독한 비판을 받아야 했다.

🎗 모든 책 없애도 그의 책만은

중국문학사에서 이백과 두보가 쌍벽을 이루었다면 러시아에서는 톨스토이와 도스토예프스키가 있다. 벨자예프는 도스토예프스키에 대해 다음과 같이 말했다.

도스토예프스키는 나의 정신적인 삶에서 매우 결정적인 역할을 했다. 젊은 시절 나는 그와 접목이 되었고 우리는 생명의 합일체가 되었다. 다른 어떠한 작가나 철학자도 그처럼 나의 영혼을 자극하고 나를 끌어올린 사람은 없었다. 그를 알고 난 후부터 인간은 '도스토예프스키인人'과 '그와는 무연無緣한 인간'의 두 부류로 나누어진다고 생각했다.

동시대의 작가로서 도스토예프스키에 대해 부정적인 평가를 했던 톨스토이는 그가 죽고 15년이 지난 뒤 이렇게 말했다.

이 세계에 있는 모든 서적, 특히 문학서적은 내 자신의 것을 포함해서 모두 불살라 버려도 무방하다. 그러나 도스토예프스키의 작품만은 예외다. 그의 작품은 모두 남겨두어야 한다.

천하의 문호 톨스토이도 자신의 책은 없어져도 도스토예프스키의 작품만은 예외로 해야 한다고 인정했다. 또 벨자예프는 인간의 종류를 도스토예프스키를 아는 측과 무연한 측으로 나누어야 한다고 했다. 그러나 정작 그 당사자는 지극히 불운한 삶을 살아야 했으니, 이것이 '책벌레'의 숙명일까.

> 누구보다도 인간적이며, 동시에 구도적이고, 누구보다도 흥분하기 쉬우면서 침착하고, 누구보다도 현명하면서도 어리석은 짓을 예사로 하는 인물, 게다가 누구보다도 불운한 운명 속에서 가장 빛나는 행운을 붙들 수 있었던 인물, 성인적인 성聖과 악마적인 마성魔性이 공존해 있으면서도 항상 그 마음은 광명 쪽으로 향하고 있었던 사람, 누구보다도 현실주의자이면서도 이에 못지 않는 공상자……. 구체적으로 말하면 《카라마조프의 형제》의 드미트리, 이반, 알료사를 합친데다 가 그 밖의 xyz를 보태어 합성한 사람을 나는 도스토예프스키적이라고 말한다. (이병주,《희망과 진실》)

한국의 '두어자'들은 과연 톨스토이 쪽일까, 도스토예프스키 쪽일까. 그런데 이 질문은 우문이다. 그 해답 비슷한 것을 공자의 말에서 찾으면 어떨까.

공자는 매우 우수한 시인이었다. 그는 "서경書經에 있는 300편의 시는 한 마디로 말해 사악함이 없다"고 했다. '사무사思無邪'의 정신은 공자 글쓰기의 기본임과 더불어 모든 '두어자'들의 표본이라 할 것이다.

'사악함이 없는思無邪' 정신은 글쓰기뿐 아니라 문사철·시서화 그리고 종교·스포츠에 이르기까지 문명시대 인간의 모든 것을 포괄하는 가치고 본질이다.

인간은 얼마만큼 사악함에서 벗어날 수 있을까. 인간의 사유와 행위, 특히 언론인과 지식인들의 글쓰기 행위와 비판행위는 얼마만큼 순수성과 공정성을 유지할 수 있을까.

사림의 전통을 잇고 '두어자'들의 꿈을 위한 '사무사' 정신은 '도서관처럼 생긴' 곳으로 가는 티켓이 될 것이다. 그곳에는 틀림없이 진성 '두어자'들이 오늘도 책 이야기로 꽃을 피우고 있을 것이다.

시대를 아파하고
세속에 분개하는 글쓰기

'문장'이라는 한자의 문文은 무늬란 뜻이다. 장章은 음音에다 '十'자를 보탠 글자다. '십十', 즉 열이란 숫자는 "하나에서 열까지"란 말이 있듯이 관용상 전체를 뜻한다. 그러므로 장章의 뜻은 '소리 음音'을 빠짐없이 다 늘어놓았다는 의미를 갖는다. 따라서 '문장'이란 '음'을 빠짐없이 늘어놓되 무늬(수식)가 들어 있어야 한다는 뜻이 된다고 한다(《문장대사전》).

한국사에서 '자기 문장'을 고집하고 실천한 대표적인 인물은 허균許筠(1569~1618)이다. 허균은 "문장은 제각기 나름대로의 맛이 있는 법"(《성소부부고》13권)이라면서, 자신의 작품이 기존의 품격이나 시풍에 속하기보다 '허자許子의 시'로 불리기를 바란다고 했다. 그는 이러한 자유분방한 사상과 행동으로 〈호민론〉을 쓰고 《홍길동전》을 지었다. 다음은 허균의 말이다.

"《시경詩經》 300편은 스스로 300편이고, 한漢은 스스로 한이며, 위진魏晉·육조六朝는 스스로 위진·육조이고, 당唐은 스스로 당이며, 소식과 진사도陳師道 또한 스스로 소식과 진사도니, 어찌 서로 모방하여 일률적으로 했겠는가"라고 하면서 모방은 호걸이 아니라고 했다.

(이종호,《조선의 문인이 걸어온 길》)

허균은 고전적인 가치를 지니는 문장이 되려면 "일상 언어를 진솔하게 사용하여 글이 붙고 글자가 순탄하고, 그것을 읽으면 마치 입을 벌리고 목구멍을 보는 것과 같아서 해독하는 자나 해독하지 못한 자를 막론하고 아무런 걸림이 없어야 한다"(허균, 앞의 책)고 주장했다.

움베르토 에코Umberto Eco는 인간의 '영생론'을 짧은 글에서 적절하게 표현했다. "인간이 죽음을 극복할 수 있는 방법은 자식을 낳는 것과 책을 남기는 것"이라는 주장이다. 실제로 공자와 장자, 사마천 등 고인들이 지금까지 우리와 '대화'를 나눌 수 있는 것은 그들이 책을 남겼기 때문이다. E. H. 카의 말처럼 "역사는 현재와 과거의 대화"인데, 책이 현재와 과거의 매개역할을 하고 있는 것이다.

《춘추좌전》에 나오는 '삼불후三不朽'는 세 가지 썩지 않는 것에 대한 이야기다. 첫째는 덕을 쌓는 일(입덕立德)이고, 둘째는 공을 세우는 일(입공立功)이고, 셋째는 책을 쓰는 일(입언立言)이다. 영원히 사는 길이나 영원히 썩지 않는 일이 모두 책을 쓰고 책을 남기는 것이라면, 책 쓰는 이들의 책임이 정말 중요하다 할 것이다.

당나라 시인 백낙천은 시(문장)는 마땅히 세 가지가 쉬워야 한다고 말했다. 첫째, 알기 쉬워야 하고 둘째, 글자는 어렵지 않게 써야 한다. 그리고 마지막으로 읽기 쉬워야 한다.

백낙천은 시를 지어 그것을 발표하기 전에 늘 농부들에게 먼저 읽어주었다. 그리고 농부가 그 시를 해독하지 못할 때는 다시 몇 차례나 고쳐 썼다. 이렇게 해서 백낙천의 시는 쉬우면서도 뜻이 깊어 오래오래 사람들의 사랑을 받았다.

🐟 최한기의 글쓰기와 '공부론'

혜강惠岡 최한기崔漢綺(1803~1879)는 조선후기의 대표적인 과학자다. 우리가 서양문명에 치우치다보니 우리 것을 소홀히 하는 경향이 있다. 인물에 대해서도 그러하다. 최한기의 경우도 비슷한 것 같다. 서양의 갈릴레오는 알아도 조선후기 지구가 태양 주위를 돈다는 지동설을 처음 우리나라에 소개한 최한기를 아는 사람은 드물다. 그가 쓴《지구전요地球典要》에는 영어의 알파벳이 소개되어 있고, 그의 대표작인 과학서《신기통》과《추측론》에는 현대 물리학과 비슷한 내용이 담겨 있다. 그는 소리는 진동의 형태로 사방으로 퍼진다고 했고, 빛의 굴절현상을 렌즈 말고도 다른 예를 들어 설명하기도 했다. 여기서는 최한기의 세대별〈공부론〉을 소개하고자 한다.

20대 ─ 무엇이든지 탐색하라.
30대 ─ 버릴 것은 버리고 취할 것은 취하라.

40대 ― 세계에서 얻은 바를 자아화自我化하고 다시 세계화
        하는 절차를 밟으라.
50대 ― 새롭게 개척하지 말고 이미 이룬 바를 집대성하라.

최한기는 과학분야뿐 아니라 문·사·철 그리고 신구학문에도 통
달한 인물이었다. 육당 최남선은 "혜강은 1000권의 저술을 남겼는
데, 아마도 이것이 진역震域(우리나라의 별칭)에서 저술상 최고의 기
록일 것"이라고 했다(《조선상식문답》 속편).

최한기는 저술가면서 조선시대의 대표적인 독서가이기도 했다.
《당의통략》을 지은 이건창李建昌은 혜강에 대한 다음과 같은 일화
를 소개한다. "혜강 최한기는 서울에서 책만 사다 책값으로 재산을
탕진해버렸다. 그래서 도성 밖으로 이사를 가야만 했다. 어느 친구
가 '아예 시골로 내려가 농사를 짓는 게 어떻겠는가' 하니까, '에끼
미친 소리 말게, 내 생각을 열어 주는 것은 오직 책밖에 없을진대,
책 사는 데 서울보다 편한 곳이 있겠는가?' 하고 면박을 주었다."(이
건창,《명미당집》)

재산을 몽탕 털어 책을 사고, 서울 변두리로 이사를 가면서도 시
골에 가서 농사짓고 살 수 없었던 것은 '생각을 열어주는' 책이 서
울에 집중되어 있기 때문이라는 혜강, 뒷날 '두어자'들의 '책당冊
黨' 같은 것이 결성된다면 혜강을 고문이나 지도위원으로 추대하면
어떨까.

🐚 이덕무와 정약용의 글쓰기 정신

아정雅亭 이덕무李德懋(1741~1793)는 실학자로서 정조 2년에 북경에 가서 그곳 학자들과 만나 많은 지식을 나누고 돌아와 북학北學을 주장한 인물이다.

이덕무는 서자 출신이라 높은 벼슬길에 오르지 못했지만, 그 대신 많은 책을 읽고 글을 썼다. 그는 "집안 살림이 살만해지면 한적한 강가에서 책을 지어 명산에 굴을 판 뒤 깊이 간직해두겠다. 먼 훗날 그것을 찾아낼 한 사람의 독자를 위해서"라는 특이한 글을 남기기도 했다. 훗날 한 사람의 독자를 위해서라도 책을 쓰겠다는 문인이다.

"티끌 세상에서 부대끼며 살아가더라도 마음을 가지런히 하고, 책 읽을 여유를 가진 사람을 군자라 한다"고 한 이덕무의 '두어자' 정신은 고결하다. 글을 쓰고 책을 짓는 것도 중요하지만, 돌이켜보면 어떤 글을 쓰고 어떤 책을 만드는가가 더욱 중요하다. 이에 대한 다산 정약용의 잣대는 엄격하다. 그는 "시대를 아파하고, 세속에 분개하는 마음 없이 쓰는 시(글)는 시가 아니다不傷時憤俗非詩也"라고 지적했다. 다산은 "바람이나 달을 읊고吟諷詠月, 장기나 바둑을 두며 술이나 마시는譚棋說酒" 이야기를 시나 글로 쓰는 것은 아무런 의미가 없다는 점을 분명히 밝혔다. 그래서 정약용은 굶주리는 백성을 노래하는 '기민시飢民詩'를 짓고, 관리들의 행동지침이 되는 《목민심서》 등을 썼다.

정약용은 성호星湖 이익李瀷(1681~1763)의 책을 읽은 뒤에 "천지의 큼과 일월의 밝음을 알았노라"고 했고, 《주역》을 공부하면서는 "밥상머리와 칙간(화장실) 갈 때, 손가락 놀릴 때, 아랫배를 문지를 때도 주역 아님이 없다"고 했다. 공부하고 연구하는 시간과 장소가 따로 있는 것이 아님을 선철先哲은 보여준다.

이을호李乙浩 씨는 우리시대의 대표적 철학자 중 한 분이다(전 전남대 문리대학장). 그의 책을 읽다가 책과 관련해 눈에 번쩍 띄는 대목이 있었다.

> 책의 대해를 일엽편주로 떠돌았고
> 책의 숲속을 다람쥐처럼 쏘다녔지만
> 결과적으로는 대해의 망망함을 알게 되었고
> 수림樹林의 울창함을 보게 되었다고 할 수 있을 것이다.
> 꼭 어느 한 권이 나의 교양의 양식이 되었으리라고
> 나는 내세우려 하지 않는다.
> 차라리 오색찬란한 샹들리에의 불빛이
> 나를 황홀하게 만들어 주듯
> 만 권의 잡학雜學이 오히려 무한대의 가능성을
> 나에게 안겨주었는지도 모른다.
>
> (이을호, 〈학문의 흰자위와 노른자위〉)

그는 전문서적도 중요하지만 다양한 책읽기도 중요하다고 설파하고 있다.

🐟 춘추필법의 글쓰기 정신

지금 읽어도 성호의 '필법론筆法論' 정신은 매섭다. 그는 공자의 《춘추春秋》에 대해 다음과 같이 해석했다. "《춘추》는 현실적인 힘이 미치지 못하는 자들도 글로 대신 주벌誅罰하는 책으로, 글자 하나 거취에 따라 나타나는 의리가 자별하다. 필부나 암군, 난신이 제멋대로 하지 못하는 것은 칼보다 날카로운 필부의 붓 때문이다. 춘추의 필법을 통해 선악이 드러나게 된다."

오래전부터 동양에서는 글쓰기의 전범으로 춘추필법春秋筆法 정신을 들었다. '춘추'는 춘하추동의 약자로 한 해를 뜻한다. 이 말은 중국 주나라 때 노나라의 궁정 연대기에 붙인 표제에서 기원하는데, 공자가 이 연대기의 일부를 손질하여 펴낸 것이《춘추》다.

'춘추'의 본래 뜻은 '간결체'를 의미하지만 일반적으로 비판적이고 엄정한 필법을 뜻한다. 또 대의명분을 밝혀 세우는 역사 서술 방법을 말하기도 한다. 왕조시대의 사관은 바로 이 춘추필법 정신을 본받아 글을 써야 했다.

중국 당나라 시대의 학자 유지기劉知幾는 춘추필법 정신에 입각해 사관의 자질로서 삼장론三長論을 들었다. 재才·학學·식識이 그것이다. 재는 역사를 서술하는 문장력, 학은 연구하는 방법론, 식은 통찰력을 말한다.

이에 대해 청나라 말기의 학자 양계초는 이 삼장에 덕德을 추가하여 '4장론'을 제시했고 순서도 덕·학·식·재로 바꾸었다. 아무리 학문과 식견과 재주가 출중해도 덕성, 즉 도덕적인 공의정신公義

精神이 없으면 바른 글을 쓰기가 어렵다는 것이다.

춘추필법과 '4장론'은 언론(인)이나 학자는 물론 글 쓰는 사람들에게는 만고의 철칙이 아닐까 싶다. 《춘추》의 사상과 역사서술 방법론을 탐구한 중국의 동중서董仲舒는 춘추필법을 십지설十指說로 요약했다.

십지설이란 하나의 사건을 지목하여 그 원인을 조사하고, 정사正邪를 분명히 가리고, 사료의 본말을 살피고, 사건의 연관을 검토하고, 현인우자를 헤아리고, 친소를 가려내고, 전통문화를 재건하고, 새로운 이상을 제창하고, 공정한 비판을 내리는 것을 말한다. 이는 춘추필법의 요체다.

조선시대 사학자 안정복安鼎福(1712~1791)은 《동사강목東史綱目》에서 사가의 글쓰기 5원칙을 다음과 같이 제시했다.

첫째, 계통을 철저하게 밝힐 것.

둘째, 찬탈자와 반역자를 엄격하게 평가할 것.

셋째, 시시비비를 공정하게 내릴 것.

넷째, 충절을 높이 평가할 것.

다섯째, 법제를 상세하게 살필 것.

🐟 건전한 비판과 양비론

'매천필하에 무완인梅泉筆下 無完人'이라는 말이 있었다. 한말의 시인이며 학자였던 매천 황현의 매서운 비판정신에 매국노·부패

관리들이 벌벌 떨고, 발분의 문장이 아주 날카로웠음을 이르는 말이다.

그러나 매천 역시 당시의 시대인식을 벗어나기는 어려웠던지, 《매천야록》에서 동학군을 '비도匪徒'라 부르는 등 비판받을 여지를 남겼다. 그럼에도 불구하고 그의 평필은 예리하고 공정하기 그지없었다.

비판자들이 시시비비를 정확히 가려야 정의로운 민주사회가 이루어진다. 그러나 우리 사회의 취약점 가운에 하나는 추상열일의 공정하고 준엄한 비판자가 드물다는 것이다. 참다운 비판은 시是와 비非를 정확하게 가리면서 진실을 밝히고 정의에 접근하는 행위를 말한다. 산술적 평균이나 양시 양비론으로 진실을 도출하기는 불가능하다. 모름지기 비판批判이란 시是와 비非를 반半으로 쪼개어刀 보여준다示는 뜻을 담고 있다.

어떤 사안이나 사상, 또는 행위의 진위, 우열, 가부, 시비, 선악, 미추 등을 판정하여 그 가치를 밝히고 평가하는 인간 고유의 고등적인 활동이 비판이다.

맹자는 '비시지심非是之心 지지단야智之端也'라 하여 옳고 그름을 따지는 마음이 슬기라는 인간 본성의 단서가 된다고 했는데, 이때의 '비시지심'이 바로 비판정신의 근본이 된다.

황희 정승 식의 "너도 옳고, 자네도 옳고, 당신도 옳다"는 말은 한 가정의 덕목은 될지언정 결코 정부나 사회를 비판하는 기준이 될 수는 없다.

🖜 일시적인 책과 영구적인 책

영국의 정치사상가 존 러스킨(1819~1900)은, 책에는 일시적인 책과 영구적인 책이 있다고 단호하게 주장했다. 그렇지만 책에도 '그레샴의 법칙'이 작용하는 것인지, 악서가 양서를 구축하는 경우가 종종 있다. 하지만 장기적으로 보면 양서는 살아남고 악서는 사멸한다. 이와 관련한 러스킨의 주장은 세월이 흘렀음에도 공감되는 내용이 적지 않다. 그의 말을 들어보자.

책에는 일시적인 책과 영구적인 책이 있다. 일시적인 책은 우리가 직접 경험하지 못하는 일이나 직접 만나기 어려운 어떤 사람의 담화를 인쇄한 것이다. 그것은 우리가 알고 싶은 일이나 듣고 싶은 얘기를 담고 있기 때문에, 그 중에는 대단히 유익한 것도 있고 즐거움을 주는 것도 있다. 이를테면 신기한 여행담, 유쾌하고 기지에 넘치는 토론, 감상적인 스토리, 현대사의 사건에 직접 관계한 사람이 말하는 논픽션 등이다. 이런 일시적인 책이 점점 증가하고 있는 것은 현대사회가 우리에게 제공하는 일종의 선물이기도 하다. 우리는 그런 책을 감사히 여기며 각자의 필요에 따라서 이용한다. 하지만 일시적인 책은 어디까지나 그 한계 안에서 유용한 것이므로 그것이 '영구적인 책'의 지위를 빼앗게 해서는 안된다. 가령 한 통의 편지를 받았다고 하자. 오늘만은 필요한 것이기도 하고 재미도 있다. 그러나 영구보존을 할 필요가 있는지는 다른 문제다. 아침에 배달된 신문은 한번 쭉 훑어보면 그만이다. 하루 종일 읽을 만한 내용은 담겨 있지 않다. 그러므로 일시적인 내용을 담은 책은 설사 그것이 아무리 훌륭한 장정을 하고, 책 제목이 금박으로 찍혀 있다 하더라도 영구적인 책과 혼동을 해서는 안 된다. 그러면 참다운 책, 영구적인 책이란 어떤 것인가. 책은 원래 일시적인 전달을 위해서 얘기하는 게 아니라 영구보존을 위해서 기록한 것이다.

《참깨와 백합》

'두어자' 들의
책향기 경연

'상정일련嘗鼎一臠'이라는 말이 있다. 가마솥에서 펄펄 끓고 있는 국의 맛은 한술만 떠먹어도 알 수 있다는 뜻이다. '두어자'들도 이와 비슷하다. 책을 몇 쪽만 쭉 훑어봐도 영양가 있는지, 무색무미한 맹물인지, 혹은 가짜인지를 금방 알 수 있다. 누구보다 바쁜 '두어자'들이 무엇 때문에 영양가 없는 맹물이나 가짜 식품을 먹고 살겠는가. 어림없는 일이다.

그러나 세상은 여전히 허술한 면이 있다. 출판 시장도 '보이지 않는 손'이 지배하고 있어서, 사이비들이 진짜로 둔갑하거나 영양가 없는 책이 베스트셀러가 되는 경우가 종종 있다.

'국맛'을 제대로 내려면 재료와 국을 끓이는 손재주가 좋아야 하고 담는 그릇이 격에 맞아야 한다. 마찬가지로 글맛을 제대로 내려면 주제가 좋아야 하고 글을 쓰는 사람의 인품과 거기에 맞는 적절한 형식이 뒷받침되어야 한다. 이는 유가에서 말하는 "이름이 곧 몸이요, 몸이 곧 이름이라"는 '명체불리名體不離' 정신과 유사하다.

즉, 글을 쓰는 사람과 주제가 일치되어야 한다는 뜻이다. 그러나 아무리 그럴듯한 주제라 하더라도 글쓰는 이의 인품과 문장이 신통치 않으면 글의 수명은 길지 못하다. 위나라 문제文帝는 "문장은 나라를 다스리는 큰 업이요, 썩지 아니하는 훌륭한 일이다"라고 문장의 가치를 높이 평가했다. 또 장조張潮는 "문장은 글자가 있는 비단이고 비단은 글자가 없는 문장이다"라면서 "문장이란 책상머리의 산수山水고, 산수는 땅위의 문장이다文章是案 頭之山水, 山水是地 上之文章"라고 문장의 의미를 풀이하기도 했다.

문장이 좋은 글은 읽기도 좋다. 거친 글이나 기본이 돼 있지 못한 글은 아무리 내용이 좋아도 좋은 글이라 할 수 없다. 또 글의 주제와 문장뿐 아니라 어느 때, 어떻게 읽는가도 중요한 문제다.

책 읽는 데도 궁합이 맞아야

책을 읽는 데도 '궁합'이 맞아야 한다. 계절에 따라 읽기에 적합한 책의 종류가 있다는 말이다.

> 경서를 읽기에는 겨울이 좋다. 그 정신이 전일한 까닭이다.
> 역사서를 읽는 데는 여름이 적당하다. 그 날이 길기 때문이다. 제자백가를 읽기에는 가을이 꼭 알맞다. 그 운치가 남다른 까닭이다. 문집을 읽자면 봄이 제격이다. 그 기운이 화창하기 때문이다.
>
> (장조, 〈유몽영〉)

글이란 사람이 만드는 작품이기 때문에 사람의 인격과 성품에 따라, 거기에 합당한 글을 써야 한다는 주장은 타당하다.

> 붓이 굳센 사람이 배우면 고문古文이 되고, 붓이 빼어난 사람이 배우면 사詞가 되며, 붓이 고운 사람이 배우면 부賦가 되고, 붓이 분방한 사람이 배우면 문장이 된다.
>
> (장조,〈유몽영〉)

조선시대에 책을 많이 읽었던 사람으로는 단연 김득신金得臣(1604~1684)을 꼽을 수 있다. 김득신은 임진왜란 때 큰 공을 세운 김시민金時敏 장군의 손자다. 지은 책으로는《종남총지終南叢志》가 있다.

김득신은 재주가 둔했음에도 불구하고 남들보다 더 노력해 글을 읽는 횟수가 다른 사람보다 갑절에 이르렀다. 당나라 문인 한유韓愈와 유종원柳宗元의 글을 베껴서 1만여 번씩 읽었고, 사마천의〈백이전伯夷傳〉을 가장 좋아하여 1억 1만 3000번이나 읽었다고 전한다. 그래서 그의 방을 '억만재億萬齊'라 불렀다. 김득신은 좋은 시도 많이 남겼다.

> 저녁 낙조는 강 모래에 비치고
> 멀리서 가을바람 소리 나무 사이에서 일어난다
> 목동은 송아지를 몰고 돌아가는데 앞산에서 묻어오는 비에
> 옷이 젖는다
>
> (《백곡집栢谷集》)

책을 어떤 자세로 읽을 것인가는 율곡의 가르침이 으뜸이다. 율곡 선생이 수백 년이 지나도록 국민의 표상으로 남는 것은 사소한 것처럼 보이는 일까지 반듯한 격格을 갖춰 행했기 때문일 것이다.

> 무릇 독서하는 이는 반드시 단공端拱하고 바로 앉아서 공경히 책을 대하여 마음을 오로지하고 뜻을 극진히하여 정확하게 생각하고 익숙히 연구하여 의취意趣를 깊이 이해하되 구절마다 반드시 실천할 방법을 구할 것이다. 만일 입으로만 읽고 마음으로 체득하지 못하며, 몸으로 행하지도 못하면 글은 글이요, 나는 내가 되고 말 것이니 무슨 유익이 되겠는가.
>
> 《격몽요결擊蒙要訣》

🏵 율곡이 제시한 구습타파의 길

율곡은 《격몽요결》에서 많은 사람이 학문에 뜻을 두고도 성취하지 못하는 것은 구습舊習에 얽매이는 까닭이라고 했다. 그리고 구습을 통절하게 끊어버리지 않으면 학문을 하기 어렵다면서 다음의 8가지 구습을 지적했다.

> 첫째, 그 심지心志를 게을리 하며, 그 몸가짐을 방일하게 하며, 다만 놀고 편안함만 생각하고, 심히 탐구를 게을리 한다.
> 둘째, 항상 동작하기를 생각하고 능히 안정치 못하여 분주히 출입하고 이야기로 날을 보낸다.

셋째, 같은 것을 좋아하며 다른 것을 미워하여 유속流俗에 빠져서 조금 수식하려다가도 남에게 틀릴까 겁을 낸다.

넷째, 문장으로 남에게 칭찬받기 좋아하며 옛글을 떼어다가 부화한 문체文體나 꾸민다.

다섯째, 글씨가 교묘하고 거문고나 음주를 일로 삼아 세월을 허송한다.

여섯째, 일 없는 사람들과 함께 바둑을 두거나 도박하기를 좋아하며 종일토록 다투기만 일삼는다.

일곱째, 부귀를 부러워하며 빈천한 것을 싫어하여 악의·악식을 심히 배척한다.

여덟째, 기욕嗜慾이 절도가 없어 끊고 억제하지 못하여 화리貨利와 낙樂·색色에 젖는다.

책읽기에 방해되는 잘못된 습관을 버리라는 선철의 채찍질이다. "오늘에 한 것을 내일에 고치기 어렵고 아침에 후회하여도 저녁에 다시 그러하니, 잘못된 심지를 한 칼로 끊어버려라"는 말도 덧붙인다.

🐟 임어당의 세대별 책읽기 풍경

중국 출신으로 세계적 석학인 임어당林語堂의 저서 《생활의 발견》은 그의 박학다식을 알게 하는 매우 값진 책이다. 많은 내용을 담고 있는데, 책과 독서에 관한 대목도 일품이다.

청년시기에 책을 읽는 것은 문틈을 통해서 달을 바라보는 것과 같고, 중년시기에 책을 읽는 것은 자기 집 뜰에서 달을 바라보는 것과 같고, 노령시기에 책을 읽는 것은 창공 아래 노대露臺에 서서 달을 바라보는 것과 같다. 독서의 깊이는 체험의 깊이에 따라서 변하기 때문이다.

임어당은 독서술에 관해서도 독특한 견해를 제시한다.

독서술을 체득하고 있는 사람은 가는 곳마다 만물이 화化하여 책으로 될 수 있다는 것을 깨닫는다. 산수山水 또한 책이 될 수 있고 바둑도 술도 책이 될 수 있고, 달도 꽃도 책이 될 수 있다. 현명한 여행자는 가는 곳마다 풍경이 있는 것을 안다. 책과 역사는 풍경이다. 술도 시도 풍경이다. 달도 꽃도 풍경이다. 옛날 어느 문인이 말하였다. 10년을 독서에 바치고, 10년을 그 보존과 정리에 바치고 싶다고. 그러나 나는 생각한다. 보존에 10년을 바칠 것 까지는 없고, 2~3년으로 족하다고. 독서와 여행이 내 욕심을 만족시키려면 두 배라도 다섯 배라도 아직 부족하다. 욕심대로 말하자면 황구언黃九言이 말한 것처럼 인간 300세의 수명을 보존하는 수밖에 없다.

"시는 시인이 빈곤하거나 불행에 빠진 후에 비로소 좋아진다"고 고인은 말하였다. 불행한 사람에게는 할 이야기가 많고 따라서 자기를 유리하게 발표하기 쉽다고 생각하기 때문이리라. 영달한 부유한 사람들이 빈궁에 대한 한탄도 없고, 불우에 대한 불평도 없이 늘 바람과 구름과 달과 이슬의 시만을 짓고 있다고 하면 좋은 시가 나올 리 만무하다. 이러한 사람들에 있어 시를 짓는 유일의 방법은 여행을 떠나 눈에 띈 모든 것, 산이나 들이나 풍속이나 사람 사는 꼴이나, 때로는 전화戰禍나 기근에 시달리는 민중의 모습에 이르기까지, 그 모든 것을 낱낱이 자기 시의 소재로 하는 것이다. 이처럼 자기 자신의 노래와 탄식을 위하여 남의 비애를 빌려온다면 구태여 가난뱅이가 되고 불행하게 되기를 기다리지 않아도 좋은 시를 지을 수 있을 것이다.   《생활의 발견》

밭을 가는 것이 농부라면 마음의 밭心田을 가는 사람은 작가다. 작가는 시인·소설가·교수·언론인 등 문필업에 종사하는 모든 사람을 포괄한다.

다음은 미셸 드 세르토Michel de Certeau의 《읽는다는 것의 역사》의 머리말 첫 장이다. 작가의 세계, 작가의 역할을 잘 정리한 글이다.

작가는 자신의 공간을 만드는 창설자이며, 언어의 땅을 경작하는 옛 농부의 상속인이며, 우물 파는 사람이며, 집짓는 목수다.

이와 반대로 독자는 여행객이다. 남의 땅을 이곳저곳 돌아다니고, 자기가 쓰지write 않은 들판을 가로질러 다니며 밀렵하고, 이집트의 재산을 약탈하여 향유하는 유목민이다.

저작writing은 생산물을 축적하고, 저장하고, 어떤 공간의 설
정으로 시간의 흐름에 저항하며, 재생산이라는 확장을 통
해 그 생산물을 더욱 증식시킨다. 독서reading는 시간의 침
식에 대처하지 못하고(사람들은 자기를 잊고 독서를 잊는다), 얻
은 것을 지켜내지 못하거나 겨우 지켜내며, 들르는 장소 하
나하나가 실낙원의 반복이다.

  흔히 세상의 '잘난' 사람을 평할 때 신身・언言・서書・판判을 제
시하고, 무인을 평할 때는 문무를 겸비한 사람을 한 수 위로 치는
경향이 있다. 그래서 글은 인간의 인간다움의 알파요 오메가라 하
겠다.
  조선 후기 문인 조수삼趙秀三(1762~1849)은 호를 추제秋帝라 지었
다. 시문을 잘 한 그는 여섯 차례나 중국으로 건너가 그곳 학자들과
사귀었다. 그래서 그의 시풍은 중국에도 널리 알려졌다. 당시 세간
에서는 추제의 열 가지 뛰어난 것을 들어 모두 존경해 마지 않았다.
'두어자'들이 추제와 같이 많은 것을 갖추기는 어렵겠지만, 시문과
글씨만은 욕심내도 되지 않을까 싶다.

  세상에서 말하기를 추제가 가진 것이 열 가지가 있는데, 다
  른 사람은 그 중의 하나만 가져도 한 평생을 지낼 수 있다.
  인물이 잘생긴 것이 첫째요, 시문이 둘째요, 과거에 응시하
  기 위한 글이 셋째요, 의학공부가 넷째요, 바둑이 다섯째요,
  글씨가 여섯째요, 기억력이 일곱째요, 말 잘하는 것이 여덟

째요, 복을 잘 타고 태어난 것이 아홉째요, 장수한 것이 열째라 하였다. 그는 88세로 세상을 떠났다.(《호산외사壺山外史》)

🐟 몽테뉴의 '나의 독서실'

글 쓰는 사람치고 자신의 서재와 독서실 갖기를 원치 않는 사람은 없을 것이다. 실제로 영국의 한 유명한 학자는 "책 없는 왕궁보다 책 있는 두옥을 택하겠다"고 선언하기도 했다. 이 말은 '두어자'들도 두루 공감할 것이다.

몽테뉴(1533~1592)는 프랑스의 사상가이자 철학자다. 법원에 근무하다가 사직한 그는 독서와 사색을 즐기며 《수상록》을 집필했다. 그리고 《수상록》은 파스칼 등에게 많은 영향을 끼쳤다. 그는 세상의 누구보다 자신의 서재와 독서실을 갖기 원했던 사람이다. 《수상록》에 이에 대한 그의 생각이 잘 나타나 있다.

책은 언제나 나를 환영해 준다. 내가 책을 원하는데 책이 나를 거절하는 경우는 한 번도 없다. 어디까지나 내가 가는 길에 동행을 한다. 내가 노년과 고독 속에 있을 때도 변함없이 나를 위로해 준다. 대개의 경우 나는 구체적이고 자극이 강한 즐거움이 없을 때만 책을 찾는데, 책은 그런 줄 알면서도 조금도 성을 내지 않으며 언제나 똑같은 얼굴로 나를 맞아 준다.

나의 독서실은 3층에 있다. 나는 이 독서실에서 인생의 대부분을 지내고, 하루 시간의 대부분을 보내고 있다. 겨울철에는 난방을 할 수가 있고, 채광과 통풍을 위해서 적당하게 창이 나 있으며, 세 방향을 내다볼 수가 있다. 벽이 원형으로 되어 있으므로 다섯 층으로 늘어선 책꽂이를 한 눈으로 쭉 살필 수 있다. 방의 지름은 16보步쯤 된다. 여기가 인생에 있어, 또 우주에 있어서의 나의 위치다.

나는 젊은 시절에 남에게 자랑하고 싶어서 공부를 했다. 그이후에는 지혜를 얻기 위해서 공부했다. 그리고 지금은 기분을 조화시키기 위해서 독서를 한다. 그러나 책에는 한 가지 중요한 문제점이 있다. 책을 읽는 동안 정신은 활동을 하는데 신체는 움직이지 않고 있다는 점이다. 정신이 활동하지 않으면 졸음이 오는 것처럼 신체가 움직이지 않으면 생명이 위축을 한다. 《수상록》 제3권)

아무리 그럴듯한 서재를 갖고 독서실을 마련한다고 해도 책을 읽지 않으면 그림 속의 떡이요, 거울 속의 미인일 뿐이다. 그래서 옛사람은 책읽기와 활용을 위한 '한가한 시간'을 가질 것을 권했다.

책을 수장하기는 어렵지 않으나 능히 보는 것은 어렵다. 책을 보기는 어렵지 않지만 능히 읽기는 어렵다. 책을 읽기는 쉬워도 능히 활용하기는 쉽지 않다. 능히 활용하기는 쉬워도 능히 기억하기는 쉽지 않다. (장조, 〈유몽영〉)

사람이 한가한 것과 같이 즐거운 일은 없다. 아무 할 일이 없는 것을 말하는 것이 아니다. 한가하면 능히 책을 읽을 수가 있고, 명승지를 유람할 수가 있다. 또 좋은 벗과 사귈 수도 있고, 술을 마실 수도 있으며, 저술을 할 수도 있으니 천하의 즐거움이 이보다 큰 것이 어디 있겠는가. (장조, 앞의 책)

척박한 글밭에
피는 꽃은

　　매월당梅月堂, 백호白湖, 서포西浦, 교산蛟山, 연암
燕岩, 다산茶山으로 이어지는 한국 지성사는 아웃사이더의 계보이기
도 하다. 그들이 있어 한국 문학사·지성사는 풍성한 꽃을 피웠다.

　　매월당 김시습(1435~1493)은 생육신의 한 명으로 세조의 쿠데타
에 울분하여 평생을 미친 척하며 살았다. 삼각산 중흥사에서 공부
하고 있을 때 세조가 단종을 내쫓고 임금이 되었다는 소식을 듣고
통곡하면서 "글공부를 해서 무엇하느냐. 중이 되어 더러운 세상과
하직하겠다"며 읽던 책을 불태운 뒤 방랑객이 되었다.

　　성삼문 등 사육신이 단종의 복위를 꾀하다가 능지처참 당하자 버
려진 시신을 거두어 장사 지낸 일도 있다. 금오산에 들어갔다가 한
때 환속했지만 다시 충청도 무량사에 들어가 죽을 때까지 절의를 지
켰다.《금오신화》《매월당집》《십현담요해》등을 집필하기도 했다.

　　백호 임제(1549~1587)는 선조 때 문과에 급제하여 예조정랑을 지

냈으나 동인과 서인이 갈려 싸우는 일을 개탄하여 벼슬을 버리고 명산대천을 찾아다니며 비분강개 속에 살았다. 그는 속리산에 들어가 도사를 만나 글을 배우고 세상의 이치를 터득하여 《백호집》과 같은 좋은 문집을 남겼다. 세상을 떠난 지 2년 뒤에는 정여립의 모반사건이 일어나 두 아들이 화를 입고 귀양을 가기도 했다. 임제는 임종 때 "사이팔만(오랑캐)이 다 스스로 황제라 일컫는데, 우리 조선만 자립하지 못하여 제국이 못 되었다. 이런 나라에서 살다 가는데 그 죽음이 어찌 아까울 것이 있겠느냐" 면서 곡哭을 하지 말라고 당부했다.

교산 허균(1569~1618)은 좋은 가문에서 태어나 선조 때 문과에 급제하여 형조판서까지 지냈으나 자유분방한 사상과 행동으로 광인·배덕자라는 욕을 듣기도 했다. 적서차별이 심하던 사회의 병폐를 고치려고 거사를 준비하다가 광해군 9년에 체포되어 목이 잘리는 형을 받았다. 그는 최초의 한글소설 《홍길동전》을 짓고 〈호민론〉 등 피지배 백성들의 인권을 옹호하는 글을 썼다.

서포 김만중(1657~1692)은 병자호란 때 강화도에서 폭약에 불을 놓아 자결한 김익겸의 유복자로 태어났다. 현종 때 문과에 급제하여 대제학·공조판서 등을 지내는 동안 두 차례나 귀양살이를 했다. 선비들이 한글을 천하게 여기고 모든 글을 한문으로만 쓸 때 "어찌 중국의 말이나 글(한문과 한자)만이 능하다고 하겠는가. 지금 사람은 우리의 말을 버리고 다른 나라 글을 배우고 있다"고 개탄하면서 한글소설 《구운몽》과 《사씨남정기》 등을 지었다.

연암 박지원(1737~1805)은 벼슬살이가 싫어 산속에 들어가 공부하고 천문학을 연구하여 홍대용과 함께 지동설을 주장했다. 그리고 정조 4년에는 일가 형을 따라 중국 열하熱河에 가서 그곳 학자들과 사귀고, 보고 들은 지식을 바탕으로 《열하일기》를 지었다. 그는 "실속 없는 형식이나 허례에 급급할 것이 아니라 백성들에게 실제로 도움이 되는 학문을 해야한다"고 주장했다.

그러나 《열하일기》는 '순정문체純正文體'를 망가뜨렸다는 비난을 받아 문체반정운동의 계기가 되었다. 이로 인해 그의 책은 조선 후기까지 금서가 되었다. 박지원은 50세 때 벼슬에 올라 안의현감·면천군수를 지냈고, 양반들의 위선과 허물을 신랄하게 풍자하는 《양반전》과 《허생전》 《호질》 등을 지었다.

다산 정약용(1762~1836)은 정조 때 문과에 급제하여 부승지까지 올랐다. 문장이 뛰어나고 학문이 깊었다. 또 기중기를 발명해 정조가 수원성을 쌓을 때 큰 기여를 했다. 그는 젊은 시절 이벽·이승훈 등과 사귀면서 천주교에 경도되었는데, 천주교 박해가 일어나자 강진으로 귀양을 가게 되었다. 그리고 그곳에서 18년을 보내며 500권이 넘는 책을 집필했다. 다산은 학문의 기본을 자기를 위하는 수기修己와 나라를 위하는 경세經世라고 여기고, 신분타파와 당파주의 배격을 주장했으며 백성을 위하는 정치의 대본이 되는 《목민심서》 《경세유표》 등을 지었다.

김시습, 임제, 김만중, 허균, 박지원, 정약용으로 이어지는 계보는 조선시대 문학사상의 정맥正脈이기도 하거니와 이단, 아웃사이드 문학의 정맥精脈이기도 하다. 이들의 공통점은 한결같이 기득권에 연연하지 않고 반체제 활동을 하면서 평민주의 글쓰기와 작품을 남겼다는 점이다.

이로 미루어 보건대 학문이라는 화원은 기름지고 양지바른 땅보다는 척박한 땅에서 더욱 풍요롭고 다채로운 꽃을 피우는 것 같다. 그렇다면 불모不毛의 땅에서 화려하게 꽃을 피운 이단자들과 풍요로운 땅에서 오명의 글을 남긴 자들의 모습을 살펴보자.

📖 도스토옙스키를 연모하는 글쟁이들

사람이 평생 연모하는 사람이 있듯이, '두어자'들 역시 마음에 두는 작가나 철학자·시인이 마음 속에 자리잡고 있다. 동시대를 같이 살아가는 사람일 수도 있고 과거에 살았던 사람일 수도 있다.

내가 "성인적인 성聖과 악마적인 마성魔性이 공존해 있으면서도 항상 그 마음은 광명으로 향하고 있었던 사람"이라는 평을 듣는 에 '빠진' 것은 벨자예프의 한 구절 때문이었다.

> "도스토옙스키는 나의 정신생활에 있어서 결정적인 역할을 했다. 젊은 시절 그는 내게 접목이 되어 그와 나는 생명의 합일체가 되었다. 다른 어떠한 작가나 철학자도 그처럼 나의 영혼을 자극하고 나를 끌어올린 사람은 없다. 그를 알고부터 내게 있어서의 인간은 '도스토옙스키인'과 '그와 무연한 사람' 두 종류로 분류될 뿐이다."

한마디로 도스토옙스키의 세계를 아는 사람과 모르는 사람은 같은 세계를 살아가는 인간일 수 없다는 뜻이다. 철학자의 주관적인 견해이긴 하지만, 벨자예프의 말이다 보니 흘려들을 수가 없었다. 앙드레 지드의 '부추김'도 '연모'를 자아내게 만들었다. 지드는 말했다.

> 눈 앞에 거대한 산이 우뚝 솟아 있었는데 가만히 보니 그것은 톨스토이였다. 한데 조금 떨어져가면서 보니 그 뒤에 아스라하게 그보다 더 큰 산맥이 뻗어 있었다. 그것은 도스토옙스키였다.

두 번 씩이나 죽음의 문턱을 넘은 사람이 도스토옙스키다. 한 번은 반역 죄인으로 몰려 사형선고를 받고 처형 5분 전에 극적으로 살아났고, 두 번째는 원고를 출판할 돈이 없을 정도로 생활이 곤궁해져 네바강에 투신하려고 할 때 《가난한 사람들》을 읽고 달려온 베라스카에 의해 구원되었다. 10년의 유배와 시베리아 옴스크에서의 징역살이, 고질인 간질병과 도박·폐결핵 등 그의 삶은 고통의 역정이었다.

그가 일기(1865년 8월 12일)에 쓴 "빵 한 조각 못 먹고 물만 마시며 사흘을 지냈다. 그런데도 이상하게 먹고 싶은 생각이 나질 않는다. 다만 불쾌한 것은 밤에 촛불을 주지 않는 일이다"라는 내용은 궁핍한 작가의 간고한 생활의 편린을 보여주면서, 배고픔보다는 촛불을 주지 않아 밤에 글을 쓰고 책을 읽을 수 없는 아픔을 하소연한다. 이와 같은 순정한 '두어자'의 모습에 '연모'의 정이 깊어진다.

도스토옙스키의 평전을 쓴 E. H. 카는 《카라마조프의 형제》에 대해 요약해 달라는 청을 받고, "이 소설은 40만 어語로 된 대서사시다. 그 내용을 요약해서 정의해보려는 것은 일리아드를 아킬레스의 분노를 그렸다고 말하는 것처럼 터무니없는 결과가 되기 마련이다"라고 핀잔했다.

🎏 오명과 악취를 남긴 사람들

조선시대에 한명회韓明澮(1415~1487)처럼 살아 있을 때는 세속적인 영화를 누리고, 죽은 지 20년이 못되어 부관참시를 당한 사람도 흔치 않을 것이다. 한명회는 수양대군을 도와 김종서, 황보인 등을 죽이고 정권을 쥔 계유정난의 일등공신이다. 영의정을 다섯 차례나 맡았으며 원상元相이라는 특권도 누렸다. 두 딸은 예종비와 성종비로 들여보냈고 다른 두 딸은 세종의 사위 윤사로의 며느리와 영의정 신숙주의 며느리로 보냈다. 또 손자는 성종의 사위가 되었다. 얼마나 재물을 탐했던지 경기도 여주의 천녕현이 온통 한명회의 땅이 되어 현 자체가 없어지기도 했다. 권모술수와 타락한 권력의 상징인 한명회는 노후에 한강 가에 화려한 압구정이란 정자를 지어놓고 한껏 허세를 부렸다. 그리고 일세一世를 풍미하는 현판을 걸어 놓았다.

청춘에는 사직을 붙들고   青春扶社稷
늙어서는 강호에 누웠네   白首臥江湖

그런데 매월당 김시습이 이곳을 지나다 현판의 글자 두 개를 슬쩍 고쳐놓았다. 글자 두 자로 완전히 뜻을 바꿔버린 것이다. 부扶를 위危로, 와臥를 오汚로 고쳤다.

청춘에는 사직을 위태롭게 하고   青春危社稷
늙어서는 강호를 더럽혔네   白首汚江湖

한명회의 오명과 악취가 백세百世를 풍기는 터에, 여전히 정명正名에 걸맞지 않는 이름을 돌이나 현판에 새기는 자들이 줄을 선다.

한때는 좋은 일을 하고 가치 있는 글을 썼던 사람이 나중에는 곡필을 일삼거나 노욕에 빠지는 경우가 흔하다. 청년 시절은 의롭게, 장년 시절은 정직하게, 노년 시절은 깨끗하게 사는 길은 정녕 어려운 일일까.

🐟 형이하학인이 활개치면

괴테, 톨스토이, 베토벤, 사르트르 혹은 정약용을 모르고도 사람은 살 수 있다. 오히려 그런 사람들이 일반적으로 더 행복하게 지낼 수도 있다. 하지만 이미 학문이라고 하는, 사상이라고 하는, 예술이라고 하는 독기毒氣에 젖어버린 사람들에게 이들이 없다면 살 보람을 느끼지 못할 것이다. 그들에게는 이들과 상관없는 행복이란 상상해볼 수도 없다. 허망을 배운 사람은 이미 지옥을 본 사람이나 마찬가지다. 그 허

망을 뚫고 찾아낸 진실만이 지옥을 견디며 살 수 있는 유일
한 방편이 된다.

작가 이병주가 자신의 책 서문에서 밝힌 말이다. 톨스토이나 베
토벤을 몰라도 잘 먹고 잘 사는 사람이 많으며, 사르트르나 정약용
을 모르고서도 출세한 사람이 숱하게 널려 있다. 책 읽는 시간보다
사교를 즐기고, 책 사는 돈보다 골프에 많은 투자를 하는 사람이 부
자가 되고 출세하는 세상이라면 허망하다고 할까, 무망하다고 할
까. 형이하학인人이 활개치면 사람은 동물이 된다. 인간이 지성을
잃으면 동물이 되고, 인간이 양심을 잃으면 식물이 된다.

앞에서도 썼지만, 세상은 도스토옙스키인人과 그렇지 않는 사람
으로 나눌 수 있다고 하는데, 도스토옙스키를 모르고 그의 작품을
읽지 않는 부류가 세상의 주류가 되는 데서 사회의 비극은 시작되
는 것 같다. 그들이 사류史流가 되면 인류의 재앙이 될 것이다.

독일의 역사가 부르크하르트는 "세계사는 《사회계약론》이 출간
된 이전과 이후가 다르다"고 말했다. 《사회계약론》이 나오지 않았
을 때 사람은 혈통과 신분에 따른 차이 때문에, 오로지 하늘을 원망
하면서 살아야 했다. 그런데 200년이 훨씬 지난 지금, '사회계약'은
제대로, 바르게 지켜지고 있는가.

🐟 인간의 양면성을 탓할 것인가

인간의 선함은 천사가 될 수도 있고 인간의 악함은 악마가 될 수

도 있다고 갈파한 사람은 니체다. 인간의 양면성은 성선설과 성악설이 제기되기 이전부터 나타나고 있었다.

공자 연대에 도척盜跖은 무리 3000명을 이끌고 사람의 생간을 뽑아 회를 쳐서 먹었다. 또 예수의 열두 제자 중에는 유다와 같은 배신자가 있었는가 하면, 골고다 언덕에서 예수가 십자가에 못 박힐 때는 예수의 옷을 놓고 도박을 벌인 로마병정들도 있었다.

선비들에게 책을 읽도록 지어준 독서당讀書堂이 일부 타락한 독서인 때문에 독사당毒蛇堂으로 불리며 지탄을 받았고, 간신 한명회가 한껏 호사를 과시하여 지은 압구정鴨鷗亭이라는 정자는 악호정惡虎亭이라는 이름으로 바뀌어 불리기도 했다.

글쟁이들, 어떤 글을 쓰고 어떤 책을 지을 것인가, 그것이 문제다. 5~6세기 중국 문장가 유모劉某는 인간이 언어를 통해 문장(문학)을 이루어내는 것은 "산천이 아름다운 빛을 띠는 것"과 같고, "용龍과 봉鳳이 아름다운 외모로 서기를 드러내고, 호표虎豹가 빛나는 무늬로 모습을 짓는 것과 같다"고 했다. 자연이 그 아름다움을 드러내는 것을 '문채文彩'라고 하는 것처럼, 인간의 마음을 드러내는 것을 곧 문학이라고 보는 것이다(김상태,《문체의 이론과 해석》). 다음은 유모의 글쓰기, 문체론이다.

흔히 감정이 움직이면 언어로 표현되고, 이지理智가 작용하여 문장이 나타난다. 이것은 대개 잠재성을 거쳐서 현저에 이르고, 내부에서 말미암아 외부로 부응한다. 그러나 사람의 재능에는 범용한 것과 준수한 것이 있고, 기질에도 강직

한 것과 유약한 것이 있으며, 학식에도 비천非淺한 것과 심
오한 것이 있으며, 또 습속에도 고아高雅와 비천卑賤이 따른
다. 이들은 모두가 본성적인 것과 후천적으로 가꾸어진 것
이다.

이런 까닭으로 문학의 세계는 구름과 파도처럼 변화가 다
기하다. 그러므로 표현이나 이론의 범용과 준수는 작가의
재능을 그대로 드러낸 것이고, 풍취의 강유剛柔는 작가의
기질을 그대로 반영한 것이며, 내용의 천심淺深은 그 학식
과 불가분의 관계에 있으며, 풍격風格의 아속雅俗은 작가의
습속이 그대로 나타난 것이다. 작가는 그 개성에 따라 창작
하게 되는데 이것은 만인의 얼굴이 다른 것과 마찬가지다.

다음은 괴테의 말이다.

나는 독서하는 방법을 배우기 위해서 80년이라는 세월을
바쳤는데 아직까지 그것을 잘 배웠다고는 말할 수 없다. 사
람들은 가치 없는 책을 너무도 많이 읽는 경향이 있다. 그
결과는 시간만 공연히 허비할 뿐이고, 아무 소득이 없다. 우
리는 항상 경탄할 만한 가치가 있는 책을 읽어야 한다.

책에 대한 예찬은 수없이 많다. 그 중에서 파울 에픔스트의 말은
걸작이다.

좋은 책은 어디에서든지 우리에게 무엇이든 제공한다. 그러나 자신은 어떠한 것도 우리로부터 요구하지는 않으며, 우리가 듣고 싶어할 때 말해주고, 우리가 피로를 느낄 때 침묵을 지켜주며, 몇 달이든 몇 해든 간에 참을성 있게 우리가 오기를 기다린다. 설사 우리가 다시 그것을 손에 든 때라도 책은 결코 우리의 감정을 상하는 일을 하지 않고, 마치 최초의 그날과 같이 친절하게 말해준다.

책벌레들의 동서고금 종횡무진

책 읽는 사람의 얼굴은 다르다

역사와 하늘이
두렵다면

역사의 아버지로 불리는 헤로도투스가 처음으로 사용한 그리스어 historia는 '진실을 찾아내는 일'이라는 뜻이다. 중국의 허신許愼은 역사의 사史를 '사事를 기록하는 사람'으로 풀이했다. 사史는 '바르게 기록하는 손'의 의미로도 쓰이고, 활을 쏠 때 화살 숫자를 의미한다는 풀이도 있다.

역사의 산물인 인간은 역사의 엄숙성을 깨달아야 한다. '역사의 엄숙성'과 관련하여 미국의 역사학자 찰스 비어드는 "역사 서술은 일종의 신념행위"라고 정의했다. 어떠한 역사적 사건이나 위대한 인물에 대한 기록이라도 시대가 달라지면 재평가하는 것이 역사의 신념행위라는 것이다.

그래서 역사처럼 두려운 '존재'는 다시없다. 역사가 바로 '비판'의 칼날이기 때문이다. 한데, 역사를 우습게 여기는 사람들이 있다. 이른바 '당대주의자'들이다. '그까짓 것, 죽은 뒤에 어떻게 평가되든 무슨 상관이냐'는 식이다. 그들은 '살았을 때, 수단과 방법을 가리지 않고 잘 먹고 잘 쓰면서 누리면 최고가 아니냐'고 주장한다. 곧 동물적 생활 방편이다. 동물은 하루 잘 먹고 잘 자면 최상인 것이다. 또 감히 '역사'를 들먹여서는 안 될 작자들까지 자신의 행위를 역사에 맡기겠다는 따위의 말을 곧잘 한다. 역사가 그렇게 만만한 것이 아닌 데도 말이다.

노자老子는 〈천도론天道論〉에서 여덟 자를 통해 천도의 이치를 설명했다. '천망회회 소이불실天網恢恢 疎而不失', 즉 "하늘의 그물은 촘촘하지는 못하나 결코 놓치지는 않는다"는 넓고도 깊은 뜻의 이치를 밝힌 것이다.

그렇다. 역사의 물레방아는 천천히 돌지만 잘게 갈아나가고, 하늘의 그물은 듬성듬성하지만 결코 놓치지 않는다. 이것이 역사와 하늘의 바른 이치다. 고인들은 역사는 그물이고 거울이라고 했다. 선악·정사·미취·진위를 가르고, 비춰주고, 교훈을 주고, 심판하기 때문이다. 국민을 배반하고 진리를 거역하고 정의에 역행하는 자들이 설혹 실정법이 '거미줄법'이어서 그 심판을 피해가더라도 역사의 심판은 따르게 마련이다. 그리고 최종적으로는 하늘의 그물이 기다린다. 기록은 책으로 남는다.

감옥의 감監 자는 거울에서 비롯됐다고 한다. 사람이 누워서臥 그릇皿을 쳐다보고 있는 형상은 무엇을 뜻하겠는가. 거울에 자신의 모습을 비춰보는 것, 육신뿐 아니라 양심과 신념까지 비쳐보는 것 그리고 그것이 잘못이면 감옥이 기다린다는 뜻이다. 항상 새롭게 쓰이고 재평가되는 역사는 인간이 기대는 정의의 언덕이고 진실의 대

평원이다. 앞에서도 말했지만 용케 실정법과 역사의 심판까지는 피했더라도 하늘의 그물, 아무리 작은 죄악도 결코 놓치지 않는다는 천망이 기다리는 것이다.

우리가 역사를 연구하고 배우는 까닭은 교훈을 찾자는 의미도 있다. 키케로가 역사를 '인생의 교사'라고 주장하면서 "우리가 만일 태어나기 전에 일어난 일들을 알지 못하면 영원히 어린아이로 머물러 있을 것"이라고 말한 것은 역사가 갖는 거울의 전면前面과 정면正面 그리고 후면後面을 비추는 기능 때문일 것이다.

앞 사람들의 행위에서 교훈을 얻지 못한 자들, 역사와 하늘을 우습게 여기는 사람들은 반드시 역사의 필주筆誅를 받고 하늘의 징벌을 받는다. 물론 역사의 심판이 덜 끝나거나 진행형인 경우도 있다. 예컨대 보나파르트 나폴레옹의 경우, 파리에 있는 기념관의 대리석 비는 아직도 백면白面이다. 그가 죽은 지 200년이 지난 지금까지도 프랑스 사회에서 "살인자·침략전쟁론자"와 "프랑스의 영광을 가져온 황제"라는 논쟁이 종결되지 않는 까닭이다. 나폴레옹의 경우는 이례적이라 해야 할 것이다. 그러나 프랑스 이외의 나라들은 나폴레옹을 한결같이 살인마·침략전쟁광으로 비판하고 있어 역사의 심판은 이미 내려졌다고 볼 수 있다.

독일의 철학자 게오르크 지멜은 지식인(철학자)의 종류를 ① 만물의 심장 고동을 들을 수 있는 사람 ② 인간의 심장만을 들을 수 있는 사람 ③ 개념의 심장 고동만을 듣는 사람 ④ 책의 심장 고동밖에 듣지 못하는 사람으로 분류했다. 지식인들이 '역사의 심장 고동'을 듣지 못하고 보장된 교수직을 타고 앉아 '시체해부'에만 매달려 있거나, 외국철학의 특파원 노릇을 하거나, 끼리끼리 모여 '학회놀이'로 어깨를 부풀리면서 우리 사회의 이방인처럼 살아가서는 안 될 것이다. ①, ②, ③은 쉽지 않더라도 ④의 책의 고동이라도 제대로 듣고 진리와 정의의 파수꾼이 되는 것이 지식인의 도리요 본분일 것이다.

《지식인의 아편》을 쓴 프랑스의 레이몽 아롱은 지식인의 비판활동 유형으로 ① 기술적 비판 ② 논리적 비판 ③ 이데올로기적 비판을 들면서, 어떤 유형의 비판활동이든 양심과 진실이 전제되어 있지 않으면 비판의 자격이 주어질 수 없다고 했다. 비판은 맹자가 주장한 인간본성의 하나인 '시비지심是非之心' 이래 인간의 원초적인 감정이며 지식인의 본령인 것이다.

🐟 율곡과 토인비의 역사·문명론

조선시대의 대표적인 개혁론자 율곡은 선조에게 올린 〈성학집요 聖學輯要〉에서, 역사의 변천과 시무始務를 창업기·수성기·경장기로 나누면서 시대의 상황판단과 대응책을 제시했다. 이것은 토인비가 《역사의 연구》에서 문명의 발생·성장·쇠퇴·소멸의 4단계를 제시한 것과 비슷하다. 율곡은 "시무는 어느 때나 한결같지 않고 각각 마땅한 것이 있으니, 요약하면 창업한다는 것과 부조父祖의 업을 지키는 것과 개혁한다는 것 세 가지 뿐"이라 전제하고, "창업의 도는 요·순·탕·무의 덕으로 개혁할 세태를 당하여야 하되 천리天理와 인사에 순응하지 않으면 안 되기 때문에 이는 더 논의할 것도 없다"고 주장했다.

토인비는 역사연구의 단위로 '문명'을 설정하고 문명의 발생, 성장, 쇠퇴와 해체의 원인을 찾는 데 진력했다. 21개 내지 26개 문명의 비교 연구를 통한 도전과 응전의 법칙을 탐구한 그는 하나의 문명권이 살아남기 위해서는 충돌이나 전쟁이 아니라 지도층, 즉 '창조적인 소수'의 의지와 능력이 중요하다고 역설했다.

그는 특히 빈사상태에서 죽어가고 있는 다수 문명권의 공통점은 서구문명의 충격을 받기 전에 이미 자기 결정의 능력을 상실하고 쇠퇴내지 해체의 단계에 들어가고 있다고 진단했다. '자기능력의 상실'이 바로 문명쇠퇴의 요인인 셈이다.

율곡은 수성과 개혁의 시점을 살피는 것이 중요하다고 지적했다. "마땅히 부조의 업을 지키기만 해야 할 때인데 개혁에 힘을 쓴다면, 이것은 병도 없는데 약을 먹는 것과 같아서 도리어 병을 얻게 되고, 마땅히 개혁해야 할 때인데 준수에 힘을 쓴다면 이것은 병에 걸렸는데 약을 물리치는 것과 같아 누워서 죽음을 기다리는 것이다"라고 역설했다.

개인이나 문명이나 역사는 율곡의 지적대로 출생(창업)·성장(수성기)·성숙(경장기) 그리고 토인비의 제시처럼 발생·성장·쇠퇴·소멸의 과정을 겪는다. 이를 피할 수는 없다. 세상의 철리哲理인 생로병사, 영고성쇠의 질서를 벗어나기는 불가능하다. 따라서 개인이 조로早老하지 않고, 문명권이 '자정능력의 상실'에 빠지지 않기 위해서는 부단히 자기 혁신이 요구된다. '자기 혁신'은 정도正道를 당당하게 걷고 역사에 시선을 맞추면서 하늘의 섭리에 어긋나지 않는 생활을 하는 것이다. 그 방법론은 역시 좋은 책을 많이 읽는 것이다.

달 그리려다 구름만 그리면

홍운탁월烘雲托月이란 말은 '달을 그리려는데 달을 그릴 수 없어 구름을 그리는 것'을 말한다. 뜻이 구름에 있는 것이 아닌데 그리다 보니 그냥 구름을 그리고 마는 경우가 있다.

글에 대한 평가 중에 망문생의望文生義라는 말이 있다. 글자를 힐끗 보고 그럴싸하게 해석하는 것을 말한다. 글을 제대로 읽고 해석하는 것이 아니라 대충 읽고 적당히 해석하는 것을 경계함이다.

이 세상에는 호랑이를 그리려다가 고양이를 그린다든가, 가리키는 달은 아니 보고 손가락을 쳐다보는 따위의 본체가 아닌 말절에 치중하는 사례가 많다.

글쓰기나 글 읽기도 그렇다. 글을 씀에 있어 양심과 신념에 따른 직필과 정론을 쓰는 것이 아니라 소속·시류·지면에 따라 공운탁월, 망문주의 식의 글을 쓰는 지식인, 언론인들이 있다. 소신을 따르자니 소속의 배척이 두렵고, 시류를 역행하자니 밀려나지 않을까 걱정인 것이다. 지면의 경계를 넘나들자면 아무래도 '무지개색깔'의 글쓰기가 편하다. 보신은 될지 몰라도 자신만의 색깔 있는, 무늬를 갖는 글쓰기는 불가능하다.

소신보다 보신이, 정론보다 황희 정승식이, 직필보다 곡필이, 시시비비보다 양시양비론이 더 안전하고 무탈한 처세술이기 때문이다. 그런 글쟁이들이 판을 치게 되면 지성사知性史는 황폐화 된다.

🐟 유지기의 문필과 사필의 정신

유지기劉知幾(666~721)의 《사통史通》은 사마천의 《사기》에 버금가는 중국의 대표적 사서다. 이름이 지기知幾이고 자가 자현玆玄이었으나 당나라 현종玄宗 때문에 현 자를 피휘하여 지기라는 이름으로 행세하게 되었다. 그는 역사저술에도 우수했지만 문학연구에도 유능했다. 역사와 문학의 중요성을 일깨운 사가다. 유지기는 문학과 역사의 기본적인 관련성에 대해 다음과 같이 말한다. "문文과 사史는 허되어 찬미하지 않고 악을 숨기지 않는 점에서 그 유流가 일치한다." 그렇기 때문에 "회공懷公의 선정은 시경에 그 찬미가 실려 있고, 회왕과 애공의 부도不道함은 그 악이 초사楚辭에 남아 있다"고 했다. 그는 또 문필文筆과 사필史筆의 부동성不同性에 대해서도 논한다.

> 옛날에 공자가 문文이 질質을 승勝하면 사史가 된다 했으니, 사史의 임무가 반드시 문文에 실려야 함을 알겠다. 오경五經 이후로 삼사三史에 이르기까지 문으로써 서사叙事하여 직언할 수 있었다. 그러나 지금의 저작은 이와 다르니 그 입언立 言함에 있어 혹은 수사를 헛되이 가하여 조채雕彩를 함부로 일삼거나 혹은 그 체제가 부송賦頌을 겸하여 언사言詞가 배우문俳優文과 같으니 문도 아니고 사도 아니게 되었다. 이는 마치 오손烏孫이 집을 짓는데 한식漢式을 섞는 것이고 고니를 조각하려는데 오히려 따오기같이 되어 버리고 마는 것과 비슷하다.
>
> (〈서사편〉, 《사통史通》)

유지기가 살았던 시대에도 문인과 사가들이 오로지 시류에 영합하는 글만 썼던지, 그는 이를 비판했다. 유지기는 사가답게 역사의 용고用考와 역사가의 임무에 대해 준엄한 기준을 제시했다. "사史의 용도는 공적을 기록하고 과실을 드러내고 선을 밝히고 악을 미워하여 일조一朝의 득실과 오랜 세월의 영욕을 기록하는 것"이라고 하여, 역사의 본령이 구체적으로 그 시기의 모든 정면正面, 반면反面 사실을 있는 그대로 기록하는 것이라고 주장했다. 그는 또 역사가의 임무와 의무에 대해 독특한 견해와 방법론을 제시한다.

그는 "만일 적신賊臣·역자逆子·부군浮君의 주主가 있어 그 일을 다만 직서直書하여 허물을 가리지 않으면 그 잘못이 일조一朝에 드러나고 악명이 천추에 나타난다"고 지적했다. 그러면서 미덥지 못한 당대 사가들의 역할에 일침을 놓았다. 옛날 사가들에 비해 못 미치고 못마땅하다는 주장이다.

> 옛날의 사가는 적신·역자로 하여금 두렵게 하였으나 당대
> 의 사가는 오히려 충신이나 의사를 수치스럽도록 하게 하
> 고 있어, 춘추시대 제齊의 남사南史와 진晉의 동고董孤의 영
> 혼이 있다면 구천九泉의 밑에서 절치할 것이다.
>
> (〈서사편〉,《사통》)

유지기는 당대 사가들이 사실을 왜곡하고 있다고 비판했다. 한 사가는 유지기의 사학정신을 다음과 같이 정리했다. "사가는 반드시 투철한 시대의식을 가지고 옛 것을 배우되 그 정신을 배우면서

동시에 응용하는 능력은 배양하여야 하며, 또 실제로 사서를 기술함에 있어서는 당대의 언어를 과감히 사용하여 박진하고 진실된 표현을 하여야 하고, 사서의 임무인 포폄에 힘쓰되 간략한 서술에 효과적인 모의模擬를 함으로써 과거의 좋은 사서를 배워야 한다. 이렇게 하여야만이 후세에까지 전해질 생명이 긴 사서를 남길 수 있다는 것이다."(박종철, 〈유지기의 문학론과 역사관〉)

유지기는 《사통》을 지은 이유에 대해 이렇게 말한다. "당대 사가·문인들의 정신이 순정純正하지 못하여, 그 방향을 분별하여주고 그 형체를 바로잡고자 함인데, 책이 비록 역사를 위주로 하였으나 그 외에 포함한 것이 위로는 왕도를 궁구하고 아래로는 인륜을 펴서 모든 것을 다 담고, 법언法言으로부터 문심조룡文心雕龍에 이르기까지 모두 마음속에 담아두었으나 내뱉지 않은 것들이다." 이를 두고 후세인들은 "대저 그 뜻한 바는 훙분도 있고 포폄도 있으며 풍자도 있고 꿰뚫음에 깊이가 있고, 망라網羅함에 세밀이 있고, 그 토론함에 있어 원대함이 있고 그 밝히는 바가 많다"고 평했다.

유지기는 자신의 저술을 《사통》이라 이름 지은 데 대해 다음과 같이 설명한다. "나는 이 책을 사관史館에서 이루었기 때문에《사통》이라고 한다. 한漢 나라에서 사마천을 구한 후에 그를 사통자史通子로 봉하였다. 이것은 역사를 잘 아는 바를 통通이라고 칭한 것이며 그 유래가 오래인 것이다. 이렇게 여러 뜻을 모아 이 이름을 정한 것이다."

유지기가 역사를 쓰고 문학을 연구하면서 글쓰기의 의미를 어떻게 다듬었는지는 다음의 글에서도 잘 나타난다. 그는 "가까운 것을 말해도 뜻은 먼 데 있고, 표현은 얕아도 뜻은 깊은 데 있고, 따라서 읽는 이로 하여금 거죽만을 보고도 속을 알게 하고 털을 만지고도 뼈를 분별토록 할 수 있다"고 했다. 글쓰기가 어떻게 깊고 넓은 함의를 담아야 하는가를 알게 된다.

유지기는 문과 사는 진실을 있는 그대로 표현한다는 점에서 같은 부류라고 인식하고 있었다. 진실한 글쓰기가 가장 중요함을 제기하면서 헛된 서술, 즉 곡필을 세차게 비판했다. 위나라와 진나라 이래 문사文史에 있어 허위와 왜곡이 횡행한 것을 두고 이른바 '오실五失'이라 규정했다. 즉, 다섯 가지 잘못을 저질렀다는 것이다. 다섯 가지의 잘못은 ① 허설虛說 ② 후안厚顏 ③ 가수假手 ④ 자루自淚 ⑤ 일개一槪다.

①은 빈 말, 즉 허설을 함부로 쓰는 사람, ②는 얼굴이 두꺼워서 수치스러움을 모르는 사람, ③은 가짜와 거짓의 글을 쓰는 사람, ④는 남을 속이고자 거짓 눈물이나 흘리는 사람, ⑤는 수많은 개념보다 독선과 독단을 내세우는 사람을 일컫는다.

그는 문사와 사가는 모름지기 '오실'을 살펴서 문의文意를 찾아야 한다고 말한다. 그리하지 않으면 "얼음으로 구슬을 만들면 쓸 수가 없고, 땅에 그림을 그려 떡을 만들면 먹을 수가 없는" 것처럼 '오실'의 글은 실용성이 없고 무가치하다는 것이다. 언론과 사필에 종사하는(하려는) 사람들은 유지기의 글쓰기 정신을 배워야 할 것 같다. 정녕 역사와 하늘이 두렵다면.

책 읽는 사람의
얼굴은 다르다

　　호손의 《큰바위 얼굴》은 다 아는 얘기다. 나이 마흔이 되면 자기 얼굴에 책임을 져야 한다는 링컨의 말도 많은 사람들이 알고 있다. 최근 한국사회에서 얼굴 성형이 유행하고 있어서 이제 '얼굴'은 원래의 의미와는 크게 달려졌다. 그러나 "사람의 얼굴은 하나의 풍경이며 한 권의 책이다. 용모는 결코 거짓말을 하지 않는다"는 발자크의 말처럼, 아무리 성형을 한다 해도 얼굴의 원판을 바꾸기는 쉽지 않다.

　　"다른 동물들은 얼굴을 숙이고 땅바닥을 보는 반면에 신은 인간의 이마를 세워주어 천공天空을 관상하며 시선을 성군星群으로 향하도록 명령했다"는 오비디우스의 지적처럼, 만유 중에 인간만이 하늘과 별을 바라보며 살도록 창조되었다. 따라서 인간은 그만큼 자기 얼굴에 대한 막중한 책임감을 갖게 되었다.

　　인간은 주어진 백지에 자기 얼굴을 그린다. 어떤 사람은 거기에 불멸의 걸작을 그리기도 하고, 어떤 사람은 형편없는 태작을 남기기도 한다. 그리고 대부분의 태작은 쓰레기통으로 던져진다.

"아름다운 얼굴이란 마음의 정직함이 그려져 있는 얼굴이다"라는 홈스의 말이나, "맑은 혼이 없는 아름다운 얼굴은, 반짝이는 유리의 눈과 같은 것으로서 아무것도 보이지 않는다"는 브라키의 말처럼 정직함이 없거나 맑은 혼이 없는 얼굴은 설혹 그것이 성형을 잘해 아름다워졌다고 해도 결코 좋은 얼굴은 아니다.

일본의 문인 모리 오가이森鷗外는 "태어난 그대로의 얼굴로 죽어가는 것은 부끄러운 일"이라고 말했다. 이는 아무런 정신적인 성장 없이 죽어가는 경우를 말한다. '성장 없이'라는 표현은 "책을 읽지 않아 아무런 향상심을 나타내지 못했다"는 뜻이라고 저자는 덧붙인다. 다시 오가이의 말이다.

사람의 얼굴은 변한다. 사람들의 얼굴은 그 사람의 마음의 변화에 따라 달라진다. 스무 살 정도까지는 부모에게서 물려받은 얼굴로 통할 수 있다. 또 그렇게 행세할 수도 있다. 하지만 스무 살이 넘으면 조금씩 그 사람의 마음과 어떤 생활을 하고 있는지가 나타난다.

그것은 책을 읽으면 말을 알게 된다는 뜻이다. 보다 많은 책을 읽으면 보다 많은 말을 알게 되고 보다 깊은 인생을 알게 된다. 그리고 그 깊이 있는 생활에서 깊이 있는 얼굴이 나타난다.

또 책을 읽는 생활을 하면 자신과 대화를 하게 된다. 지금까지의 내 생활이 제대로 된 것인가 아니면 잘못된 것인가, 그리고 앞으로는 어떻게 살아가야 하는가를 자답하는 작업이 이루어진다.　(하이부로 무사시, 《삶을 향상시키는 독서철학》)

　사람의 얼굴처럼 신비로운 것은 없다. 아무리 일란성 쌍둥이라 할지라도, 아무리 같은 DNA를 갖고 태어났더라도 똑같은 얼굴을 가질 수는 없다. 윌리엄 브레이크는 "이 세상에는 모래알 하나라도 똑같은 것이 없다"고 했다.
　사람이 좋은 얼굴을 갖는 것은 축복이다. 그러나 그 '축복'은 오래가지 않는다. 진정한 축복은 평생 자신이 가꾸어가는 얼굴이다. 성형수술을 통해서 바꾼 얼굴은, 비를 맞으면 화장이 지워지듯이 나이가 들면 변하게 돼 있다. 자칫하면 '괴물'의 얼굴이 될지도 모른다.

🐟 예수상이 유다의 얼굴로 변해

　프랑스의 어느 화가가 유다의 얼굴을 가진 모델을 찾아 전국을 누볐다. 수천, 수만 명을 살폈지만 자신이 찾는 유다상을 발견할 수가 없었다. 그러던 어느 날 기진맥진하여 포기하고 집으로 돌아오던 중, 거지 마을을 지나다가 우연히 한 사람을 만났다. 그런데 그 거지는 그토록 찾아 헤매던 유다의 얼굴을 하고 있었다.
　충분한 사례를 하고 며칠 동안 그 거지의 얼굴을 그렸다. 계속 그리면서 관찰해보니 어디선가 많이 보았던 얼굴이었다. 바로 10년

전에 자신이 예수상의 모델로 그렸던 그 사람이었다. 10년 사이에 예수님의 모습을 했던 얼굴이 유다의 얼굴로 바뀐 것이다. 이는 마음으로 얼굴을 가꾸지 않으면 어떻게 변하는가를 보여주는 하나의 삽화다.

> 책을 읽으면 다양한 세계를 볼 수 있다. 자신의 주변 세계뿐
> 아니라 넓은 세계를 배우게 된다. 그러는 동안 자신의 존재
> 와 가치를 알게 되고 좀더 노력하고 해야 할 일도 많다는 것
> 을 깨닫게 된다.   (하이부로 무사시, 앞의 책)

남녀를 막론하고 아무리 잘생긴 얼굴이라도 꾸준히 책을 읽고 교양을 쌓지 않으면 천박하게 변해간다. 바꿔 말해서 지성미가 없는 미인은 진정 잘생긴 얼굴이 아니라는 뜻이다.

> 아니다
> 하나의 찡그림에 빛나는 이 얼굴은
> 하나의 가면,
> 하나의 유혹적인 외식外飾일 따름
> 그러니 보라,
> 지독하게 오그라들었어도
> 여기에 참머리가 있고 거짓 얼굴 그늘에
> 뒤집혀진 참 얼굴이 있다   (C.P. 보들레르, 〈가면〉)

지난 2004년은 미켈란젤로가 다비드상을 조각한 500주년이 되는 해였다. 서양의 조각 중에서 예수상과 성모상을 제외한, 가장 훌륭한 조각으로 알려진 다비드상은 미켈란젤로가 20대에 만든 작품이다. 미켈란젤로는 외모 콤플렉스에 내내 시달린 사람이다. 이 때문에 일생을 독신으로 우울하게 살았다. 그는 이러한 아픔을 잊고 예술을 통해 심리적 번민을 구원받고자 다비드상을 제작했다. 미켈란젤로는 특히 콧등이 우그러져서 심한 콤플렉스를 가지고 있었다. 그래서인지 다비드상의 코 모양은 매우 반듯하고 오똑한 모습을 하고 있다. 전문가들은 이것을 작가의 보상 현상이라고 분석한다. 그러나 이제 세상 사람들은 다비드상에서 미켈란젤로의 모습을 찾는다. 이것은 못 생긴 자신의 얼굴을 영원한 남성상으로 바꿔놓은 대표적인 사례다.

공자는 '만상이 불여심상萬相不如心相'이라 했다. 모든 현상은 마음의 모습과 같지 않다는 뜻이다. 인상人相은 형상形像이 있으나 마음은 형상이 없으므로 유형有形의 상像은 무형無形에 지배되어 변화하게 된다고도 했다.

사람이 부끄러운 일을 당하면 얼굴이 붉어지고, 성날 때는 얼굴이 찌푸려지고, 기쁜 일을 맞으면 얼굴이 밝아지는 것은 모두 무형의 마음이 유형의 상을 지배하기 때문이다.

누구에게나 얼굴은 마음의 형상인 것이다. 선한 얼굴을 한 인물 중에는 약한 사람이 많고, 반대의 경우도 마찬가지다. 평생을 성직으로 헌신한 종교인들의 얼굴은 참 보기 좋다. 심성이 맑고 밝기에 가능해진 얼굴이다. 평생을 연구와 독서에 바친 학자나 '두어자' 들

중에도 좋은 얼굴을 가진 분들이 적지 않다. 선풍도골과 같은 함석헌 선생의 얼굴은 평생 독서와 사색으로 이루어진 귀한 모습이다.

사람은 누구나 꾸준한 독서와 내적 경작을 통해 마음의 양식을 기름지게 하면 밝고 맑고 깨끗한 지성미의 얼굴을 갖게 된다. 아름다운 얼굴이란 마음의 정직함이 그려져 있는 얼굴인 것이다.

조선시대 우리 정신사에서 우뚝한 두 사람, 학문을 통해 '역사의 얼굴'을 갖게 된 '두어자'를 찾아보자.

🔰 퇴계와 한서암 서실

퇴계 이황李滉(1501~1570)과 남명 조식曺植(1501~1572)은 생몰연대와 출생지역이 비슷한, 그러나 삶의 방식에는 큰 차이가 있었던 '두어자'들이다.

퇴계는 중종, 명종, 선조에 이르는 세 임금의 극진한 예우를 받으면서 대제학·예조판서·우찬성·판중추부사 같은 높은 벼슬을 지냈다. 벼슬에서 물러나 고향에서 학문을 연구하고 책을 쓰고 있을 때 선조가 이조판서를 맡아달라고 하였으나 몸이 늙고 병이 들었으므로 그같이 높은 벼슬을 받아들일 수 없다고 물리치고 학구에 정진했다.

퇴계는 시골에 파묻혀서 학식과 인격도야에 힘쓰며 젊은이들을 교육하고,《성학십도聖學十圖》등을 저술했다. 기대승, 이이, 유성룡, 이익, 정탁, 조목, 이심, 권문해, 정구재, 김성일 등 당대의 출중한 인재들이 그의 문하생이거나 학문의 영향을 받았다. 그래서 퇴계 이전의 학문은 모두 퇴계로 흘러 들어갔고, 그 뒤의 학문은 모두 퇴계로부터 흘러나왔다는 말이 나왔다. 퇴계는 젊은 시절 자신의 심회를 읊은 〈영회시詠懷詩〉를 지었는데 그 시에서 남달랐던 그의 책사랑 정신을 엿볼 수 있다.

> 홀로 수풀 초당에 만 권서를 사랑하며
> 그럭저럭 사색에 잠기기 십 년이 넘었네
> 그런대로 근본 이치에 부닥친 듯하여
> 나의 마음 걷잡아 태허를 보더라

퇴계는 50세 되던 해 2월에 한서암寒栖庵이라는 서실을 짓고 독서와 사색을 즐겼다.

> 아늑한 오막살이에 일이 없는데 　　　　　　紫荊添無
> 도서만 네 벽에 가득 찼도다 　　　　　　　書圖事四壁
> 고인은 이미 여기 있지 않으나 　　　　　　古人不在茲
> 그 말의 남은 향기 그윽도 하여라 　　　　　其言有餘馥

퇴계는 서실에서 《주자전서朱子全書》를 읽고 또 읽었다. 더운 여름철에도 문을 닫고 불철주야 독서에 열중했다. 제자들이 건강을 염려하여 쉬는 것이 좋겠다고 했더니 그는 "이 책을 연구함으로써 마음부터가 시원해지는데 더위 같은 것이 무슨 걱정이 될 것이냐"고 물리쳤다.

문하생 김학봉金鶴峯은 "퇴계의 서재에는《주자전서》사본 한 질이 있었는데, 너무나 헐어서 글자의 획을 거의 알아볼 수 없게 되어 있었다"고 했다. 퇴계가 얼마나 이 책을 열심히 읽었는가를 말해주는 대목이다. 공자의 '위편삼절'은 알아도 퇴계의 고사는 잘 모르는 것이 우리 실정이다. 퇴계가 서실의 벽에 써 붙였던 유일한 표어가 있다.

번거러움을 구하는 데는 고요함만한 것이 없고
졸拙한 것을 구하는 데는 부지런함만한 것이 없다

퇴계는 일생을 검소하고 경건하게 살았다. 그래서 지금 우리 지폐에 나올 만큼 좋은 얼굴, 훌륭한 인품을 가졌다. 다음은 퇴계가 읊은 한서앙 서재의 초라한 풍경이다.

보잘것 없는 초가 오막살이
위로는 비가 새고 옆으로는 바람이 치네
마른 곳을 찾아 가구를 자주 옮길 제
서책은 헌 상자 속에 거두더라

🐟 남명과 산천재 서실

조식은 학문이 뛰어났지만 벼슬에는 전혀 뜻이 없었다. 그는 책 읽고 젊은 선비들을 가르치는 일에 평생을 바쳤다. 특히 옳지 않은 일에 맞서 싸울 정신을 심어주는 데 가르침의 뜻을 두었다. 임진왜란 때 활약했던 의병대장 곽재우는 남명의 가르침을 받은 제자였다. 임진왜란과 병자호란 때 왜적과 싸운 의병장 중에는 남명의 제자가 57명이나 되었다.

조정에서는 조식에게 단성현감 등 여러 차례 벼슬을 내렸으나 그는 이를 모두 물리쳤다. 한때는 퇴계의 권유로 상서원 판관을 맡아서 치란治亂의 도리와 학문의 방법을 임금에게 올렸으나 다시 산으로 들어갔다. 그리고 두류산 덕소동에 산천재山天齋라는 서실을 짓고 후진들을 가르쳤다. 세상을 떠난 뒤 선조 때는 대사간으로, 광해군 때는 영의정에 추증되었다.

남명에 대해서는 자세히 몰라도 그의 서실 산천재에 써붙인 시를 아는 이는 많을 것이다.

저 천석들이 종을 보라
북채 크지 않으면 쳐도 소리 나지 않는다네
그러나 어찌 두류산만이야 하리
산은 천둥벼락이 쳐도 끄덕도 않는 것을

천석들이 종을 치려면 북채가 그만큼 크지 않으면 어렵다. 또 설혹 종을 친다 해도 두류산만큼은 닿지 않는다. 천둥벼락에도 끄덕하지 않기 때문이다. 평생을 벼슬길에 나가지 않은 선비를 처사處士라 한다. 남명은 임종을 앞두고 제자들에게 사후의 칭호를 '처사'로 할 것과, 자기의 학문은 '경의敬義' 두 글자에 집약되는데, 이는 하늘의 달과 해처럼 변함없는 진리니 힘써 따를 것을 당부했다.

남명은 대단히 진보적인 철학을 가지고 학문과 교육에 임했다. 퇴계의 학문이 다소 관념적이라면 남명은 실천적이었다. 그의 제자가 대부분 의병장으로 국난극복에 나선 데서도 나타난다.

남명은 백성이 나라의 근본이고 백성을 두려워해야 한다는 '외민사상畏民思想'을 갖고 있었다. 서정시 〈민암부民嵒賦〉는 현대 민주주의 사상을 그대로 보여준다.

> 물은 배를 띄울 수도 있고 엎을 수도 있는 것처럼
> 백성은 군왕을 추대하기도 하고 뒤엎기도 한다
> 물은 백성이요 배는 임금이다
> 물은 평탄할 때도 있고 격랑을 일으킬 때도 있다
> 그러나 배는 물 위에서 배지 물이 배는 아니다
> 하여 배는 물의 이치를 알아야 하고,
> 물을 무서워할 줄 알아야 하듯이 백성을 두려워해야 한다

남명이 눈을 감자 조선 사림 사회는 일대 슬픔에 잠겼다. 임금의 제문을 비롯하여 내로라하는 선비들의 조문이 잇따랐다. 사후에도 그를 평한 시문은 책 몇 권 분량이었다. 율곡 이이가 평하기를 "근래에 이른바 처사로서 끝까지 그 지절을 지키고 벽립천인壁立千仞의 기상을 우뚝 세운 이로는 공을 짝할 사람이 없다"고 했다.

각재 하항은 남명에 대해 "문文으로 학을 넓힌 다음 그것을 다시 예로써 집약하여 한 몸에 모으시고, 그러한 공부를 쌓고 힘써 행하

시기 오램에 자신을 이루고 도를 이룩하셨다"고 했다. 또 사호 오장은 "오백년 만에 태어난 걸출한 인물이라 그 입각지가 비록 문왕을 기약하지는 못한다 할지라도 삼천 년 동안 궁벽했던 이 땅에 문명을 일으킨 맥락은 멀리 기자箕子를 이어받았다 하겠다"고 평했다.

그러나 남명의 특징을 가장 잘 형용한 이는 제자 문목공 정구鄭逑의 제문이다.

> 천재의 순수하고 강건한 덕을 받고, 산과 강의 맑고 맑은 정기를 한 몸에 모아 재주와 지식은 일세를 눌렀고, 기개는 고금에 유례가 없을 정도로 뛰어났다. 지혜는 충분히 천하여 어떠한 변화에도 대응할 만했고, 용맹은 삼군을 지휘하기에 충분했다. 태산처럼 웅장한 기상으로 천길 벼랑에서 옷깃을 흩날리고, 봉황이 비상하는 듯 고상한 뜻과 지향은 구만리 넓은 하늘에 막힐 데가 없었다.(하략)

이런 정도의 제문을 받을 수 있었던 남명, 그는 '천석들이 종'과 같은 큰 학자이자 권세를 탐하지 않고 책과 독서와 학문으로 종생한 참 선비다. 이와 같은 순정純正한 얼굴이 그립다. 초상화지만 남명의 얼굴을 보면 선풍도골이다. 한국인의 본디 모습인 것이다.

애서가와
장서광의 차이는?

　　　　　일본인들이 한국(인)을 향해 망언을 하듯이, 인
도를 식민지로 지배해온 영국인들은 '신사의 나라'라는 외피와는
달리 가끔 인도(인)를 경멸하는 발언을 한다.

　영국의 최고 권위지 《타임스》는 1950년대 말 "한국에서 민주주
의를 기대하기는 쓰레기통에서 장미가 피기보다 불가능하다"는 망
언을 늘어놓았다. 또 영국인들은 셰익스피어를 인도와 바꾸지 않겠
다고 말했다. "책에 대한 즐거움을 인도의 부富와도 바꿀 수 없다"
고 한 망언자는 영국의 역사가 기번이었다.《로마제국흥망사》를 써
서 우리에게도 낯익은 인물이다. '인도의 부'라는 부적절한 비유만
아니라면 기번의 생각은 '두어자'들이 본받을 만했을 것이다.

　역대 제왕 중에는 권세와 부와 미녀들뿐 아니라 책 읽기를 좋아
하고 책 수집에 물불을 가리지 않았던 사람도 있었다. 애서가와 장
서광도 있었다는 이야기다. 책과 관련한 학대는 진나라의 연대기와

의료·농사 관계 일부를 제외한 모든 서책을 불사르고 '요사스런 언어로 민심을 교란한' 460명의 유학자를 생매장한 시황제로부터 시작되었다. 단군과 관련한 모든 서책과 조선독립 또는 해외 독립운동과 관계된 모든 책을 수거, 분서한 조선총독부, 칼 마르크스는 물론 지그문트 프로이트의 모든 저서 등 2만 권을 베를린 대학교 광장에서 불태운 히틀러에 이르기까지 폭군들의 행패는 그치지 않았다.

이들의 다른 한켠에서는 고대 이집트의 알렉산드로스 대왕처럼 동서고금의 도서 70만 권을 수집한 군왕도 있었다. 그는 호메로스의 《일리아스》를 항상 침대에 놓고 읽었다는 지적인 군왕이다. 그는 70만 권의 도서를 '수집'하기 위해 수단과 방법을 가리지 않았다. 로마제국의 권력자 안토니우스는 클레오파트라의 환심을 사고자 페르가몬 도서관의 장서 20만 권을 거침없이 선물했다고 한다. 이는 중국 명明 나라 때의 고명한 학자가 송宋 나라 시대의《후한기後漢記》를 탐내어 총애하던 미녀 애첩과 교환하였다는 일과 쌍벽을 이룬다.

성직자의 신분이면서 책을 좋아하여 고서점의 주인으로 변신하고 희귀본을 탐내어 여러 소장가들을 살해하여 교수형을 받은 에스파냐의 한 신부 이야기, 아끼던 희귀본을 단골 손님의 청에 못 이겨 팔아넘기고는 바로 그 손님의 뒤를 쫓아가 살해하고 책을 도로 찾은 뒤 미소 짓는 고서점상의 엽기적 이야기, 여러 나라의 도서관을 순회하면서 진귀본의 표제만을 잘라내어 도둑질하고는 그것들을 책장 깊숙이 비장하여 아침저녁으로 끄집어내 보면서 회심의 미소를 짓는 영국 상고물尙古物 협회 창시자의 한 사람인 존 바그포드라는 신사의 이야기 등등.　(이광주,《아름다운 지상의 책 한 권》)

지성사를 중심으로 유럽 문화를 폭넓게 연구하는 이광주 교수는 묻는다.

"책을 이 세상 무엇보다도 사랑하는 애서가의 명정酩酊이란, 고혹의 여인과 운명적인 사랑에 빠지는 것과 다름없는 정신병리학의 대상이요 '아름다운 악덕'이라지만, 장서광이란 분명 죽음에 이르도록 치유되지 않는 광기일까. 그렇다면 장서광은 책의 벗인가 아니면 적인가."　　(앞의 책)

넘치는 것보다는 모자라는 것이 낫다는 말이 있듯이, 책의 경우도 그러하다. 희귀본, 절판본, 금지본 등의 수집을 위해 사람을 죽이거나 남의 책을 훔치는 행위는 설혹 장서광일망정 진정한 애서가는 아니다.

조선시대 영조英祖나 이덕무와 같이 책을 읽다가 눈병이 날정도의 독서가나, 17~18세기 조선의 문인 이하곤李夏坤(1677~1724)처럼 벼슬을 버리고 시골에 1만 권의 책을 수집하여 놓고 읽고 또 읽으면서 "우리 집에 무엇이 있나/ 서재에 만권 서책이 꽂혀 있네/ 맹물 마시며 경서를 읽으니/ 정말 어디에 견줄까." 하는 탈속의 정도가 되어야 애서가나 장서광 축에 든다고 하겠다.

🐟 엽기적인 장서광들의 행태

서양 중세에도 이하곤과 비슷한 애서가가 있었다. 토마스 아 켐프스는 《그리스도를 본받아서》라는 책에서 "그동안 나는 어디서나 안식을 찾아보았지만 책을 들고 한쪽 구석에 앉아 있을 때를 제외하고는 어떤 곳에서도 안식을 찾지 못했다"고 말했다.

동서고금에 책을 아끼는 사람, 책 수집에 모든 것을 쏟아 부은 사람은 수없이 많았다. 프랑스의 유명한 백작부인은 자신의 피부를 오려내 천문학자인 애인 프랑마디옹의 저서 장정으로 써 달라고 유언하고, 실제로 그렇게 했다는 엽기적인 이야기도 있다. 하지만 이런 사람들을 애서가나 장서광이라 부르기에는 아무래도 너무 살벌하다. 진정으로 책을 사랑하는 사람은 책에 상처를 내지 않는다. 영국을 대표하는 IT전문가이며 미래학자로서 '21세기의 예언자'라는 칭호를 듣는 이언 앵겔(런던 대학교 교수)은 말한다.

> 앞으로 인간은 두 개의 계층으로 나누어진다. 지식·문화·비즈니스 엘리트들인 지식노동자와 그렇지 않은 나머지 서비스 노동자들로. 이 두 개의 계층은 앞으로 다가올 지식 자본주의 사회에서 각각 승리자와 패배자를 상징하게 될 것이다.

'지식노동자'는 책 읽는 사람을 말하고, '서비스노동자'는 책과 담을 쌓는 사람을 말할 것이다. 경제력이 세계 10위권인 나라에서

한 달에 책 구입비가 가구당 1만 2000원 정도라면 물질문명과 정신문명의 갭이 너무 심한 것이다.

《인생희극》을 써서 성공한 발자크가 "나폴레옹이 칼을 가지고 성취한 일을 나는 펜을 가지고 정복하겠다"고 호기를 부렸지만, 그것은 지극히 피상적인 관찰이다. 나폴레옹의 '성취'에는 누구도 따라오기 어려운 독서를 통한 각고의 노력이 있었다. 조선후기 찬란한 문화시대를 연 정조의 치세治世는 군왕의 치열한 책과의 씨름이 전제되었다. 거저 얻어진 과실은 없는 법이다.

단재 신채호의 독서법은 독특했다. 한 눈에 열 행行을 읽는다는 이른바 '일목십행一目十行'의 독서술이었다. 친구와 대화하면서도 책을 읽어 독파하고 한번 독서에 빠져들면 며칠씩 세수도 안 했다고 한다(심훈, 〈단재와 우당〉). 단재는 망명지에서 책 살 돈이 없어서 북경시내 서점에 들러 선 채로 몇 시간씩 책을 읽곤 했다. 그 결과 〈조선혁명선언〉을 비롯하여 불후의 사서와 시론을 지을 수 있었던 것이다. 거저 얻어지는 명저와 명문은 없다.

🐖 짧은 글의 깊은 의미

《뤼쉰 평전》을 번역한 홍윤기(극동대) 교수는 "3000년 동안의 중국문학사 전체를 통틀어 가장 빼어난 작가가 누구냐고 묻는다면 누구를 꼽아야 마땅한가"라고 자문하고, 다음과 같이 대표적인 작가들을 짧게 평한 적이 있다. 평문이 일품이다.

인문주의 문학전통을 확립한 공자, 짧고 유머러스운 우화를 빌어 우주와 처세를 이야기한 장자, 자아의 절대적인 고독을 환상에 휩싸여 노래한 굴원, 역사를 시간의 역사에서 사람의 역사로 처음 엮어낸 사마천, 전원의 고즈넉한 아름다움을 처음으로 발견한 도연명, 자연의 아름다움을 불가의 경지까지 끌어올린 왕유王維, 술과 달의 아름다움을 거침없이 드러낸 이백, 고통 받는 민초들의 모습을 연민의 눈으로 바라본 두보, 원통하게 죽은 귀신의 모습과 소리를 기괴하고 섬뜩한 음계陰界의 언어로 가슴 저미게 풀어내었던 천재시인 이하李賀, 적벽赤壁의 아름다움을 역사 및 철리哲理와 함께 엮어 묘사한 소식蘇軾, 삼국 영웅들의 역사를 웅혼하게 그려낸 나관중, 인간의 성적욕망을 발견하고 타락한 사회를 고발한 소소생笑笑生, 몰락해가는 봉건 대가족의 온갖 인간군상을 그려낸 조설근曹雪芹 등등……

대하장강을 이루는 중국 3000년 문학사의 대표적 인물 13명을 골라서 평한 글이다. 한 사람의 생애와 업적을 짧은 한 마디로 종합하기란 보통 내공 없이는 어렵다.

🐟 정조의 글 읽기와 호문 정신

조선시대에 군왕다운 군왕은 정조, 신하다운 신하는 다산 정약용이라 한다. 세종대왕이나 영조 등을 제치고 정조正祖를 앞세운 것이나, 율곡 이이나 충무공 이순신을 두고 다산을 꼽은 데에 견해 차이가 있을 수 있다. 그런데 주제어 '군왕다운 군왕'과 '신하다운 신하'를 상기하면 '두어자'들은 고개가 끄덕여질 것이다.

정조는 흔히 '호문好文의 왕' '뛰어난 학자' '영명한 군주'라는 평가를 받는다. 세종대왕 역시 글을 좋아하고 학문에 남달랐지만 책을 열심히 보다가 눈병까지 나는 맹렬한 독서가인 정조를 따르지는 못한다. 책 읽다가 눈병이 난 사람 중에는 이덕무도 있었다. 이덕무는 오른쪽 눈이 가렵고 아파서 제대로 보기 어렵게 되자 친구들이 '책병冊病'에 걸렸다며 놀렸다.

정조는 자신만이 책을 좋아하고 책 수집에 열을 올렸던 것이 아니었다. 검서관檢書官으로 박제가朴齊家, 이덕무, 유득공柳得恭 등을 등용하여 규장각 안에 있는 각종 서적과 그림, 명필을 조사하게 하고, 이들과 함께 연구하고 토론하기를 즐겼다. 이들은 모두 당대는 물론 한국사에서 학문과 업적에서 손꼽히는 분들이다.

정조는 왕궁 침실 벽을 온통 책으로 진열해놓고 책속에 묻혀 잠을 잤다. 이덕무는 연경을 방문했을 때 서화 골동으로 유명한 유리창 서점가를 방문하여 140여 종에 달하는 각종 서책을 구입해왔다. 책 좋아하는 조선의 학자들이 연경을 방문했을 때 늘 들렀던 곳이다. 허균이 중국에 사신으로 갔을 때 역관의 여비까지 털어 책을 구입하여 물의를 일으키기도 했던 곳이다.

정조는 기우문祈雨文을 친히 찬撰하면서 신하들에게 《시경》의 어느 구절을 물었으나 고출考出을 하지 못한 신하가 인책하기를 구하자 "경들이 아는 바를 과인이 알지 못하고 과인이 아는 바를 경들이 모르는 것은 이상한 일이 아니다. 이상한 것은 학문을 하려는 의지가 부족한 것"이라면서 전거典據를 일일이 알려주었다.

정조는 일과日課 중이라 할지라도 스스로 책을 읽으려고 노력해야 한다고 했다. 신하들이 (일과 때문에) 책을 읽지 못한다고 말하자, 책을 읽지 않음이지 읽을 수 없음이 아니라고 단호히 말하면서 공무公務 중 비록 짧은 겨를이라도 하루에 한편의 글을 읽으려 한다면 어렵지 않게 읽을 수 있다고 말했다.

역대 군왕 중에 호문하는 임금이 적지 않았지만 정조는 유별났다. 평상시는 물론 삼복 중이나 혹한에도 쉬지 않고 책을 읽었다. "삼복 중에 불꽃같은 더위가 최고조였지만 정무를 보는 여가에도 간서지공看書之工은 폐하지 않았으며 한가할 때는 책을 보거나 혹은 글을 짓거나 하여 허랑하게 놀지 않았음을 스스로 밝히고 있다." 《홍제전서弘齊全書》 165권) 정조의 이와 같은 독서버릇은 어렸을 때부터의 습관이었다. 보좌에 오른 후 휴일에는 새벽닭이 울 때까지 경전을 읽었고, 독서에 열중하다가 야반에 이르러 신기神氣가 권태롭고 졸음이 오려할 때면 홀연히 닭 우는 소리에 청명淸明하게 마음이 깬다고 했다. 이슥한 밤까지 그치지 않는 이 지독한 독서열.

> 눈 오는 밤 차디찬 달빛에 비쳐가며 언 몸을 세우고 학문에 정진하는 가난한 선비의 모습 그것이다. 한사궁유寒士窮儒를 생각하며 자신을 일깨우지 아니한 적이 없나니, 무서우리만치 절제된 연마의 과정 속에는 수도사처럼 정진하는 경건성마저 느끼게 한다.   (신양선, 〈조선후기 정조의 독서관〉)

매사가 그렇지만 억지로 하는 일은 별로 성과가 나지 않는 법이다. 독서도 그렇다. 정조는 즐거운 마음으로 책을 읽었다. 책을 읽지 않으면 마음이 편하지 않았고, 독서를 하면 "폐와 명치 안의 체울滯鬱이 사라지는 듯한 정도"로 독서를 하루의 주요한 일과로 삼았다. 오락이나 여색·승마 등에 취미가 없는 대신 책 읽기와 글쓰기, 고서수집, 신료들과 토론하기를 즐겼다. 이런 군왕 곁에 박제가, 이덕무, 유득공과 같은 '책벌레'들이 모여든 것이다.

그러나 정조의 한계라고 할까, 아니면 시대적 상황이었을까. 정조는 명청문집明淸文集과 패관잡기稗官雜記 등이 인심을 무너뜨리고 해가 크므로 읽어서는 안 된다면서 자신도 읽지 않았고, 신료들에게도 읽지 못하게 금지시켰다. 개인적으로 잡서를 즐기지 않았고 《삼국지》와 같은 소설류는 철저히 배격했다. 박지원의 《열하일기》와 같은 새로운 글쓰기의 문풍을 금지시키면서 이른바 '문체반정文體反正'을 꾀하기도 했다.

서학西學에 대해서도 철저하게 수입과 유통, 독서를 금지시켰다. 청나라를 통해 들어온 서학(천주교) 관계 서적을 읽지 않았고 읽지도 못하게 했다.

그럼에도 불구하고 정조는 내외의 서적을 널리 구하고 고루 읽었으며 특히 경서에 대한 관심이 컸다. 연행燕行 사신에게 명하여 여러 가지 책을 구해오도록 하고, 또 이를 간행토록 하여 당대에 문풍을 크게 일으켰다. 그는 과연 호문의 군왕이었다.

📖 전쟁터 마상에서 책 읽은 나폴레옹

서양의 권력자 중에서 나폴레옹처럼 책을 좋아하고 많은 책을 읽은 제왕도 찾기 어려울 것이다. 나폴레옹 하면 전쟁을 떠올릴 만큼 그는 수많은 전쟁을 치렀다. 그러나 그는 사느냐 죽느냐, 정복하느냐 정복당하느냐의 전쟁터 말 위에서도 틈만 나면 책을 읽었다. 전쟁에 나가면 으레 책을 한 마차씩 끊고 나갔다. 이집트 원정을 갈 때는 1000여 권의 책을 싣고 출전하기도 했다. 수백 명의 사서와 고고학자들을 대동한 '기이한' 출전이었다.

나폴레옹의 사서 바드비에는 군영軍營에서 영을 받아 늘 신간서적을 준비해야 했다. 사서는 진군할 때나 회군할 때를 가리지 않고 신간서적을 준비했다가 대령하느라 잠잘 틈이 없었다. 나폴레옹 자신도 하루 3~4시간 밖에 잠을 자지 않았다. 전선에서 새벽에 잠을 깨면 독서와 하루 전략·전투구상에 시간을 쏟고, 부족한 잠은 이동할 때 짜투리 잠으로 때웠다.

헤겔로 하여금 "지금 백마를 탄 세계정신이 내 앞을 지나고 있다"고 감탄케 하고, 러시아 원정길에서 만난 괴테가 "데몬 중의 데몬"이라 부를 만큼 나폴레옹은 결코 일반 권력자들과 동렬에 세울 '마상馬上의 무변武弁'이 아니었다. 베토벤에게도 큰 영향을 미치는 등 세계 지성들이 경탄할 정도로 그의 정신은 높고 깊은 면이 있었다. 그런 힘의 원천이 대부분 그칠 줄 모르는 독서에 있었다.

나폴레옹의 독서습관은 어릴 적부터 시작되었다. 프랑스로 유학을 떠나기 전 아버지의 서가에서 《플루타크 영웅전》을 찾아 여러 차례 읽고 또 읽었다. 아버지가 유학길에 오른 어린 나폴레옹에게 소원 하나를 말해보라 하니, 주저하지 않고 《플루타크 영웅전》을 가져가고 싶다"고 했다.

전쟁터에서 나폴레옹만 책을 읽었던 것은 아니다. 병사들의 배낭 속에도 《젊은 베르테르의 슬픔》 등 명저가 들어 있었고, 그들은 참호 속에서 책을 읽는 여유를 가졌다.

나폴레옹과 그의 병사들은 대부분의 전투에서 승리했다. 그러나 나폴레옹은 워털루 전투에서 패전하여 1821년 5월 5일 사망할 때까지 5년 5개월 동안 세인트헬레나에 유배되었다. 그가 죽은 뒤 유산을 정리할 때 그의 서재에는 2700여 권의 책이 꽂혀 있었다.

이와 관련해서 두 가지 불가사의가 남아 있다. 나폴레옹은 망망한 외딴 섬에서 어떻게 그 많은 책을 구입했을까 하는 점과, '유럽의 황제'에서 유배자로 전락한 참담한 처지에서 과연 몇 권의 책을 읽었을까 하는 의문이다. 당시 정황으로 보아 그의 조국 프랑스에서 책을 보내주었을 리 없을 것이고, 그렇다고 그의 침략으로 쑥대밭이 된 식민지 국가들의 도움을 받았을 리도 없을 것이다.

다른 기록에는 "나폴레옹이 유배지에서 지낼 당시 '재산목록'에는 프랑스어뿐 아니라 라틴어와 히브리어 책을 포함한 8000여 권의 장서가 차지하였다니 그의 독서편력은 비운의 말로에도 변함이 없었던 것 같다" (이광주, 《아름다운 지상의 책 한 권》)고 나와 있다.

나폴레옹은 지독한 악필에다가 오자誤字 투성이의 글을 썼지만, 대단한 속독가였다. 수많은 전투를 지휘하고 프랑스와 유럽을 지배하기 위해서, 잠자는 시간을 줄이면서 많은 책을 읽고자 속독법을 개발한 것이다. 러시아를 침공하여 모스크바에서 동장군과 싸우고 있으면서도 사서에게 신간을 보내도록 독촉했다. 하지만 나폴레옹은 그 책들이 진영에 도착하기 전에 패장이 되어 모스크바에서 철수했고 세인트헬레나에 유배되었다. 유배지에서의 나폴레옹, 그는 많은 책을 읽으면서 만년의 희열을 느꼈을까, 회한을 품고 죽었을까.

애서가와 장서가의 차이에 대해 "책을 지배하는 자와 책에 의해 지배받는 자"라는 구별이 있지만, 그 경계는 명확하지가 않다. 해답은 '두어자'들의 몫이다.

글밭에서
주은 이삭

〈글밭에서 주은 이삭〉, 이 제목은 한글학자 이강로 님의 책에서 따온 것이다. '글밭', 얼마나 좋은 밭인가. 심전心田이란 말은 많이 들어봤어도 글밭이란 말은 이강로 님의 책을 보기 전에는 미처 몰랐다. 글밭이라니, 글이 의사 전달과 기록의 부호라면, 그래서 정신세계를 상징한다면, 밭은 인간이 먹고사는 식량을 생산하는 그래서 육체의 세계를 상징한다고 하겠다. 정신의 세계와 육체의 세계가 어우러지는 '글밭'은 과장하면, 잃어버린 에덴이거나 찾고자 하는 유토피아의 상징이 아닐까.

사래 긴 보리밭은 초록색 자리를 펼쳐 놓은 듯 이랑마다 새 파란 먹물을 튀겨 놓은 것 같이 생생하다. 벌써 한 두어 치가량이나 뾰족뾰족하게 자라났다. 비만 한 번 흐뭇하게 내리면 우쩍 자랄 것 같다. 그 곱다란 보리밭을 아침 바람이

보드랍게 어루만진다. 그러면 보리싹은 강아지풀처럼 조그
만 꼬리를 살래살래 흔든다.　　　　　　　　(심훈, 〈영혼의 미소〉)

밭이란 이런 것이다. 어찌 보리밭 뿐일까. 뭇 식물이 자라는 밭
은 생명의 근원이고 자연의 묘판이다. 거기에 글의 씨앗이 뿌려지
고 문화(文化 · 文花 · 文華)가 피어난다. 글, 글이란 무엇인가.

　글이란 도道를 밟는 문인이므로 법도 아닌 말은 섞지 않는
것이다. 그러나 그 기운을 고무시키고 말을 활발히 하여 사
람들을 감동시키려면 혹 험괴險怪에 미치기도 한다. 하물며
시를 지음에는 비흥比興과 풍유諷諭를 근본으로 하는 것이
니, 그러므로 반드시 기괴奇怪에 우탁寓託한 뒤에야 그 기운
이 웅장하고 그 뜻이 깊으며 그 말이 분명해진다. 그리하여
사람의 마음을 감동시켜 깨치게 하고 미묘한 뜻을 나타내
어 마침내 바른 데로 돌아가게 되는 것이다. 그러므로 남의
것을 모방하여 꾸미거나 아름다움을 자랑해 떠벌리는 것
같은 일은 원래 유자儒者의 할 일이 아니다.　(최자, 《보한집》)

🐟 '변통 알고 새것 창안하는' 글쓰기

　글을 어떻게 쓸 것인가? 논자들은 말한다. "반드시 옛 것을
본받아야 한다"고. 이리하여 세상에는 흉내와 모방을 일삼
으면서도 부끄러워할 줄 모르는 사람들이 있게 된 것이다.

이것은 왕망王莽의 주관周官이 마치 고대의 제도인 양 행세하는 격이고, 양화陽貨의 모습이 마치 공자인양 행세하는 격이다. 과연 옛 것을 본받아야 할 것인가? 그렇다면 새것을 창안해내는 것이 옳은가? 이리하여 세상에는 황탄하고 괴벽한 소리를 늘어놓고도 두려워할 줄을 모르는 사람들이 생겨났다. 이것은 임기응변의 조치를 통상의 떳떳한 법전보다 더 훌륭한 양 여기고 일시 유행하는 가곡을 전래의 고전음악과 같이 대우하는 격이다. 과연 새것을 창안해내야 할 것인가? 대체 그렇다면 어떻게 하는 것이 옳은가? 우리는 어찌해야 할까? 그만 두어야 하는가. 옛 것을 본받는 사람들은 그 옛 것에 얽매어 벗어나지 못하는 것이 그 병통이다. 참으로 옛 것을 본받으면서도 변통할 줄 알고 새것을 창안해내면서도 근거가 있다면 이 시대의 글은 옛 시대의 글과 마찬가지일 것이다.   (박지원,《초정집서楚亭集序》)

《고문진보古文眞寶》는 중국에서 유명한 글을 모아놓은 책이다. 중국은 문화가 오래된 만큼이나 좋은 글, 값진 글도 많다. 왕발王勃이 쓴 〈등왕각서騰王閣序〉도 명문의 하나다. 다음은 〈등왕각서〉의 한 구절이다. 때는 9월 9일 가을이 짙어가는 계절이었다.

무지개는 비가 갬에 따라 사라졌고   虹鎖雨鐘
영롱한 채색 빛깔은 운구에 서려 있다   彩徹雲衢

156

떨어지는 안개는 외로운 따오기와 함께 날고

落霞與孤鶩齋飛

가을물은 수평선의 푸른 긴 하늘과 한 빛이로구나

秋水共長天一色

《북학의北學議》를 지은 서자 출신의 천재문인 초정楚亭 박제가朴齊家가 막역한 벗 청장靑莊 이덕무李德懋를 두고 지은 시가 있다.

청장이 굶어 죽은들 무엇이 억울한가　　청莊饑死也何妨

가는 곳마다 시서가 남을 것이니 뼈조차 향기로울 텐데

縱處詩書骨亦香

적막과 번화가 죽으면 결국 일치한다는 것을 알거든

寂寞繁華知一致

영화나 불행을 가지고 죽은 뒤 남는 일일랑 묻지를 말라

莫將榮猝間行藏

　박제가의 친구로서 조선시대 누구보다 책을 좋아했던 이덕무는 "티끌세상에서 부대끼며 살아가더라도 마음을 가지런히 하고 책 읽는 여유를 가진 사람은 군자"라면서 "집안 살림이 살만해지면 한적한 물가에서 책을 쓰고 명산에 굴을 판 뒤 깊이 간직해 두겠다. 먼 훗날 그것을 찾아 낼 한 사람의 독자를 위해서"라고 했다.
　글쓰기가 자유롭지 못했던 시절, 아무리 머리가 좋고 글을 잘 지어도 출세길이 막혀 있던 서얼출신들은 술 마시고 책 읽는 것 외에

달리 할 일이 많지 않았다. 어찌 보면 '한량閑良' 같기도 하지만, 실제 그들의 아픈 심사心事를 헤아리기란 쉽지 않다.

그런 속에서도 이덕무는 '두어자'들에게 두고두고 기억될 소망을 남겼다. 먼 훗날 한 사람의 독자를 위해 명산에 굴을 파서 간직해두겠다는 꿈이다.

이육사는 천고千古 뒤에 백마 타고 나타날 존재를 기다렸는데, 이덕무는 먼 훗날 한 사람의 독자를 위해 책을 짓고자 한 것이다.

〈궁류시〉로 세도가 비판한 석주 권필

조선 광해군 시대 문인 석주石洲 권필權韠은 올곧은 선비였다. 양촌 권근이 7대조로 명문가 출신이다. 권필은 임진왜란의 책임을 물어 당시의 영의정 이산해李山海를 처단해야 한다고 주장했다. 또 광해군 3년에 진사 임숙영任叔英이 임금의 시정을 비판했다가 시련을 겪자 이를 지켜보던 석주는 〈궁류시宮柳詩〉라는 제목의 풍자시를 짓기도 했다.

대궐버들 청청한데 꾀꼬리 어지럽게 날아들고

宮柳靑靑 亂飛

성안에 가득 찬 관개는 봄볕이 아양떠네　　滿城冠盖媚春暉

조정에선 승평낙을 하례하건만　　　　　　朝家共賀昇平樂

누가 시켜 베옷 입은 선비를 내쫓았는가?　言解遣出布衣

〈궁류시〉라는 제목의 시 한 편으로 석주의 일생은 바뀌게 되었다. 석주는 선조가 그의 시를 항상 서안書案에 두고 찬탄해 마지않을 정도로 당대의 뛰어난 선비였다. 예조에 참예하라는 왕명을 받고도 출사하지 않고 강화도로 내려가 인재양성을 위해 젊은이들을 가르쳤다. 여기서 궁류宮柳는 당시의 권세가 유희분 형제와 왕후 유柳 씨를 가리키고, 관개冠盖는 만조백관, 출포의出布衣는 임숙영을 말한다. 이 시를 본 유희분과 이이첨 등 지목된 썩은 권세가들은 이를 갈았고 광해군도 분노했다. 체포된 권필은 사형이 내려졌지만 백사 이항복과 한음 이덕형이 간청하여 극형을 면하고 경원부로 귀양을 가게 되었다. 머리 풀어 산발한 채 귀양길에 오른 그는 다시 시 한 수를 읊었다. 〈정부원征婦怨〉이다.

방울방울 눈眼 속에 흐르는 눈물	滴滴眼中淚
다각다각 가지 위에 꽃으로 피었네	盈盈技上花
봄바람 불어와 이 한을 씻어	春風吹恨去
밤사이 하늘가로 흩어지거라	一夜到天涯

귀양살이를 하면서도 석주의 나라사랑 정신은 꺾이지 않았다. 특히 광해군을 등에 업고 정사를 좌우하는 유희분을 지목하여 직격탄을 날렸다.

네가 유희분이냐. 너는 부귀를 누리지만 국사는 이 지경에 이르렀다　　　　　　　汝是柳希奮耶汝亨富貴

국가가 망하면 너 또한 망할 것이다　　而國事至此國亡測

그러니 어찌 도끼가 네 목에 이르지 않겠느냐

　　　　　　　　　　　釜鉞獨不到汝項乎

광해군의 국문장에서도 조금도 굴하지 않고 조정에 직신直臣이 없어 〈궁류시〉를 썼다고 호언하던 석주는 심한 매질을 당한 뒤 골병이 도져 1612년 43세의 짧은 나이로 귀양지에서 객사했다. 다음은 그가 죽기 전에 쓴 〈도중途中〉이라는 제목의 시다.

해 저문 오솔길 외딴 주막집

산이 깊으니 싸리짝도 없구나

닭 우는 새벽 앞길을 물었을 때

단풍 든 누른 잎은 나를 향해 날아드네

🐟 간결체 문장의 깊은 속내

문장론에 간결체가 있다. 쓰고자 하는 바를 되도록 짧은 어구語句로써 요약·압축해서 표현하는 문체를 말한다. '언어절약'의 삽화를 살펴보자.

조선 중기의 시인 권필이 스승의 산소에 들러 지은 〈과정송강묘유감過鄭松江墓有感〉이라는 시가 있다. 정민(한양대) 교수가 석사논문을 쓸 때 이 시의 '공산목락우소소公山木落雨

蕭蕭'란 구절을 "텅 빈 산에 나뭇잎은 떨어지고 비는 부슬부슬 내리는데"로 번역해 스승께 보여드렸다. 그랬더니 "넌 사내자식이 왜 이렇게 말이 많으냐?" 하며 퉁을 주었다. 손으로 '空'을 짚으며 "이게 무슨 자냐?"라고 물으시니 정민 교수는 당황하여 "네?" 했다가 금방 "빌 공잡니다"라고 했다. 그랬더니 대뜸 "여기 어디 '텅'이 있어"하시며 '텅' 자를 지웠다. "'나뭇잎'이나 '잎'이나, 그놈 참 말 많네. '떨어지고'의 '떨어'도 떨어내!" 하셨다 한다. 그래서 완성된 문구가 "빈 산 잎 지고 비는 부슬부슬"이다. 정 교수는 이 교훈을 늘 가슴에 안고 박사논문을 완성한 뒤에도 초고 1400매를 쥐어짜 1200매로 만들었다. "말은 줄었는데, 생각은 더 많아졌다."

(강성민, 〈문화코드를 역류시키는 '힘센' 한문학자〉, 《인물과 사상》)

글을 쓰다 보면 낡은 형식과 필요 없는 부사, 토씨, 형용사 등을 남발하는 경우가 적지 않다. 먹을 것 없는 밥상에 반찬 가지 수만 많은 격이다. 미켈란젤로는 다비드상을 조각하고 나서 '비결'을 묻는 사람들에게 "대리석에서 필요 없는 부분을 쪼아냈더니 다비드상이 나타났다"고 했다. 글쓰기의 요체도 이와 같지 않을까.

"글(문체)은 곧 사람이다Le style, c'est l'homme"라고 말한 이는 프랑스의 뷔퐁(1707~1788)이다. "대체로 작가의 문체는, 그 내심에 있는 그대로의 표현이다. 그러니까 명확한 문체

로 쓰려면 먼저 자기 마음을 바로 가져야 한다"고 강조한
이는 괴테다. "고상한 문체는 높은 인격의 산물이다."(롱지
누스) "문체란 작가 자신이 사물을 보는 방법이다."(플로베
르) "좋은 문체는 지적·정적 요소와 해조諧調·우미愚迷·매
력과 같은 미적 요소를 지녀야 한다."(허드슨)

글쓰기는 결코 쉬운 일이 아니다. 아무나 글을 쓰고 책을 내는 세
상이 되었지만, 제대로 된 글(문체)은 쉽게 쓰이지 않는다. 청자를 빚
는 도공의 숙련과 예술혼처럼 글쓰기도 그러하다. 책읽기도 쉬운
일만은 아니다. 책도 책 나름이지만 책다운 책, 저자가 피로 쓴 책
(니체), 수명이 긴 생명이 있는 책을 읽는 데는 일정한 '법칙'이 있다.

독서에는 요점을 파악하는 것이 중요하다. "《도덕경》은 '유
무有無' 두 자가 요점이고, 《능엄경楞嚴經》은 '심안心眼' 두
자가 요점이고, 《심경心經》은 '관조觀照' 두 자가 요점이다."

(《암서유사》)

송나라의 문인 장횡거張橫渠는 말한다.

책은 이 마음을 지켜준다. 잠시라도 그것을 놓으면 그만큼
덕성이 풀어진다. 책을 읽으면 마음이 항상 있고, 책을 읽지
않으면 의리를 보아도 끝내 보이지 않는다.

(《장자전서張子全書》)

162

독서인이 갖춰야 할 기본적인 자세가 있다. 다음은 송나라 황정
견黃貞見의 견해다.

> 책을 뜯어 옹기를 덮거나 사적史籍을 찢어 문을 바르는 것
> 은 누구나 아깝게 생각하지 않는 사람이 없다.
> 그런데 선비가 운명이 궁박하여 원통하게 모함을 당하면
> 이를 듣는 자도 가련하게 여기지 않고, 본 자도 그를 생각해
> 주지 않으며 모두 그의 생사에는 무관심해버린다.
> 이 두 가지를 비교해볼 때 앞의 경우는 뱃속에 글이 많이 들
> 어있는 선비를 마치 원수로 여기는 것이니, 슬픈 일이다.
> 독서하는 사람은 마땅히 이것으로 지침을 삼을 것이다.

읽고 쓰는 것, 이것은 지식인의 근원적인 행위다. 하지만 읽고 쓰
는 행위가 단순히 정신적, 육체적인 노동을 의미하는 것만은 아니
다. 거기에는 인류사적인 존재의 근원, 영원을 추구하는 원형질이
포함된다. 다음은 '읽기 행위'에 대한 진단이다.

> 읽기(독서가 아니다), 혹은 읽는다는 말만큼 많은 행위가
> 연관되는 단어도 없을 것이다. 최초의 인류는 생존을 위해
> 하늘과 바다와 날씨와 사냥감의 동태를 읽어야만 했다. 정
> 확히 읽는 사람일수록 생존의 가능성은 높아졌을 것이다.
> 그 정확성을 높이고자 하는 노력의 과정이 곧 지식과 문명
> 의 역사다. 그 과정에서 점성술과 종교와 과학과 예술이 생

겨났고, 기호와 문자들이 만들어졌다. 오늘날의 인류 역시 사정은 최초의 인류와 별반 다르지 않으며, 더 많은 것을 더 정확히 읽는 자가 대체로 더 많이 가지게 된다. 그래서 사람들은 오늘도 신문과 책을 읽고 애인의 몸짓을 읽고 내일의 운세를 읽는다. 조금 과장해서 말하면 무언가를 읽지 않고는 아무것도 할 수 없는 세상에서 우리는 살고 있다.

(한스 요하힘 그립)

왕안석王安石은 당송 8대가에 속하는 저명한 문인이다. 그의 많은 글 중에 특히 〈권학문勸學文〉은 시대를 넘어 읽히는 글이다.

가난한 사람은 책 때문에 부유해지고	貧者因書富
부유한 사람은 책 때문에 귀해지고	富者因書貴
어리석은 사람은 책으로 인해 어질어지고	愚者得書賢
어진 사람은 책으로 인해 부귀를 얻는다	賢者因書利

☞ 토인비의 학문생활

《역사의 연구》라는 저서로 20세기의 세계적인 역사학자로 명성을 날린 아놀드 토인비는 대단히 성실한 학자라는 평을 듣는다. 그가 쓴 〈학문생활을 추구하는 사람을 위해〉라는 글은 비록 '학문생활'까지는 아니더라도 '두어자'들이 한번쯤 귀담아 들을 만하다. '글밭'에서 주은 이삭이다.

첫째, 덤비지 말고 행동하기 전에 생각하라. 충분한 시간과 여유를 두고 문제나 과제를 전체적으로 보라.

둘째, 행동할 시기가 성숙되었다고 느끼면 즉시 행동하라. 너무 오래 기다리는 것은 서두르는 것보다 더 일을 망치기 쉽다.

셋째, 날을 기다리지 말고 매일처럼 적당한 때를 잡아 정기적으로 글을 써라. 기분이 안 난다고 미루지 말라.

넷째, 일각의 시간이라도 낭비하지 말라. 오늘 일이 끝났다고 더 할 수 있는 일을 내일로 미뤄서는 안 된다.

다섯째, 언제나 앞을 보라. 자동차 경주 선수들이 목표점이 있는 지평선을 망원경으로 보듯 멀리 앞을 내다보라.

세종 임금의
책사랑과 독서당 제도

🕮 책사랑 정신의 깊은 뜻

조선시대의 군왕 중에서 세종처럼 많은 업적을 남긴 이는 없다. 그래서 세종 앞뒤에는 성군聖君 또는 대왕大王이라는 존칭어가 붙는다. 세종은 선비들과 책을 특별히 사랑했다. 이는 세계 어느 군주 못지않을 것이다. 세종은 집권하자마자 집현전集賢殿을 설치했는데, 집현전은 현명한 학자들을 모아 국정에 필요한 제도와 법, 정책 등을 조사하고 연구하기 위해 특별히 설치한 기관이다.

세종은 1420년 3월에 집현전을 설치하고, 문신 중에서 나이가 젊고 재질 있는 사람을 뽑아서 배치했다. 집현전은 세종임금이 추진하는 국정일체의 자문기관으로 연구기관 역할도 했다.

집현전에는 고려의 수도 송도에서 가져온 책과 나라 안팎에서 수집한 많은 책들이 있었다. 수집된 책이 많아지면서 원래는 작은 전각이었던 집현전을 세종 11년에 대궐 서편에 새로 지었다. 장서각은 집현전 북쪽에 터를 잡았는데 화려하고 장엄한 모습으로 신축되었다. 장서각 안의 벽은 서가書架로 둘러싸여 있었는데, 책을 찾기 쉽도록 종류별로 분류해놓았다. 분류는 경經·자子·사史·집集을 기준으로 했다. 모르긴 해도 아마 세계 최초의 장서분류 체계가 아닐까 싶다. 다음의 글을 보면 세종의 선비 사랑과 글공부에 대한 배려가 어떠했는지 알 수 있다. 읽는 이의 가슴을 저리게 한다.

집현전에 나오는 사람들은 아침 일찍이 들어와서 저녁 늦게 나갔다. 시각時刻은 일관日官이 정하는 데 따랐다. 때를 맞추어 부지런히 연구하게 하였으며, 일상 임금의 옆에서 공부하는 일이었다. 여기서는 아침과 저녁을 직접 궁중의 내관內官들이 대접하였고, 먹고 책을 보는 데 아쉽게 하지 않았다. 학사들은 밤에도 번을 들어 집현전을 지켰고, 밤새도록 글을 읽었다. 때로 새벽 첫닭 소리를 듣고야 자리에 눕기도 했다. 세종은 그들이 쉴새 없이 공부하는 것을 한없이 즐거워했다. 어느 때는 초피貂皮의 웃옷을 벗어서 새벽녘에 잠든 선비를 덮어주기도 했다. 권채權採, 신석견辛石堅, 남수문南秀文 등은 그때 나이가 어리고 젊다 하여, 다른 벼슬을 하지 말고 집에서 편히 공부에만 전력하게 했다. 그리고 대제학 변계량卞季良에게 직접 지도를 받도록 했다. 또 산 속 절에서도 공부할 수 있도록 했다. 재주 있고 젊은 사람들이 나라의 사무 때문에 공부에 방해가 되는 것을 막기 위해서

다. 세종은 이렇게 틈을 주어 연구에 몰두하게 했다. 다른 데 마음을 쓰지 않고, 임금이 부탁한 일에만 전심專心을 기울일 수 있도록 모든 비용은 나라에서 대주었다. 경사經史를 중심으로 사상, 역사, 여러 가지 문물제도, 천문天文, 지리地理, 의약醫藥 등 임금의 정치에 직접 소용되는 요긴한 것들을 학사 전문가들이 걱정 없이 마음껏 공부하고 연구하게 했다. 당대의 유명한 문장文章도 이 집현전에서 공부하던 사람들 중에서 나왔다. 유의손柳義孫, 권채權採, 신석조辛碩祖, 남수문南秀文 같은 사람들이 다 집현전에서 세종의 혜택을 받았던 학자들이다. 이중에서도 남수문을 제일로 꼽았다.

(홍이섭, 《세종대왕》)

세종과 같이 글을 좋아하고 선비를 사랑하는 임금이 있었기에 조선왕조 500년 문치의 기틀이 놓일 수 있었다. 그런 바탕에서 한글이 창제되었고 수많은 도서가 간행되었다. 《치평요람治平要覽》만 해도 그렇다. 세종 23년부터 27년까지 약 5년에 걸쳐 150권의 방대한 양으로 편술된 《치평요람》은 여러 나라의 흥망성쇠를 다뤄 후손들이 보고 거울삼아 참고하도록 했다. 이 책은 세종이 지중추부사 정인지에게 "나라를 잘 다스리기 위해서는 반드시 앞서의 치란治亂을 살펴야 한다. 따라서 잘 다스리고 못 다스린 사적을 꼭 살펴서, 너무 번거롭거나 너무 간략하지 않도록 정리하라"고 지시하여 이루어졌다.

세종이 인문학적인 소양만 있었던 것은 아니다. 천문 기기機器와 명나라와 아라비아의 역법曆法 그리고 천문도를 입수케 하여 《제가 역상집諸家曆象集》네 권을 발간했다. 그 시대에 아라비아의 역법까지 입수하여 책을 펴낸 것을 보면 세종은 시쳇말로 글로벌 군주라 하겠다. 세종은 재임 기간에 실로 많은 책을 편찬했다. 그것도 다양한 종류의 책들이었다. 이색적이라면《역대병요歷代兵要》를 편찬케 한 일이다. 이 책은 국가에 위급한 일이 있을 때 대처하는 군사지식을 정리하고 있다. 군대의 통솔, 전함의 제작, 수전水戰의 연습, 요새의 선택, 성곽의 방비 등에 대한 내용을 담았다. 또《동국병감東國兵鑑》을 편찬케 하여 국방의 군사·전투이론을 개발했다. 이처럼 세종은 천문, 기상과 국방, 과학 문제에도 관심을 갖는 등 군왕으로써 갖춰야 할 모든 것을 갖춘 성군이었다.

세종은 이와 같은 여러 방면의 책을 간행하기 위해 활자를 새로 만들도록 지시했다. 그래서 금속활자 20여만 개를 더 주조했고 민간에서 만든 백지(종이)를 대량으로 사들여 제지기술의 향상을 촉진시켰다. 또 활자 만드는 기술자를 우대하여 그 아내와 자식들에게도 급료를 지급했다. 책을 만들고 제작하는 직공들에게도 따뜻한 배려를 아끼지 않은 것이다. 여기에서 세종의 진정한 책사랑 정신의 '근원'을 보게 된다.

🐢 신하들에게 책 읽도록 창설한 독서당 제도

'두어자'들뿐 아니라 많은 사람들은 단 며칠 동안만이라도 조용한 곳에서 책을 읽고 사고의 폭을 넓혔으면 하는 바람을 가지고 있을 것이다. 그러나 대부분 그 바람은 꿈으로만 그치기 일쑤다. 현대인은 문명의 발달로 생활이 많이 편리해졌지만 역설적으로 시간에 쫓기는 운명이 되고 말았다. 더 바쁘고 시간에 쫓기며 살게 된 것이다. 따라서 여유 있는 시간을 갖기란 쉽지 않다.

6개월이나 1년 정도 조용한 곳에서 독서삼매경에 빠져 책과 씨름할 수 있는 기회가 주어진다면 얼마나 좋을까. 월급도 꼬박꼬박 받으면서 조용하고 풍광 좋은 곳이라면 금상첨화가 아니겠는가.

요즘 같은 세상에서는 믿기지 않는 일이겠지만 조선시대에는 그런 제도가 있었다. 국가정책으로 이를 시행했었다. 세종대왕의 아이디어로 창설된 제도였다. 세종대왕의 여러 가지 업적 중에서 일반에 잘 알려지지 않은 것이 바로 독서당讀書堂 제도다.

세종은 1426년 12월, 총명 준재한 젊은 문신을 선발하여 그들에게 책을 읽도록 틈(여가)을 주는 사가독서제賜暇讀書制를 만들었다. 동서고금에 임금이 유능한 문사들을 뽑아 전문적으로 책을 읽도록 집을 마련해주고 후원한 사례는 흔치 않을 것이다.

세종이 독서당 제도를 설립한 것은 유능한 인재를 길러 뒷날 크게 쓸 요량이었다. 여기에는 인재를 배양하고 문풍文風을 진작하려는 왕의 깊은 뜻이 배어 있었다. 책을 읽고 싶어도 시간을 내기 어려운 젊은 신하들에게 풍광 좋은 곳에 거처를 마련하여 책을 읽도록 한 임금의 처사는 남다르다.

조선조에서는 차츰 이것이 전통으로 자리 잡아가면서 젊은 문사들에게 선망의 대상이 되었다. 폭군이 등장하면서 한때 철폐되기도 하고 흉년과 전란기에는 중단되기도 했지만 공식적으로는 선조 대의 임진왜란에 이르기까지 70여 년 동안 유지되었다. 다른 기록에는 400여 년 동안 국가에서 문사를 양성하는 기관으로서 크게 기여했다고도 나와 있다.

조정에서 신하들에게 휴가를 주어 책을 읽도록 하는 이 사가독서제는 문종, 단종 대까지는 잘 운영되다가 세조가 쿠데타로 집권하면서 위기를 맞게 되었다. 세종 24년에 제2차로 선발된 독서당 출신 대부분이 뒷날 세조의 쿠데타를 반대한 사육신이었다. 성삼문, 박팽년, 하위지, 이개, 신숙주, 이석정이 바로 그들이다. 신숙주와 이석정을 제외하면 모두 사육신으로 단종 복위에 가담했다가 참혹한 죽임을 당한 충신들이다.

🐖 폭군 시대에는 폐지되다

세조는 자신을 반대하는 선비들이 대부분 독서당 출신이란 것을 알고 이를 마뜩치 않게 여겨 독서당 제도를 중단시켰다. 이후 성종이 집권하면서 부활되었지만 연산군 10년에 다시 폐지되었다. 무오사화와 갑자사화로 올곧은 선비들이 일망타진되고, 연산군의 황음이 날로 심해지면서 성균관은 환락의 장소가 되고 홍문관이 혁파되었다. 그리고 독서당은 궁인들의 유희터가 되고 말았다.

중종반정과 더불어 독서당 제도는 다시 회복되고 그동안 억눌리고 찌들었던 문풍이 진흥되기 시작했다. 하지만 중종 5년 4월에 벌어진 삼포왜변으로 독서당은 문을 닫고 말았다. 여기에 흉년과 재정난이 겹치면서 독서당은 존폐 위기에 놓이게 되었고, 조정 중신들은 거듭된 상소를 올려 폐지를 부추겼다. 능력 있는 신진들의 진출을 달갑지 않게 여겼던 것이다.

성종 10년 대사헌 권민모權敏毛 등은 독서당에 뽑힌 학자들이 독서에 전념하도록 홍문관에서 소환하거나 잡무를 맡기는 폐단을 없앨 것과, 독서당에 뽑힌 자들이 타성에 젖어 출입을 마음대로 하지 못하도록 새로 '독서권려의 도를 강구할 것'을 상소했다.

실제로 여기에 뽑힌 사람들 중에는 시간을 준수하지 않고 출입을 멋대로 하는 사람들이 있었다. 권민모 등이 이를 지적하면서 독서당 제도의 일대혁신을 주청한 것이다. 또 홍문관에서는 걸핏하면 독서당 문사들을 불러서 잡무를 시켰다.

독서당은 독서만 하는 곳은 아니었다. 초기에는 주로 독서에 전념하는 일과日課와 월과月課가 짜였지만, 후기에 오면서 사서史書, 자집子集의 강송講誦을 고시하는 등 여러 가지 역할이 주어졌다. 또 조정은 과목을 내려서 그에 응수케 하거나 때로는 벗들 사이에 제목을 주고받아 시를 짓게 하는 방법으로 문학 장려에도 힘썼다.

물론 독서당 제도의 부작용도 적지 않았다. 독서당원 중에는 기강이 해이해져 무인들과 활쏘기를 한다거나 일반인들과 어울려 술추렴을 하는 등 일탈된 모습을 보인 사람들도 있었다. 또 권위와 우월감에 사로잡혀 월권행위를 일삼거나 매관매직에 개입하는 등의 작폐도 나타났다. 그래서 독서당을 '독사당毒蛇堂'이라고 부르는 악의적인 세평도 나오게 되었다.

독서당원의 기간은 일정하지 않았다. 초기에는 홍문관원 등이 한 달 동안 단기로 돌아가면서 독서를 하는 경우도 있었지만 성종 12년에 독서당이 정식으로 발족된 뒤로는 대개 6개월의 기한을 정해

172

책읽기의 임무를 맡겼다. 그러나 3개월 정도를 이수한 경우도 있어서 기한은 당시 상황에 따라 신축성이 있었던 듯하다.

☞ '독사당'이란 비난도 따랐지만

〈독서당선생안讀書堂先生案〉이라는 조선시대의 기록에 따르면, 세종 8년(1426)에 처음으로 권채權採 등 3명을 독서당원으로 선발한 이래 영조 49년(1772)에 대제학 이복원李福源 등 6명을 뽑기까지 384년 동안 독서당원으로 선발된 인원은 약 50회에 걸쳐 300여 명에 달한다. 어느 때는 단 1명을 뽑은 적도 있었고 12명을 뽑은 적도 있었지만 매회 5~7명씩을 뽑은 것이 통례로 되어 있었다.

세종대왕의 창의에서 비롯된 독서당 제도의 수혜자들은 정치의 핵심이 되고 문원文苑의 중추세력이 되었다. 그만큼 독서당에서 제제다사濟濟多士가 배출되었다. 특히 세종, 성종, 중종, 명종은 독서당원들에게 궁정의 음식이나 어주·옥배玉杯까지 하사하는 등 이들을 각별히 총애했다. 이에 따라 문사들 중에 지망자가 늘고 선발에 잡음이 생기는가 하면, 개중에는 일탈된 행동을 하는 자들이 생기면서 비난의 소리도 적지 않았다.

독서당의 설립 초기에는 자가自家에서 독서를 하도록 하는 '재가독서제'를 시행했다. 그러나 자택으로 찾아오는 사람이 많아지고 가사에 얽매이는 등 본래의 목적이 어긋나면서 마을의 빈 집을 골라 독서당을 만들었다. 그러나 이것도 비슷한 부작용이 생기면서 서울 근교의 유명사찰에 이른바 '상사독서제上寺讀書制'가 마련되었다. 그런데 이것 역시 반대론에 부딪히고 말았다. 재상 서거정徐居正의 반대상소가 주효한 것이다. 서거정은 유교정책상 불당에서 유학자들이 책을 읽는다는 것은 자칫 불교의 여러 폐습에 오염될 소지가 있다고 이 제도의 폐지를 강력히 주장했다.

이런 이유로 상설 독립기구인 독서당을 두도록 하여, 성종 23년(1492)에 남호독서당南湖讀書堂이 최초로 개설되었다. 장소는 지금의 마포 한강변에 있던 귀후서歸厚署의 뒤편 언덕이었다. 남호독서당은 갑자사화의 여파로 한 때 폐쇄되었다가 중종반정 뒤에 독서당 제도가 부활되면서 지금의 동대문구 숭인동에 있던 정업원淨業院을 독서당으로 개조하여 사용했다. 그러나 이곳도 문사들이 독서에만 열중하기에는 적합하지 않다는 상소가 빗발치면서 중종은 1517년에 두모포豆毛浦라는 사람의 정자를 고쳐 독서당을 설치하고 동호독서당東湖讀書堂이라는 당호를 직접 지었다. 이 때문에 흔히 독서당을 동호독서당이라 부르기도 하였다.

성종은 사가독서제에 애정을 가졌던 군주였다. 그는 성종 7년에 "학문에 뜻을 둔 선비가 직책에 얽매어 있으면 글에 전념할 수가 없다. 이로 말미암아 멀고 큰 뜻을 방해받게 된다면 이는 결코 내가 선비를 불러들여 도움을 구하는 도리가 아니다. 나이 젊고 재주 있는 자로서 장차 원대한 포부를 가진 자, 약간 명을 선발하여 특별히 여가를 주어 산방山房에 나아가 독서하게 하라"고 하교할 만큼 사가독서제에 각별한 관심을 보였다(《허백정집虛白亭集》).

동호독서당은 임진왜란이 일어나 건물이 소각될 때까지 75년 동안 독서와 학문연구의 요람이 되었다. 그러나 이괄의 난과 병자호란 등으로 사가독서제가 정지되면서 동호독서당의 기능은 크게 위축되었다. 영·정조 시대에까지 독서당의 존재가 유지된 듯하지만 구체적인 자료를 찾기는 어려운 실정이다.

독서당 제도는 조선왕조의 시대 상황에 따라 곡절이 많았다. 그렇지만 군왕이 문인 관리들에게 특별히 시간을 주어 독서를 하도록 배려한 독특한 이 제도는 지금도 활용할 가치가 있다고 하겠다. 이러한 전통을 잇기 위해서라도 중앙정부는 부처별로, 지방은 자치단체에서 젊고 유능한 공직자들에게 책을 읽도록 하는, 현대판 독서당 제도를 실천해보면 어떨까. 관공서뿐 아니라 공사기업체에서도 직원들을 골라 책을 읽게 한다면 성과는 대단할 것이다.

독립운동가들의
혼이 깃든 글쓰기

눈서리가 내릴 때라야 소나무와 잣나무의 의연함을 알 수 있고, 국난에 처해야 충신열사가 돋보인다고 했다.

조선이 망했을 때 조선 왕조의 고관대작 대부분이 일제에 충성을 서약하고 많은 돈과 작위를 받았다. 고려가 망했을 때는 '두문동 72현'이라도 있었지만, 조선의 왕족과 대신들은 공교롭게도 76명이 일제의 앞잡이가 되는 작위를 받았다.

주자학의 대의와 명분을 기본 철학으로 하여 유지된 조선왕조가 망해도 더럽고 치사하게 망한 것이다. 하지만 백성이나 일부 식자들은 달랐다. 왕조의 큰 은혜를 입지 못한 사람들이 항일전선에 나서 국권회복 투쟁을 벌였다. 그리고 피와 눈물로 호국의 글을 썼다. 유언 한 마디 남기지 못한 채 산화한 애국전사도 수없이 많았다. 여기서는 대표적인 몇 분의 글을 모아 겨레의 얼과 혼이 담긴 글쓰기 정신을 찾아보겠다.

🪶 박은식, 《한국통사》의 '통'의 의미

백암白巖 박은식朴殷植은 대한민국임시정부 제2대 대통령을 지낸 독립운동가다. 《황성신문》《대한매일신보》등의 주필을 지낸 언론인이며 《한국통사韓國痛史》《한국독립운동지혈사》등을 쓴 사학자다. 《한국통사》는 1915년 상해에서 순한문판으로 나왔고, 1917년 하와이에서 한글판으로 번역되었다. 백암은 1920년 상해에서 《한국독립운동지혈사》를 썼다. 이들 저서가 은밀히 국내에 반입되자 조선총독부는 이 책들의 영향을 경계하여 조선사편수위원회(뒷날 조선사편수회)를 설치하기에 이르렀다.

박은식이 책명을 《한국통사韓國通史》라 하지 않고 통痛자를 쓴 것은 '피와 눈물로 쓴 역사' '눈물을 흘리지 않고서는 읽을 수 없는 역사'라는 뜻을 담기 위해서였다. 다음은 백암의 변이다.

> 지금 우리나라가 망하여 우리 민족은 (일본의) 종이 되었고 4000년에 걸친 우리 조상의 역사는 장차 없어지게 되었다. 세상의 아픔이 이보다 더한 것이 어디 있겠는가. 나라는 이미 망했으나 차마 우리 역사마저도 없어지게 하겠는가.
> 이 책을 《痛史》라 한 것은 바로 그 지극한 '정'을 두고 한 말이다. 《한국통사》

이승만은 이 책에 붙인 서문에서, "《한국통사》에서 '통'자는 《사기》《통감通鑑》할 때 쓰는 '통通'자가 아니요, 대성통곡大聲痛哭할 때 쓰는 '통痛'자니 이 책을 보시는 이는 (반드시) 애통哀痛하고 절통切痛하는 마음으로 보아야 이 글을 저술한 이(박은식)와 이 글을 번역한 이(김병식)의 뜻을 짐작할 것"이라고 '통痛'자의 의미를 소개했다.

번역자 김병식은 서문에서 "박은식 선생은 원래 문장이 거벽巨擘으로 칠십 노인이 중원의 손이 되어 밥을 굶으며, 옷을 벗으며, 무한한 고초를 견디는 가운데 (그 고초가) 눈물로 화(변)하여 이 글을 쓴 것이다"라고 번역의 의미를 적었다.

백암은 피와 눈물로 책을 쓰고 읽는 이들은 애통하고 절통하는 심경으로 받아들였다. 지은이나 읽는 자가 여일하게 '통심痛心'이었을 것이다. 백암은 통사를 지으면서 그 심경의 일단을 이렇게 밝혔다.

> 때는 9, 10월이라 초목은 마르고 추풍秋風이 소슬한데 원숭이와 부엉이가 슬피 울어 고국산천을 떠나 그 여한이 연연하여 눈물도 마르지 않는 나에게 이 같은 처참한 소리가 들리니 설상雪上에 가상加霜이라.

다음은 압록강을 건너 조상들의 고토를 밟으며 망명생활을 시작할 때 국치의 소식을 듣고 쓴 내용이다.

> 나는 정사년 9월에 출생하여 나라 망할 때를 당하여 죽고자 해도 죽지 못하고 경술년(1910) 모월 모일 아침에 한양을 하직하고 석양에 압록강을 건너 다시 북으로 올라가서 백제왕의 옛날 도성을 바라보고 머리를 숙여 고국흥망을 묵묵

히 생각하였다. 일보에 주저하고 삼보에 배회하여 앞으로 가고자 하였으나 차마 가지 못하여 지팡이를 땅에 꽂고 행인과객을 바라보니 사람마다 망국노를 멸시하는 것 같아 부끄러운 마음이 치솟아 올랐다. 천지가 비록 넓으나 나는 장차 어디로 돌아가리오.

나라 잃은 '망국노'의 아픔이 절절하게 배어 있는 글이다. 하지만 백암이 이 책에서 정작 하고 싶었던 말은 다음의 글이 아니었을까.

옛 사람이 말하기를 나라는 망해도 역사는 망하지 아니한다고 하였다. 대개 나라는 형체요 역사는 정신이라, 지금 나라의 형체는 훼손되었으나 정신만은 홀로 살아남을 수 없단 말인가. 바로 이것이 내가 통사를 쓰게 된 동기다. 정신이 있어 불멸하면 형상 또한 부활할 것이다.

☛ 신채호, 《천고》와 〈조선혁명선언〉에 담긴 혼

독립운동가 중에서 대표적인 문장가는 단재 신채호다. 그의 문장력은 《대한매일신보》 주필을 하고 있을 때 장안의 화제가 될 만큼 '시대정신' 그것이었다. 중국 망명시절 북경에서 거의 혼자 힘으로 만든 《천고天鼓》의 창간사는 지금 읽어도 혼이 꿈틀거린다.

천고여! 천고여! 장차 구름이 되고 비가 되어 더러운 비린내

와 누린내를 씻어내고 장차 귀鬼가 되고 여厲가 되어 적들
의 운명이 장차 다하기를 저주하고, 장차 칼과 방패가 되어
침입자의 기운을 빼앗고, 장차 총알과 비수가 되어 적들을
크게 놀래주어라. 안으로 인민들의 기운이 날로 성장하여
암살과 폭동의 장한 거사가 거듭 나타나 끊이지 않고, 밖으
로는 세계의 운명을 일신하여 유약한 나라와 족속의 자립
운동이 계속 이어져 그치지 않으리라.

천고어! 천고어! 너는 울고 나는 춤을 춰 우리 동포들을 일
으키고 저들 흉악한 무리들을 잡아 없애 우리의 산하를 예
전처럼 돌려놓자! 천고어! 천고어! 분발하고 노력하여 마땅
히 해야할 바를 잊지 말자.　　　　　《천고》 창간사 마지막 부문)

신채호의 글 중에 대표적인 것을 들라면 1923년 1월에 집필한
〈조선혁명선언〉(의열단선언)을 뽑을 수 있다. 신채호는 의열단장 김
원봉의 요청으로 이 선언문을 집필하면서 〈의열단선언〉이라 명칭
을 붙이지 아니하고 굳이 〈조선혁명선언〉이라고 이름을 붙였다. 이
는 의열단의 활동을 넘어서서 민족혁명을 선언한 의지의 표현이라
할 것이다.

서두에서는 "강도 일본이 우리의 국토를 없이하며 우리의 정권
을 빼앗으며 우리의 생존에 필요한 조건들을 다 박탈하였다. 경제
의 생명인 산림·천택川澤·철도·광산·어장 …… 내지 소공업 원
료까지 다 빼앗아 일체의 생산기능을 칼로 베이며 도끼로 끊고 토
지세·가옥세·인구세·가축세·백일세百一稅·지방세·주초세酒草

稅·비료세·종자세·영업세·청결세·소득세·각종 잡세가 축일 증
가하여 혈액 있는 대로 다 빨아가고"라며 격렬하게 일제 식민통치
를 규탄한다. 3.1독립선언서에 비해 훨씬 투쟁적이며 적대적인 인
식을 분명히 했다.

　신채호는 혁명가기도 하지만 본래는 언론인이고 역사학자였다.
1924년 역시 망명지에서 쓴 《조선사》는 그의 '대표작'이라 해도 무
방하다.

> 역사란 무엇이뇨, 인류사회의 '아我와 비아非我'의 투쟁이
> 시간부터 발생하여 공간부터 확대하는 심적 활동의 상태의
> 기록이니, 세계사라 하면 세계 인류의 그리 되어온 상태의
> 기록이며, 조선사라 하면 조선민족의 그리되어 온 상태의
> 기록이니라.
> 무엇을 '아'라 하며, 무엇을 '비아'라 하느뇨. 깊이 팔 것 없
> 이 얕게 말하자면, 무릇 주관적 위치에 선 자를 '아'라 하고,
> 그 외에는 '비아'라 하나니, 이를테면 조선인은 조선을 아
> 라 하고, 영·미·법·로 등은 제각기 제 나라를 아라 하고,
> 조선은 비아라 하며……

　우리가 흔히 역사를 논할 때 E. H. 카의 "현재와 과거의 대화"를
말하고, 토인비의 "도전과 응전의 법칙"을 이야기한다. 그러나 신
채호의 "아와 비아의 투쟁의 기록"이라는 정신은 모르거나 외면한
다. 서양 중심의 역사 교육이 남긴 사대적 유산이다.

역사학자이며 한학자인 정인보鄭寅普는 문장가 신채호를 다음과
같이 평했다.

> 단재는 문장의 준위俊偉함이 근세에 있어 그 필적匹敵이 없
> 는 동시, 그중에도 변론이 장長하고 서술에 능能하고 분해分
> 解에 정精하여 아무리 머리살 아픈 재료일지라도 그 붓끝에
> 잠깐 스치기만 하면 대번에 정당명쾌精當明快함을 깨닫게
> 된다. …… 그가 청구靑丘 사가의 제1인자임은 물론이요, 만
> 일 '문장의 호豪'를 병시에 구한다면 수지首指를 단재에 굴
> 屈함이 또한 공론일 줄 안다.   (〈단재와 사학〉)

🦋 신규식, 〈한국의 얼〉의 기백

독립운동가 중에서 예관睨觀 신규식申奎植(1880~1922)은 여러 면
에서 독특한 분이다. 우선 예관이라는 아호부터가 남다르다. 신규
식은 을사늑약이 맺어지자 의분에 못 이겨 자살을 하려고 약을 먹
었으나 오른쪽 눈만 실명한 채 실패했다. 그래서 '한 쪽 눈이 먼'이
라는 뜻의 예관이란 호를 썼다.

예관은 그뒤 대한자강회 활동에 이어 1911년 상해로 망명해서
박은식과 대동보국단을 조직했다. 이듬해 독립운동을 위해 교민 단
체인 동제사를 결성하고, 대한민국 임시정부 수립에 참여하여 국무
총리(대리)와 외무총장을 지냈다. 그리고 임정 안에 내분이 생기자
25일간의 단식 끝에 세상을 떠났다.

다음의 글은 예관이 망명지에서 쓴 〈한국의 얼〉 앞 부문이다. 민족혼이 절절히 배어 있는 내용인데도 잘 알려지지 않은 글이다. 이 글에 대해 독립운동가 이강훈은 피히테의 〈독일국민에게 고한다〉, 루소의 〈민약론〉, 미국 남북전쟁 중에 선포한 〈흑인노예 해방 선언서〉, 송나라 문천상의 〈정기가正氣歌〉 이상의 글이라고 평한 바 있다.

백산白山에 이는 바람 천지天池도 시름 짓고 푸른 파도 구비치는 곳 구룡龜龍이 일어나 춤을 추는구나. 어두운 이 밤은 언제나 새이려나. 모진 비바람만 휘몰아치는 것을……5000년의 옛 나라가 짓밟혀 조그만 고을이 되고 3000만의 백성이 떨어져 노예가 되다니, 아아, 슬프다! 우리나라는 망하였구나. 우리들은 기린 망국의 백성이 된단 말인가?
마음이 죽어버린 것보다 더 큰 슬픔이 없는 것이니 우리나라가 망한 것은 사람들의 마음이 죽은 것과 같다. 이제 망국의 백성이 되어 온갖 슬픔을 겪으면서도 흐리멍텅 깨닫지 못한다는 것은 죽음 위에 또 한번 죽음을 더하는 것이다. 아아, 우리나라는 기어코 망해버리고야 말았구나!
오호, 동포들이여! 이제 망국의 백성이 되어 똑같이 소와 말이나 노예 같은 욕을 받아가며 형세는 밖으로 절박하고 한이 몸에 사무치는데도 망국 이전만을 회상하며 아무렇지도 않은 척 가슴 속에 움직임이 없단 말인가?

🎗 김구, 〈삼천만 동포에게 읍고함〉의 애국혼

백범 김구는 글쟁이가 아니다. 그는 행동하는 독립운동가다. 또 대한민국임시정부를 이끈 대표적인 항일투사다. 따라서 그는 글을 쓸 기회가 별로 없었고 남긴 글도 얼마 되지 않는다. 1926년 임시정부의 국무령이 된 백범은, 독립운동의 최전선에서는 살아서 환국할 수 없다고 판단하고 12세와 8세 된 두 아들에게 유서 대신 남겨주려고 1928년부터 상해에서 《백범일지》를 썼다. 그리고 쓰게 된 동기를 다음과 같이 밝혔다.

> 애초에 이 글을 쓸 생각을 낸 것은 내가 상해에서 대한민국 임시정부의 주석이 되어서 내 몸에 죽음이 언제 닥칠지 모르는 위험한 일을 시작할 때에 당시 본국에 들어와 있던 어린 두 아들에게 내가 지낸 일을 알리자는 동기에서였다. 이렇게 유서 대신에 쓴 것이 이 책의 상권이다. 그리고 하권은 윤봉길의사 사건 이후에 중일전쟁의 결과로 우리 독립운동의 기지와 기회를 잃어 이 목숨을 던질 곳이 없이 살아남아서 다시 오는 기회를 기다리게 되었으나 그 때에는 내 나이 벌써 칠십을 바라보아 앞날이 많지 아니하였으므로 주로 미주와 하와이에 있는 동포를 염두에 두고 민족독립운동에 대한 나의 경륜과 소회를 고하려고 쓴 것이다. 이것 역시 유서라 할 것이다.

백범의 글 중에 가장 으뜸으로 치는 내용은, 환국하여 1948년 4월 통일정부를 세우기 위해 북행을 앞두고 쓴 〈삼천만 동포에게 읍고함〉이라는 글이다. 이 글에는 남북에서 각각 추진하고 있던 분단 정권의 수립을 막고자 피를 토해 쓴 노 애국자의 진실이 담겨있다. 다음은 앞 부문을 발췌한 내용이다.

> 내가 불초하나 일생을 독립운동에 희생하였다. 나의 연령이 이제 칠십유삼七十有三인 바 나에게 남은 것은 금일금일 하는 여생이 있을 뿐이다. 이제 새삼스럽게 재화를 탐내며 명예를 탐낼 것이랴! 더구나 외국 군정하에 있는 정권을 탐낼 것이랴! 내가 대한민국임시정부를 주지하는 것도 한독당을 주지하는 것도 일체가 다 조국의 독립과 민족의 해방을 위하는 것뿐이다.

　백범이 환국하여 발표한 〈나의 소원〉이란 글은 혁명가의 글이 아닌 문화인이나 문명비평가와 같은, 문화국가 건설의 절실한 비원을 담고 있다. 해방정국의 혼란 속에서 장차 대한민국이 가야 할 방향으로 '문화국가론'을 제시한다.

> 내가 원하는 우리 민족의 사업은 결코 세계를 무력으로 정복하거나 경제력으로 지배하려는 것이 아니다. 오직 사랑의 문화, 평화의 문화로 우리 스스로 잘 살고 인류 전체가 의좋게 즐겁게 살도록 하는 일을 하자는 것이다. 어느 민족

도 일찍이 그러한 일을 한 이가 없었으니 그것은 공상이라고 하지 말라. 일찍 아무도 한 자가 없기에 우리가 하자는 것이다. 이 큰 일을 하늘이 우리를 위하여 남겨 놓으신 것임을 깨달을 때에 우리민족은 비로소 제 길을 찾고 제 일을 알아 본 것이다.

☙ 정인보, 〈5000년간 조선의 얼〉에 담긴 얼

위당爲堂 정인보鄭寅普는 독립운동가면서 한국학 연구의 선구자로서 우리에게 익숙하다. 한문학, 국사학, 시조, 한시 등에 깊은 지식을 지녔고, 많은 업적을 남겼다. 그의 글이 어렵다는 시평에 국문학자 양주동의 반론은 일품이다.

위당의 글이 대체로 난삽하고 사뭇 애哀하고 고古하다 하나 천근淺近한 문자에만 길들여진 사람들로서는 위당의 그 깊고 깊은 정과 들어갈수록 아름다운 맛을 알기 어려울 것이다. 그러니 모름지기 수백 번 낭송하여 그 깊은 바다 속으로 가라앉아보아야 위당의 글 뜻을 새겨서 알 수 있으리라. 거짓으로 가득 찬 허랑虛浪한 가락에 귀를 기울이는 사람들로서는 감히 무엇을 보고 우리의 산하를 알 수 있으며 우리가 겪고 있는 시대를 느끼고 알 수 있으리오.

정인보는 43세이던 1933년부터 1936년까지 3년 7개월간 국내의 한 신문에 〈5000년간 조선의 얼〉을 연재했다. 그러나 신문의 정간으로 연재는 중단되었고, 원고는 추가되지 못한 채 해방을 맞았다. 그후 1946년 《조선사연구》라는 이름으로 출간되었다. 다음은 〈5000년간 조선의 얼〉의 두 부문이다.

> 누구나 어릿어릿한 사람을 보면 얼빠졌다고 하고, 멍하니 앉은 사람을 보면 얼이 하나도 없다고 한다. 사람의 고도리는 '얼'이다. '얼'이 빠졌을진대 그 사람은 리플사람이다.

> 사람의 존재는 육체로서의 존재를 말하는 것이 아니라 '얼'의 존재를 말하는 것이다. '얼'은 육체와 함께 생사를 같이 하는 것이 아니므로 그 뜻하는 바 한번 격발하게 되면 불에 다 타고 없어도 그 불이 다른 장작으로 옮겨 타 가듯이 소기의 목적을 이루기까지는 사라지지 않는 것이다. 분발이란 저로서 분발이라야 힘이 있는 것이요, 힘이란 저로서 하고 싶어야 분발되는 것이다. '얼'이란 휴식이 없는 것이니 얼로서의 분발은 그 종국終局이 없는 것이다.

애국선열들을 추모하면서, 그들의 글에 빠져보는 것도 '작은 애국' 정신이 아닐까 싶다.

책의 향연
그리고 글짓기의 메뉴

유럽에서는 서기 1000년대를 보내면서 지난 1000년 동안 인류에게 가장 큰 영향을 미친 것으로 요하네스 구텐베르크(1397~1468)의 금속활자 발명을 꼽았다. 그런데 우리나라가 구텐베르크보다 훨씬 앞서 금속 활자를 발명하고, 그 증거품이 현재 프랑스 국립도서관에 있는《직지심경》이란 것은 다 아는 사실이다. 그럼에도 지난 1000년간의 인류문명사에 가장 큰 영향을 주게 된 금속활자 발명의 영광을 우리가 갖지 못한 것은 여간 안타까운 일이 아닐 수 없다.

《직지심경》은《백운화상초록불조직지심체요절》을 줄여 부른 이름이다. 1377년 청주지방 홍덕사에서 주조된 금속활자로 찍은 책이다. 인쇄 당시 상·하 2책으로 인쇄되었는데, 상권은 행방을 알 수 없고 하권은 19세기 말 주한 프랑스 공사 콜랭 드 플랑시가 프랑스로 귀국할 때 가져갔다. 그는 1888년부터 3년 동안 한국에 체류하면서 많은 고서적을 수집했는데《직지심경》도 그때 수집한 것이다.

그렇다면 왜 비행기, 핵, 인공위성, 잠수함, 기차, 전기, X레이, 동물복제, 전염병 퇴치 등 수많은 문명이기의 발견과 발전을 제치고 금속활자가 첫 손가락에 뽑히게 되었을까. 1455년 구텐베르크가 독일 마인츠에서 금속활자로 성경을 인쇄 출간하면서 이 놀라운 기술은 급속히 전 유럽으로 퍼져나갔다. 이탈리아(1465년), 프랑스(1470년), 스페인(1472년), 영국과 네덜란드(1475년)를 거쳐 멕시코(1553년), 미국(1638년)과 미주대륙에서 금속인쇄가 시작되었고, 성경을 포함하여 각종 서적이 간행되었다. 이로써 더 이상 책 한 권을 필사하기 위해 소나 양 15마리의 가죽을 벗기는 일이 없어지고, 성서 주석 한 권을 제작하기 위해 10년 세월을 허비하는 필경사의 노고도 사라지게 되었다.

그런데 정작 중요한 '사건'들은 다른 데서 일어났다. 인류사적으로 엄청난 일들이 벌어진 것이다. 종교개혁을 비롯하여 과학혁명, 심지어 프랑스혁명이 일어나기까지 금속활자의 파급력은 인쇄술을 통해 막강하게 퍼져나갔다. 소수가 장악하고 있던 지식과 정보가 많은 사람에게 널리 알려지게 되면서 사람들은 권리와 평등의식에 눈을 뜨게 되었고, 기술과 경험이 축적되면서 놀라울 정도로 과학혁명을 이루어나가게 된 것이다.

> 만약 요하네스 구텐베르크가 없었다면 종교개혁, 과학혁명, 혹은 프랑스혁명이 있었을까? 루터가 면죄부 판매의 부당성을 지적·비판했던 소책자가 빠르게 인쇄·전파되어

대중적 지지를 확보할 수 없었다면, 그는 유사한 주장을 제기했다가 화형당한 보헤미안의 신학자 얀 후스Jan Hus(1372~1415)와 같은 종말을 맞았을 것이다. 인쇄술의 발전 덕분에 고대로부터 축적되어온 각종 과학서적들을 한자리에 쌓아놓고 꼼꼼히 상호대조·비교·수정할 수 있는 여건이 마련되지 않았다면, 17세기는 '과학혁명의 세기'로 기록되지 않았을 것이다. 만약 삼류작가들이 제공하는 '불온한 서적'을 탐닉했던 대중독자가 준비되어 있지 않았다면, 파리 시민들은 바스티유 감옥을 탈취하기 위해 폭풍처럼 달려가지 않았을 것이다.(유영수, 〈책과 독서의 문화와 근대서양의 재발견〉)

인쇄술의 대중화는 '필사문화'가 '문자문화'로 이전되는 계기를 만들었다. 또 인류문명사를 필사문화 시대와 문자문화 시대로 크게 분류할 수 있을 만큼 엄청난 변화와 변혁을 불러왔다. 이와 더불어 정기간행물들이 본격적으로 등장하게 되었다. 1702년 영국에서는 최초의 일간신문 《데일리 쿠란트》가 발행되었고, 그 이전인 1631년 프랑스에서는 《라 가제트》라는 관보성격의 신문이 간행되었다.

🐖 스마일즈의 책사랑 정신

최근 공병호 씨가 새무얼 스마일즈(1812~1904)의 《인격론》을 번역했다. 스코틀랜드 해딩턴 출신인 스마일즈는 작가·정치개혁가·저널리스트·의사·도덕주의자로 불리면서 1871년 《인격론》을 출간했다. 그는 《자조론》《검약론》《의무론》과 함께 《조지 스티븐슨 전기》와 《위대한 기술자들의 생애》 등의 작품을 남겼다. 스마일즈의 《인격론》에서 특별히 취할 부문은 9장 〈책과의 사귐〉이다. 여기에는 몇 가지 발문이 실려 있는데, 읽을 만한 가치가 있다. 다음은 그중 일부다.

> 알다시피 책은, 견실한 세계로 순수하고 이롭다.
> 그 세계는 살이 되고 피가 되는 튼튼한 덩굴손이 있어 즐거움과 행복이 무성해진다.   (워즈워스)

> 전기는 일상적인 담화에서뿐 아니라 예술에서도 필수적이다. 그것은 인간이 들려주고 보여줄 수 있는 것의 정수이기 때문이다.   (칼라일)

책을 사랑하고 책의 가치를 높이 산 수많은 사람 중에 스마일즈 같은 사람도 흔치 않을 것이다. 몇 부문을 더 소개한다.

> 좋은 책은 좋은 친구가 될 수 있다. 그것은 과거에도 그랬고 지금도 그러하며 앞으로도 그럴 것이다. 좋은 책은 참을성 있고 기분 좋은 친구다. 좋은 책은 어렵고 힘들 때도 등을 돌리지 않는다.
> 좋은 책은 항상 친절하게 반긴다. 젊어서는 즐거움과 가르침을 주고, 늙어서는 위로와 위안을 준다.

좋은 책은 인생을 담고 있는 최고의 상자다. 그 속에는 삶을 살아가며 떠올릴 수 있는 최고의 생각들이 담겨 있다. 인간의 삶의 세계는 대개 사고의 세계다. 그러므로 최고의 책은 좋은 말씀과 훌륭한 사상의 보고다. 마음에 품고 있지 않다면 좋은 책은 마음의 위안을 주는, 변치 않는 친구가 될 것이다. 필립 시드니는 이렇게 말했다. "고귀한 생각들을 품고 있기에 그들은 결코 혼자가 아니다." 유혹에 부딪혔을 때 선하고 진실한 사고는 정신을 맑게 하고 바른 길로 인도하는 자비로운 천사역할을 한다. 또 좋은 책은 좋은 행동의 싹을 품고 있다. 좋은 말씀은 필연적으로 좋은 행동을 북돋우기 때문이다.

책은 불멸의 속성을 지니고 있다. 책은 지금까지 인간이 만들어낸 산물 가운데 가장 오랫동안 우리 곁을 지키고 있는 산물이다. 신전은 무너져 폐허가 되고 그림과 조각상은 훼손되어 흔적도 없이 사라져도 책은 그대로 남아 있다. 훌륭한 생각은 시간이 지나도 변함이 없으며, 오래전 작가의 머릿속에 처음 떠올랐을 때처럼 지금도 신선하다. 과거의 이야기와 사상이 책을 통해 생생히 전달되고 있는 것이다. 시간이 흐름으로 인해 달라지는 것이 있다면 좋지 못한 책들이 가려진다는 것뿐이다. 왜냐하면 문학 가운데서도 유익한 것 말고는 오래도록 살아남을 수 없기 때문이다.

좋은 책은 최고의 벗이다. 사고와 포부를 키워줌으로써 좋은 책은 나쁜 벗과 어울리는 것을 막아주는 울타리 역할을 한다. 토머스 후드는 이렇게 말했다. "독서를 하고 지식을 추구함으로써 정신적으로 '조난' 당하는 일이 없도록 나를 보호할 수 있다. 어릴 적 부모로부터 올바른 지도를 받지 못한 이들은 정신적으로 조난당하기 쉽다. 책은 술집으로부터 나를 보호한다. 셰익스피어와 밀턴과 숭고한 '침묵의 대화'를 나누곤 했던 포프와 에디슨과 가깝게 지낸다면 나쁜 친구들과 어울리지 않게 될 것이다."

🐟 후쿠자와의 남의 책 베끼기

일본 메이지 시대의 계몽사상가인 후쿠자와 유기치(1835~1901)는 지금도 일본의 1만 엔 지폐에 초상화가 실려 있을 정도로 일본 근대화에 기여한 1인자다. 게이오대학 설립을 비롯해 일본의 근대적인 교육제도의 확립, 서양 서적의 번역과 해설을 통한 개화운동, 국회개설과 《지지신보時事新報》 창간 등 언론활동에 이르기까지 후쿠자와의 역할은 일본의 개화와 근대화에 절대적이었다.

1872년 37세 때 초판을 간행하고, 1875년 14편까지 완성한 《학문을 권함》이라는 책은 일본은 물론 한국에서도 많이 읽혔고 식자들에게 많은 영향을 주었다.

'책벌레'였던 후쿠자와는 젊은 시절 서양을 알고자 그 분야의 책을 구했으나 당시 일본에서는 찾기 어려웠다. 그래서 전후 3차례에 걸쳐 미국과 유럽 여러 나라를 방분하면서 많은 책을 사다가 직접 번역하거나, 그 나라 사정을 책으로 엮어서 국민계몽에 앞장섰다.

서양의 책을 찾기가 어렵고 돈이 없어서 구하기도 쉽지 않았던 젊은 시절의 후쿠자와는 오쿠다이라 이키가라는 고위 인사가 네덜란드의 축성서築城書를 갖고 있는 것을 알고 통사정하여 빌려다가 몰래 베꼈다고 한다. 당시에는 이 같은 사실이 발각되면 크게 벌을 받는 상황이었다. 후쿠자와는 그 책을 한 번 보고는 도저히 그냥 돌려줄 수가 없어서 며칠 동안 밤을 새워 몰래 베끼고 천연덕스럽게 돌려주었다. 신지식에 대한 욕구, 책을 갖고자 하는 욕망이 남의 책 베끼기라는 '범죄행위'를 하게 만든 것이다. 후쿠자와는 도둑질한 것은 이것이 유일한 일이었다고 회고했다. 다음은 자서전에서 회고한 내용이다.

> 이제 보물단지를 손에 넣은 것이나 다름없었다. 원서는 소중히 다루었으니 눈치 채지 못할 것이다. 시치미를 떼고 오쿠다이라 이키가의 집에 가서 책을 돌려주며 말했다. "정말 감사합니다. 덕분에 처음으로 이런 병서兵書를 보았습니다. 새로 수입된 이런 원서가 번역된다면 아마도 해상방위에 관심 있는 사람들에게 도움이 될 겁니다. 하지만 이런 좋은 책은 가난한 서생이 구입할 수가 없지요. 감사합니다. 잘 읽고 돌려드립니다." 이렇게 무사히 마무리하고 나자 기뻤다. 그 책을 베끼는 데 며칠이 걸렸는지 확실히 기억나진 않지만, 아마도 20~30일 사이에 끝냈던 것 같다. 그러나 원서의

주인은 전혀 의심하는 기색이 없었다. 그런 보물의 내용을 훔쳐서 감쪽같이 내 것으로 만든 이 일은 악한이 보물창고 에 잠입한 것이나 다름없었다.

🐟 연암 박지원의 〈소완정 기문〉

요즘 우리나라에서 가장 '인기' 있는 조선시대의 학자는 단연 연암 박지원이다. 그를 연구하는 사람도 많고 관련 저서도 여러 권이 나와 큰 호응을 받고 있다. 연암 사망 200주기를 전후하여 관심이 증폭되었는데, 연구 열기는 쉽게 수그러들 것 같지 않다. 그가 온축한 지식의 샘물은 아무리 퍼먹어도 마를 줄 모르고, 삶의 방식은 현대 지식인에게 모델이 되어주고, 문체와 내용은 만리향萬里香이 되기 때문이다. 여기서는 연암의 산문 〈소완정素玩亭 기문〉을 통해 글쓰기 와 책의 정기에 관해 살펴보겠다. 〈소완정 기문〉은 낙서洛瑞 이서구 가 소완정이란 서재를 짓고 기문記文을 지어달라고 하여 쓴 글이다.

"저 물고기가 물 속에서 놀면서 물을 보지 못하는 것은 그 무슨 까닭인가? 뵈는 것이 모두 물이라 물이 없는 것이나 마 찬가지란 말일세. 이제 낙서의 책이 방에 가득하고 시렁에 듬뿍 얹혀 앞이나 뒤나 바른쪽이나 왼쪽이나 전체가 책이 고 보니 마치 물고기가 물 속에서 노는 것과 같은 것일세. 비록 동중서董仲舒(중국 한대의 학자로 독실하게 공부한 학자)처 럼 공부에만 전심하고, 장화張華(진대의 학자로 기록하기를 좋

아해서 박물지란 책을 지었다)더러 기록을 도와 달라 하고 동방
삭東方朔(한대 출신으로 우스운 소리를 잘 하기로 유명)의 시가를
빌려 온다고 하더라도 장차 될 일이 없네. 그래도 좋은가?"

낙서가 놀라서 물었다. "그렇다면 어찌해야 합니까?"

"자네 무엇을 찾으러 다니는 사람을 본 일이 있는가? 그 사
람은 앞을 보려면 뒤는 못보고 바른 쪽을 살피려면 왼쪽은
놓치네 그려! 왜 그런가? 방 가운데 앉아 있어서 몸과 물건
은 서로 가리게 되고 눈과 공간은 맞닿아 버리기 때문이네.
차라리 몸이 망 밖에 나가서 창구멍을 뚫고 들여다보는 것
만도 못하게 되네. 그렇게 하면 단 한 번 눈을 들어서도 방
속의 물건을 다 훑어볼 수 있네."

낙서가 정색을 하여 이것은 "선생님이 요약할 줄 알도록 저
를 이끌어주십니다." 하였다. 다시 연암이 말을 이었다.

"자네가 이미 요약할 줄을 알았다면 내가 또 자네에게 눈으
로 보지 않고 마음으로 비치게 해주는 것이 있는 줄 아는 것
이 좋지 않겠는가? 저 해란 태양인데, 천하를 내려 덮고 온
갖 물건을 길러내어 젖은 데가 쪼이면 바짝 말라버리고 어
두운 데가 비치면 환해지네. 그러나 나무를 사르거나 쇠를
녹이지 못하는 것은 무슨 까닭인가? 빛이 퍼져서 그 정기가
흩어지는 것일세." 낙서는 깨달음이 많았다. 연암의 결론은
이러했다.

"대체 이 천지간에 흩어져 있는 것이 책의 정기가 아닌 것
이 없는즉, 바짝 눈앞에 들이대고 보아야만 할 것도 아니요,

몇 간밤 속에서만 찾아야 할 것도 아닐세. 복희씨伏羲氏(중국 전설에 주역을 만들었다고 전한다)가 글을 보는 데는 우러러 하늘을 고찰하고 굽어 땅을 살폈다고 했는데 공자가 그것을 굉장하게 평가하면서 거기 잇대어 가만히 있을 때면 그 글을 완상玩賞한다고 썼네. 완상한다는 말이 어찌 눈으로 보아서만 살핀다는 뜻이겠는가? 입으로 맛보아서는 그 맛을 알고 귀로 들어서는 그 소리를 알고 마음속으로 요량해서는 그 정신을 알게 되는 것일세. 이제 자네는 창구멍을 뚫고 한꺼번에 훑어보며 유리알로 받아서 마음속에 깨달은 바가 있다고 하네. 그렇지만 방과 창이 비어 있지 않으면 밝아질 수 없고 유리알도 비어 있지 않으면 정기가 모여지지 않으니, 뜻을 환하게 하는 묘리는 나를 비게 해서 남을 받아들이고 마음을 맑게 해서 사사로운 생각이 없는 그곳에 있는 것이네. 이러하므로 애초부터 완상한다고 하는 소완점이 아닌가?"

낙서가 "방금 하신 말씀을 글로 써 주시면 서재 벽에 붙이겠다"고 하여 쓴 것이 〈소완정 기문〉이다.

연암 박지원은 또 〈초정집楚亭集서〉에서 글쓰기(문장론)의 소견을 밝히고 있다.

문장은 어떻게 지으면 좋은가? 논자가 말하기를, "반드시 예전 것을 본받아야 한다"고 하니, 세상에는 그 뒤에 모의

하고 흉내내되 부끄러이 여길 줄 모르는 사람이 생겼다. 그렇다면 이것은 왕망王莽(전한말 신新의 임금, 한나라 애제를 물리치고 평제를 독살하여 스스로 기제라 부르고 나라를 신이라 했다. 후한 광무제에게 멸망당함)의 〈주관周官〉 편이 예약을 제정할 수 있다고 생각하는 것이요, 양화陽貨(양화는 공자와 얼굴이 비슷하여 일찍이 공자를 양화로 알고 투옥한 일이 있었다)의 얼굴이 공자와 같다고 해서 만세의 스승이 될 수 있다고 생각하는 것이다. 그러니 창신을 어찌 가히 하리오. 그렇다면 어찌하면 좋겠느냐? 내가 장차 어찌하면 좋겠는가? 안 하는 것이 좋지 않겠느냐? 아, 예전 것을 본받는 자는 너무 옛 것에 집착하고, 창신하는 자는 규범을 따르지 않음이 우려되니, 진실로 능히 예전 것을 본받으면서 변화할 줄 알고, 창신하면서 능히 규범을 따를 줄 안다면 오늘의 글이 예전의 글과 같으리라.

🐌 이달과 정조의 글 짓는 방식

허균은 그의 스승 이달李達의 시 짓는 모습을 다음과 같이 묘사했다. 제자나 스승의 글이 그윽한 묵향과 함께 오늘에 이른다.

그는 시를 지을 때에 말 한마디까지도 갈았으며, 글자 하나까지도 닦았다. 또한 소리와 율까지도 알맞게 갈고 닦았다. 법도에 알맞지 않은 것이 있으면, 달이 가고 해가 가더라도

고치기를 계속했다. 이렇게 해서 열댓 편이 지어지면 그제
야 여러 시인들 앞에다 내어놓고 읊어 보였다.

(허경진,《허균 평전》)

18세기 후반 최고의 권력자면서 호문의 군왕으로 문풍과 문체 문
제에 많은 관심을 보인 정조는 자신의 글짓기에 관해 다음과 같이
썼다.

내가 글을 지을 때는 지극히 자세하게 사색하여 초고를 여
러 번 고친 연후에 내어놓지만, 천기가 넘쳐흐르는 곳에서
는 이와 같이 하지 않았으며 글을 주고받을 때는 그 문장의
묘가 신심信心에 있음을 알아 입에서 나오는 대로 발할 뿐
이었다.   (《홍재전서》제4책, 권163)

대구에 나타난
춘철의 글짓기

　　　　　　　대구對句를 사전에서는 "나란히 짝을 맞춰 표현
한 어격語格이나 의미가 상대되는 둘 이상의 구句"라고 풀이한다.
또 대구법에 대해서는 "뜻이 상대되는 말이나 어조가 비슷한 문구
를 나란히 벌이어 그 격조의 균제均齊로써 병렬·대치의 미를 표현
하는 수사법"이라 했다. 옛 선비 사회에서는 시회詩會가 자주 열렸
다. 시를 지어 품평을 하거나 대구를 통해 역량을 겨루었다. 중국에
서는 육조시대六朝時代를 거쳐 당나라 시대에 율시律詩나 배율排律
의 성립과 함께 대구가 크게 유행했다.

☞ 최치원의 천재적 대구

　고운孤雲 최치원(857~?)은 신라말기의 대학자다. 12세 나이로 당
나라에 유학하여 18세에 과거에 합격, 그곳에서 벼슬을 지냈으며,

황소의 난이 일어나자 종사관으로 가서 〈토황소격문〉을 써 이름을 높였다. 귀국해서는 한림학사 등을 지내며 시무십조 개혁안을 제시했으나 진골귀족들의 반대로 받아들여지지 못하고 결국 정계에서 밀려났다. 그리고 방랑생활 끝에 가야산 해인사에서 여생을 마쳤다.

최치원은 어려서부터 신동소리를 들을 만큼 글공부와 시 짓기에 천재성을 발휘했다. 소싯적 어느 날, 글을 읽고 있는데 당나라 사신이 지나다가 어린 소년이 어려운 시를 외우고 있는 것을 보고 사신의 체면을 접어두고 잠깐 시작詩作을 시험하고자 했다. 소년의 동의를 얻어 노소老少가 마주 앉았다.

사신 : 노대는 물밑에 비친 달 꿰고
소년 : 배는 물속에 비친 하늘을 누르도다
사신 : 물새는 떠 있다가 다시 자맥질하고
소년 : 구름은 끊어졌다가 다시 이어지누나

사신은 최치원의 시 재주에 감탄했다. 최치원은 이를 계기로 당나라에 유학을 가게 되었다. 당나라로 떠나기 전 어느 봄날, 최치원이 이웃 마을을 지나고 있는데 후원에서 낭랑한 목소리로 시를 읊는 처녀가 있었다.

꽃들은 피어 있고
나비들은 춤을 추네

취한 듯 듣고 있던 최치원은 자신도 모르게 대구를 달았다.

　　꽃과 나비 한 쌍인데
　　나 어찌 홀로인가

　사람의 인연이란 불가지론不可知論의 속성을 가지고 있다. 최치원과 그 처녀는 이를 계기로 인연이 되어 부부의 연을 맺게 된다. 그러나 애틋한 신혼의 단꿈이 깨기도 전에 최치원은 당나라 유학길에 오르게 된다. 떠나는 날 젊은 부인은 남편에게 석별의 시 한 수를 선사한다.

　　백조는 쌍쌍이 바다 위를 떠도는데
　　이 몸은 외로이 돛배를 바래운다
　　저기 저 수평선 저 멀리로
　　사랑하는 님 떠나보내면
　　이제 집으로 돌아간들
　　반가울 것 없어라
　　오랜 세월 시름에 잠길 이 몸
　　밤이 온들 어찌 잠들 수 있으리오

　젊은 연인을 두고 천만리 이역으로 떠나는 남편의 심사인들 어찌 애타지 않겠는가. 최치원은 화답시를 읊었다.

밤마다 슬퍼하고 괴로워마오
비취 같은 그 눈썹 꽃 같은 얼굴
어지러워질까 두렵노라
이 몸이 공명을 버릴지언정
그대와 함께 부귀를 누리려니
이 아니 가정의 복일소냐

최치원과 부인은 20여 년 동안 헤어져 있으면서 그리울 때면 석별의 시를 꺼내 읽고 읽으며 만날 날을 기다렸다.

최치원이 당나라에 유학을 하고 있을 때 겪었던 일이다. 어느 날 한 젊은이가 여러 문인들과 함께 최치원의 집에 찾아왔다. 그리고 그는 최치원에게 시 짓기 내기를 하자는 제안을 했다. 중국에 최치원의 명성이 널리 알려진 까닭이었다. 최치원이 이에 응하자 젊은 도전자가 먼저 읊었다.

해와 달은 하늘에 매달려 있는데
하늘은 어디에 매달려 있는가

이런 정도의 도전에 머뭇거릴 최치원이 아니었다.

산천은 땅에 실려 있는데
땅은 어디에 실려 있는가

최치원의 재주에 만장의 시인묵객들이 입을 다물었고, 그의 명성은 당나라 구석구석으로 퍼져나갔다. 최치원이 당나라에서 사귄 문우 중에 하필 아호가 같은 고운顧雲이라는 청년이 있었다. 글재주가 대단한 문우였다. 유학을 마친 최치원이 귀국을 앞둔 어느 날 당나라 문우들이 송별연을 열어주었다. 이 자리에서 당의 고운이 석별의 시를 읊었다.

> 들건대 바다 위에 금자라 셋이 있어
> 금자라 머리 위에 높고 높은 산을 이었네
> 산 위엔 구슬궁·자개대궐·황금대각 솟아 있고
> 산 아랜 천리만리 망망한 파도로다
> 그 곁에 계림(신라)의 푸른 바다 잇닿아
> 자라산 정기 타고 신기한 인물 태어났네
>
> 열두 살에 배타고 바다를 건너와서
> 당나라 땅 온 나라를 문장으로 울렸어라
> 어덟에 문단을 휩쓸고 다니면서
> 첫 화살에 과녁 맞히듯 과거에 급제했네

짧은 글에서 최치원의 활동상을 운치 있게 정리한 절묘한 내용이었다. 많은 문사들의 격찬과 박수가 쏟아졌다. 최치원이 답례로 천천히 붓을 들었다.

무산의 열두 봉우리와 같은 나이에
베옷 입고 당나라 땅에 들어왔다가
은하수 스물여덟 별과 같은 나이
비단옷 입고 동쪽으로 돌아가노라

이 두 시는 신라와 당나라에서 두고두고 석별과 우정의 아쉬움을
노래하는 품격 있는 대구로 회자되었다.

🐟 정지상의 유려한 대구

앞에서도 한 번 소개한 적이 있는 고려시대 문인·정치가 정지
상의 시 〈대동강〉은 우리나라 중세 시가사에서 대표적인 작품의 하
나로 친다.

비 멎은 뒤 긴 방축엔
풀색이 한결 더 짙은데
남포서 그대 떠나보내며
구슬픈 노래를 부른다

대동강 흘러가는 저 물결아
어느 때에 가서 마를 소냐
떠나고 보내는 이별의 눈물
해마다 흘러가는 물결을 더하거늘

정지상의 이 시가 많은 사람들에게 애송되자 최자崔滋(1188~1260)가 시샘이 나서 몇 차례 대구를 지었지만 내용이 신통치 않았다. 최자는 문청文淸이란 시호를 받을 만큼 당대의 문사였다.

그래서 많은 전적을 뒤져서 정지상의 〈대동강〉이 두보 시에 나오는 "이별하는 눈물 멀리 금강물을 더했노라"라는 시구와, 이백의 시에 나오는 "원컨대 아홉 강의 물이 맺히고 더하여 나온 것"을 흉내낸 것이라고 폄하했다. 또 이규보의 〈조강송별시〉에 나오는 다음의 연과 비슷하다고 밝혔다.

배는 바야흐로 사람과 멀어지고
마음은 그를 따라 움직이노니
바다를 넘쳐 닥치는 조수와 같이
눈물이 함께 걷잡을 수 없어라

최자의 이와 같은 비평이 나오자 고려의 문인들은 입을 모아 "그런 식으로 작품을 대한다면 이 세상의 거의 모든 작품이 모방작이 되겠다"고 오히려 최자를 비판하고 나섰다.

🐟 김희제와 성삼문의 민족자존의 대구

고려시대 문사 김희제金希磾가 동진국의 사신을 접대하러 나갔다. 김희제는 여러 차례 외국 사절의 접대관이 되어 내외에 문명을 날리고 있었다. 몽골 사신들도 꼼짝하지 못하고 돌아갈 정도였다.

이런 사정을 안 동진국에서는 난다 긴다하는 문무를 겸한 장수를 골라 사신으로 보냈다. 동진국 사신은 기선을 제압하려는 듯 만나자마자 시 한 수를 읊어 도전했다.

봄의 신이 이제야 따뜻한
날씨를 알리는구나

재빨리 사신의 의도를 알아차린 김희재는 대구를 지었다.

겨울 황제가 이미 추위를 걷어갔도다

상대가 봄을 운자로 삼아 고려를 신하로 격하하려는 뜻을 알아챈 김희재는, 대칭되는 겨울을 운자로 하여 황제라는 화두로 상대를 녹다운시켰다. 이후 동진국은 고려를 함부로 대하지 못하였다.

조선시대 성삼문은 새삼 소개가 필요 없는 사람이다. 사육신이란 사실만으로도 알만한 사람은 다 안다. 성삼문은 어느 해 사신의 일원이 되어 명나라엘 갔다. 그러자 성삼문의 시재를 들어 아는 연경의 글쟁이들이 모여들었다. 능력을 테스트하고 종주국의 문사로서 뽐내고자 하는 속셈이 있었을 것이다.

수인사가 끝나자 그들은 점잖게 말을 걸었다. "지금 '해오라기'를 그린 명화 한 폭을 가져오고 있는데, 그 그림에 넣을 멋진 화제畫題를 지어달라"는 것이었다.

성삼문은 자신의 체면은 말할 것도 없거니와 나라의 자존이 짓밟힐 것을 생각하니 가슴이 떨렸다. 오기도 생겼다. 허나, 조선 제일의 올곧은 선비 성삼문이 아닌가. 오연히 붓을 잡았다.

눈 같은 옷
구슬 같은 발
고기 노려 갈대숲에
그 얼마를 서 있었나

해오라기의 일반적인 표상을 하나의 그림처럼 생동감 있게 쓴 화제였다. 명나라 학자들은 놀라는 한편 회심의 미소를 짓고 있었다. 다음 사람이 들고 온 '해오라기' 그림은 채색 그림이 아니라 먹으로만 그린 수묵화였고, 여기에 '해오라기'는 온통 검은색으로만 그려져 있었기 때문이다. 보통 난감한 일이 아니었다. 이를 지켜보던 조선 선비들도 낭패감에 어쩔 줄을 몰라 했다. 성삼문이 다시 붓을 잡았다.

네 모습 검은 것은
산음현을 날아 지나다
왕희지의 벼루 씻은
못 속에 빠졌음이냐

일순간 분위기는 역전되었다. '흰 해오라기'가 왕희지의 벼루 씻은 물에 빠졌다 나왔기 때문에 검어졌다고 멋진 대구를 달아 명나라 선비들의 무릎을 꿇게 만든 것이다. 이렇게 명나라 선비들도 어찌하지 못한 대학자 선비를 수양대군 일파가 사지를 찢어 죽이고 말았다. 형 집행장에서 형리들이 술에 취해 도끼를 들고 광란을 부릴 때 성삼문은 시 한 수를 남겼다.

북을 울려 목숨 끊기를 재촉하니
가을바람 쓸쓸하고 해는 기울었구나
저승 가는 길가에는 주막도 없다는데
오늘밤은 뉘 집에서 자고 갈거나

📖 이색의 통쾌한 야유 대구

고려말기의 대표적인 학자 목은 이색(1328~1396)은 당시의 이름난 시인이었던 이곡의 아들로 태어났다. 어릴 적부터 아버지의 문학적 영향을 받으며 성장하여 시문과 유학자로 널리 알려졌다.

출사하여 이성계와 가깝게 지냈으나 그가 조선왕조를 창건한 뒤에는 고려왕조에 대한 충정을 계속 주장하다가 두 아들이 살해당하고 자신은 금천·여흥 등지로 유배되었다. 이성계는 이색을 1395년 한산백韓山伯으로 봉하며 벼슬에 나올 것을 종용했으나, 끝내 나오지 않다가 의문의 죽음을 당했다. 그의 문하에서는 권근, 김종직, 변계량 등이 배출되어 조선 성리학의 주류를 이루었다.

이색의 많은 시 중에 〈글공부〉는 빼어난 작품의 하나다.

글공부란 산에 오르는 것 같아
오르면 오른 만큼 얻는 바가 있다네

맑은 바람 고요히 불어오기도 하고
음산하게 우박이 쏟아지기도 하리

깊은 못속에 용이 사려 있는 듯
하늘로 훨훨 봉새가 나는 듯 하리

위태로운 욕심 버리고
바른 마음 가슴에 간직하리

그 위에 수많은 책을 읽으면
능히 진리를 깨달을 수 있으리라

옳은 기풍 오래 전에 사라지고
큰 길은 가시밭이 되었도다

창 밑에서 책을 어루만지면
탄식하는 이 마음 누가 알아주랴

이색은 원나라에 가면 뛰어난 문인들과 자주 시 짓기 내기를 했
다. 원나라 문인 사회에서도 익히 알려져 그곳을 방문할 때면 명사들

이 몰려왔다. 어느 날은 원로급 문인과 마주 앉았다. 원나라에서도
명성이 높은 문인이 이색의 능력을 떠보기 위해 먼저 시를 읊었다.

　　잔을 들고 바다에 들어가면
　　바다가 큰 줄을 알렸다

　고려의 국토가 작음을 비유하여 원나라를 자랑하는 지극히 오만
한 시구였다. 상대의 시작이 끝나자마자 대구를 짓지 못하면 낙제
다. 이색은 거침없이 읊었다.

　　우물 속에 앉아서 하늘을 보고는
　　하늘이 작다고 한다네

　남을 깔보는 원나라 인사에게 통쾌하게 한방 날린 것이다. 그를
우물 안의 개구리에 비유하여 조롱한 대구였다.

🐾 김시습의 글쓰기와 대구

　그의 문장은 물이 용솟음치고 바람이 부는 것과 같으며, 산
속에 간직하고 바다 속에 숨겨진 것과도 같습니다. 신神이
짓고 귀신이 응답하는 것 같은 오묘함이 살며시 드러나고
겹겹이 나와서 보는 사람으로 하여금 그 본말과 시중을 알
수 없게 하였습니다. 성율聲律과 격조는 애써 꾸미지 않았

지만, 놀라운 것은 생각이 높고 먼 경지에 이르러 보통 사람들의 뜻을 멀리 넘어섰으니, 그저 글자나 아로새기는 자들이 넘겨볼 경지가 아니었습니다.

(최규목, 《김시습의 사상과 글쓰기》)

김시습은 5세 때 시로써 세상 사람들을 놀라게 했다하여 '김오세'란 별명을 들을 만큼 총명했다. 어느 날 외할아버지가 어린 손자를 불러다놓고 시를 읊어주었다.

꽃은 난간에서 웃어도
소리를 듣지 못하니라

어린 시습이 더듬더듬 대구를 지었다.

새는 수풀에서 울건만
눈물을 볼 수 없습니다

김시습이 3세 때 지었다는 이런 시도 전한다.

복숭아꽃 붉고 버들잎 푸른
춘삼월도 저물었는데
솔잎에 맺힌 이슬은
푸른 하늘에 꿰인 구슬이여라

수양대군의 칼부림으로 수많은 충신열사가 죽고, 쿠데타 세력은 정난공신이 되어 호사를 누렸다. 이에 김시습은 세상의 영화가 부질없음을 탄하며 전국의 산천을 떠돌았다. 많은 세월이 흐른 어느 날, 공신이 된 한명회가 김시습을 찾았다. 한명회는 주나라의 강태공이 출세하기 전 위수에서 낚시질하고 있는 그림을 얻었다. 뇌물이었다. 한명회에게는 걸맞지 않는 그림이었지만 워낙 명화라 욕심이 동하여 이를 소장한 것이다. 여기에 그림에 걸맞는 화제를 써 넣으면 금상첨화가 될 것이었다. 여러 사람이 말하길 이런 정도의 그림에는 김시습의 시문이라야 한다면서 김시습을 추천했다. 계유정난이 지난 지도 오래되었으니 당대의 세도가 한명회가 부른다면 김시습인들 마다하겠느냐는 생각에서였다. 과연 김시습은 찾아왔고, 스스럼없이 붓을 들었다.

비바람 드리치는 위천물가 낚시터에
물고기·새 벗 삼아 세상일 잊었더니
어찌타 늘그막에 억센 장수 뛰어나와
부질없이 백이숙제 굶어죽게 하였는가

김시습은 강태공의 고사를 빗대어 수양과 한명회의 쿠데타를 욕주는 글을 짓고는 미련 없이 자리를 떴다. 대구 치고는 걸작이었다.

글벗과 책벗에
얽힌 사연들

조선시대에 시·서·화에 능하여 삼절三絶이라 불린 이가 있었다. 탄은 이정李霆(1541~1626)이란 분이다. 당대의 대문인·학자였던 유몽인柳夢寅이 이정을 평하여 "시는 두보杜甫를 배우고 글씨는 진晉을 닮았으며 그림은 천하에 이름을 떨쳤다"고 하여 삼절이라 불리게 되었다. 유몽인은 이정의 시가 '소리가 있는 그림'이고, 그림은 '소리 없는 시'라고 높이 평가했다.

그림의 신으로 불린 이정은 시의 신으로 불린 이안눌, 문장의 신으로 불린 최립, 글씨의 신으로 불린 한석봉과 절친한 교우관계에 있었다. 이들 네 사람이 합작하여 대나무 병풍, 즉 묵죽병풍墨竹屛風을 만들었다. 이 병풍은 "촛불 그림자가 어른거리는 한밤에 이 묵죽병풍을 바라보노라면 절로 바람이 일고 비가 치는 듯하였다"고 한다. 서명응이라는 학자는 〈탄은의 묵죽병풍에 대한 기문〉에서 다음과 같이 적었다.

내가 선배들의 말을 들으니, 조선의 인재는 선조 때 성대하였다고 일컫는데, 덕행과 공업功業은 차치하고라도 문예 역시 아름다워 사람들의 이목을 빛나게 하였다고 한다. 이안눌은 시의 신이요, 최립은 문의 신이며, 석봉은 글씨의 신이요, 탄운은 그림의 신이다. 그림을 그리면 반드시 시를 짓고, 시를 지으면 반드시 글씨로 쓰니, 이때 사절四絶로 이름하였다. 이 때문에 평생 붓을 놀린 자취가 비록 나라 안에 두루 있지만, 네 분의 집에 있는 것이 많다. 그러나 최립과 석봉은 비천하고 탄운은 비록 종실이지만 오래 영락하여 자손이 대대로 간수하지 못했다. 오직 이안눌의 후예만이 대대로 경상卿相의 벼슬이 끊이지 않아 집안에 고적古蹟을 보관하여, 수백 년 동안 수사할 수 있었다.

《보만재집保晚齋集》

이런 지우들을 갖고 있었던 이정은 참 행복한 문사였다. 삼절 또는 사절로 불린 당대의 문인, 학자들의 예술혼과 교우관계를 가졌던 그가 너무 부럽다.

석주 권필과 지우들

조선의 옛날 선비들은 두보의 문장을 으뜸으로 치는 데 인색하지 않았다. 석주 권필도 예외가 아니었다. 다음은 석주가 두보의 시를 읽고 쓴 시다.

두보의 문장은 세상의 으뜸

한번 펼쳐 읽으면 가슴 트이네

구렁에선 날랜 바람 일어나고

고종古鐘에선 떠들썩 천악天樂이 들려

구름 없는 벽공에 송골매 빨리 날고

달 밝은 푸른 바다 뭇 용들 노니는 듯

의연히 신선의 산길로 드니

천봉을 가고 나면 또 다시 만봉 〈〈독두시우제讀杜詩偶題〉〉

이러한 시를 쓸 수 있었던 석주에 대해 허균은 다음과 같이 평한다.

석주는 천하의 우뚝한 선비

그 재주 임금을 도울만 했네

포부 베품을 즐기지 않고

궁곡에서 굶주림을 달게 여겼지

시 지어 천궁을 꿰뚫었으니

절창絶唱을 뉘라서 화답하리오

왕유王維·맹호연孟浩然이 의당 뒤에 있을 테고

안연지顔延之·사영운謝靈運도 윗자리 비워야 하리

예리한 붓 끝엔 번개와 서리 날고

주옥같은 시구를 쏟아내누나

오늘에 이르기 사십 년 동안

혼탁한 세상에서 실의 한껏 맛보았지

평생에 교칠膠漆 같은 의리 나누지
그 풍류 나보다 뛰어났었네
한유韓愈·맹교孟郊 고작해야 귀뚜라미 울음소리
어찌 감히 두 사람을 크다 말하리
따로 외 글자의 깨우침을 느껴
본디 기약 임천林泉에 있었건만은
결단 못한 나는 참으로 겁쟁이   〈〈성소부부고〉〉

　중국의 대표적 시인 왕유나 맹호연이 석주의 뒷자리고, 대학자
안연지, 사영운도 윗자리를 양보해야 할 만큼 석주의 학문이 '천하
의 우뚝'이라는 평가다. 특히 "예리한 붓 끝엔 번개와 서리 날고"라
는 표현은 석주의 시문이 얼마나 예리했는지를 보여주는 대목이다.
　허균만한 사람의 평론이니 석주의 인물과 시문의 우활 정치함을
새삼 느끼게 한다. 그러나 두 사람은 함께 세상과 불화하면서 자신
들의 세계를 꿈꾸다가 고된 시련을 겪어야 했다.

🐟 이안눌이 본 석주의 글쓰기

　권필의 또 다른 문우 중에 이안눌이 있었다. 남효익이라는 학자
가 권필과 이안눌을 이백과 두보에 비의하였다.

　　우리나라에 권필과 이안눌이 있음은 당에 이백과 두보가
　　있음이나 명明에 이반룡李攀龍과 왕세정王世貞이 있음과 같

다. 이가 권을 그리워함은 또 두보의 이백에 있어서나, 왕세
정의 이반룡에 있어서와 같다. 이안눌은 젊어서 시를 지으
면 권필에게 나아가 바로잡지 않고는 감히 남에게 보이지
않았다.   (남효익,《호곡시험》)

흔히 이백과 두보를 두고 비교할 수는 있어도 우열을 논하는 것
은 부질없는 일이라 했는데 권필과 이안눌을 두고도 같은 주장인
셈이다. 권필은 〈진시황〉이란 시에서 분서갱유한 진시황의 무모함
을 질타하면서, 정작 시황제의 무덤을 파헤친 것은 유생들이 아닌
백성들이었다고 지적한다. 참으로 두려운 것은 어리석은 듯하면서
도 무서운 백성이라고 일깨우는 내용이다.

　　책 불사른 그 꾀 너무나 졸렬해라
　　검은 머리 백성이라 어찌 어리석으리
　　여산의 무덤을 파헤친 것은
　　시예詩禮 익힌 유자가 아니었다오

🥢 석주의 소나무 예찬 시

석주는 31세 때인 1599년(선조 23년)에 소나무·대나무·매화·국
화·연꽃 등 다섯 식물을 두고 시 한 수씩을 지었다. 자수의 변화에
따라 시상詩想의 완급을 조절하고 운자도 지켜야 하는, 매우 어려운
정삼각형식 시 짓기였다. 여기서는 소나무에 대한 시를 소개한다(정

민, 《목릉문단과 석주 권필》에서 인용). 참고로 완생阮生은 도연명을 말하고, 위구衛偃는 당나라 때 화가를 일컫는다.

솔

소나무

찬 눈을 맞고

한겨울도 견디며

흰 구름이 자고 가고

푸른 이끼 둘리어 있네

여름 꽃엔 바람이 따스하고

가을 밑엔 서리 기운 짙구나

곧은 줄기 골짜기에 우뚝 솟았고

맑은 햇빛 푸른 봉우리 맞닿았도다

그림자는 텅 빈 단위 새벽 달빛에 지고

소리는 먼 질서 울리는 종소리를 흔드누나

가지가 찬 서리를 흔들자 자던 학이 놀라 깨고

뿌리는 깊은 샘에까지 박혀 용이 서리기 알맞도다

옛날 신선 황초평은 이를 먹고서 선골을 단련하였고

시선 도연명은 이를 어루만지며 찌들은 가슴을 씻었다네

굳이 阮生이 절품이라고 논하기를 기다릴 것도 없거니와

어찌 모름지기 다시금 韋偃시켜 기이한 모습 그리게 하랴

독야청청 홀로 푸른 그 모습 땅에서 명을 받아서임을 내가 아니

날씨 추워진 뒤에도 시들잖는 그 자태 안 쫓으면 무엇을 쫓으랴

🐝 동국 으뜸 국포의 문장

조선 숙종~영조시대에 강복姜僕(1690~1742)이란 문인이 있었다. 자는 자순子淳이고 호는 국포菊圃다. 학문과 문장이 뛰어나서 숙종 40년 절일제에 장원하고 이듬해 식년 문과에 급제하여 홍문과에 뽑혔다. 수찬修撰으로 있을 때 척신의 권력남용을 탄핵하다가 안주로 유배되었다. 풀려나서 재등용되었고, 영조 3년에 부교리로 승진했다. 이후 윤지술 사건을 탄핵하다가 또다시 유배되고 다시 등용되는 등의 곡절을 겪었다. 그후 영양 현감, 홍주 목사 등을 역임하면서 많은 치적을 남겼지만 중앙정계에서 밀려나 시문으로 노후를 보냈다. 문장과 언론이 일세를 풍미하며 당대 재야 문형이라는 고명을 들었다.

국포의 문집은 고제자 번암 채제공이 간행했다. 번암은 영·정조 양대에 걸친 명신이다. 특히 정조의 지우를 받아 영의정을 지내고 10년 동안 독상獨相을 지낸 문신이며 시문장으로 이름이 높았다. 이렇게 고명한 분이 《국포집菊圃集》 서문에서 국포의 시문에 대해 다음과 같이 썼다.

> 맹자는 "그의 시를 외우고 그의 글을 읽고도 그 사람됨을 알지 못한다고 하는 것이 옳은 일이라고 하겠는가"라고 하였다. 이로써 말한다면 그 사람의 시와 그 사람을 둘로 볼 수 없다는 것이다. 선생의 문장은 수목처럼 싱싱하고 노성老盛하고 건장하다. 힘써 고도古道를 끌어다가 시를 지었다.

시로 말한다면 오언·칠구 근체近體를 통하여 두소릉杜小陵
의 격이 아니면 마음에 두지 않았다.

오언 고풍은 말은 다함이 있어도 뜻은 궁함이 없었다. 공의
무게는 동서東序의 종鐘과 같고 소리는 청묘淸廟의 비파와
같다. 그의 문장을 말한다면 그 원인은 육경六經에 두고 사
마권의 문장을 소화하였다. 그러므로 간결하고 심오하면서
도 능히 질탕跌宕하고 법을 지키면서도 능히 엎치락뒤치락
하여 그의 글이 구조와 짜임새가 조금도 빈틈이 없었다.

요약하여 말하면 허미수許眉叟 이후의 오직 한 사람일 뿐이
다. 아아 이것이 어찌 공의 힘이 능히 이룰 수 있는 길이었
겠는가. 그의 발상한 곳은 공의 마음이요, 드러낸 것은 공의
말이다. 공의 포부는 곧 고인의 도道다. 그의 글이 고인의
것과 서로 합치는 것은 그 사리가 그렇게 하기를 기약하지
않아도 반드시 그렇게 되는 것이다.

세상에서 문장을 가지고 공의 전체를 덮어서 논하는 것은
이미 공을 앎이 얕은 것이다. 이것은 오히려 거두어 간직하
고 재능을 숨긴 채 화려하고 영광스러운 벼슬길에 마음을
쓰지 못하였으니 더군다나 고인의 도를 누가 능히 폐지할
수 있다고 하겠는가? 수명이 중년에 그치니 사림士林이 슬
퍼하였다.

번암 채제공만 한 사람이 이렇게 평한 것을 보면 국포의 인물됨
과 시문이 어떠했을지 짐작이 가고도 남는다. 그럼에도 아직껏《국

포집》을 읽지 못하였으니, 부끄럽기 그지없다. 번암은 국포의 문장에 대해 이렇게 썼다. "근세에 문장으로 문단에 기치를 세우고 전대에 걸쳐 웅거한 자에 대해서 여러 사람들의 여론을 들어보면 말을 하나로 하여 국포에게 돌리지 않는 이가 없다."

🐟 서산대사의 책읽기

휴정休靜(1520~1604)은 그 이름보다 서산대사로 더 잘 알려져 있다. 본명은 최여신崔汝信이고 속명은 최현음, 호는 서산 말고도 청허清虛로도 불린다. 어려서 고아가 되어 지리산에 들어가 불교를 공부하여 선가禪家의 법을 깨닫고 승려가 되었다. 30세 때 선과禪科에 합격하여 양종판사에 올랐다. 임진왜란 때는 승병을 총지휘하는 도총섭이 되어 의승義僧 5000명을 모집하여 왜병과 싸워 큰 공을 세우기도 했다.

서산대사는 책을 많이 읽기로 소문났다. 《청허당집》에는 책과 관련한 몇 편의 시가 실려 있다.

> 만 권의 책을 충실하게 읽으며
> 옛 일을 논하고 오늘 일을 논하며
> 학문을 쌓음은 다른 재주를 익힘이 아니라
> 오직 나의 마음을 다스리는 데 있다네
>
> (〈증수이재贈秀李才〉, 《청허담집》 1권)

추운 밤에 반딧불 켜서
중얼중얼 육경六經을 읽는다
십 년 공부 수고와 괴로움으로
얻은 것은 헛된 이름뿐이네   (앞의 책)

필력筆力이 힘차서 삼악三岳을 무너뜨리고
시는 맑으니 만금萬金 값이네
산승은 다른 물건物件이 없어
오직 백년심百年心이 있을 뿐이네   (앞의 책)

☙ 정구의 독서사체법과 학문방법론

퇴계 이황과 남명 조식의 제자 중에 한강寒岡 정구鄭逑(1543~
1620)라는 분이 있다. 두 사람의 학통을 고르게 이어 받아 당시 경상
좌우도 학풍인 경敬과 의義를 함께 승계하여 실천유학의 맥을 잇는
사람이다. 그러나 38세 때 창녕현감으로 부임할 만큼 출사가 늦었
다. 그는 임진왜란이 발발했을 때 강원도 관찰사로 있으면서 국난
수습에 전력을 기울였다.

한강은 학문과 덕망이 높았다. 그의 독서와 학문은 다른 성리학
자보다 광범위했고 저술은 실용적이거나 일상적인 것이 대부분이
었다. 당시 문인들이 "어서於書에 읽지 않는 책이 없고, 어행於行에
힘쓰지 않는 바가 없고, 어사於事에 익히지 않는 것이 없으며, 어예
於藝에 탐구하지 않는 바가 없었다"고 할 만큼 천문·지리·의방·

복서·병서·풍수설에 널리 통달했다. 심지어 주자학에서 이단의 책으로 꼽히는 책들까지 읽었다. 그의 박학은 오로지 백성의 생활 안정과 이용후생을 위한 탐구활동이었다.

그는 학문과 독서의 방법으로 사체법四體法을 제시했다. 사체법 은 첫째는 체인體認, 둘째는 체찰體察, 셋째는 체험體驗, 넷째는 체행 體行이다. 그는 학자나 선비가 사체를 갖추지 않는다면 학문에 보탬 이 없어서 '앵무새의 조롱'을 면치 못한다고 하였다.

한강은 특히 다섯 가지의 학문방법론을 제시하여 글공부하는 사 람들에게 좋은 전례를 보여주었다.

> 첫째, 학문하는 사람은 마땅히 발분·입지·용맹·득실·심 체·역행하여야 한다.
> 둘째, 학문하는 사람은 모름지기 깊이 도회韜晦하여 남이 알까 두려워해야만 선비의 기상을 잃지 않는다.
> 셋째, 학문하는 사람은 모름지기 그 몸가짐을 규중의 처녀 와 같이하여 한 점 티끌을 묻혀서도 안 된다.
> 넷째, 학문하는 사람은 차라리 백이伯夷와 같은 편성을 지 닐지언정 유하혜柳下惠와 같은 불공을 지녀서는 안 된다.
> 다섯째, 학문하는 사람은 모름지기 검신檢身하기를 사소한 데까지 하여야 한다. (정순목, 〈한강 정구〉, 《한국인물유학사》2)

독서의 사체법과 학문방법론이 오늘에 이르러 지식인, 글쟁이들 에게도 좋은 참고가 될 것 같아 소개한다.

책벌레들의 동서고금 종횡무진

글이 어찌 나를 취하게 하나

제자백가의
초원에 핀 만화방초

중국의 제자백가는 그 명칭처럼 학문과 사상의 일대 화원이었다. 인류 역사상 그 시대처럼 제재다사가 거의 동시에 출현하여 다양한 문학·철학·예술·사상의 꽃밭을 일군 경우는 없었다. 인문학적 화원만이 아닌 역학易學, 병가兵家, 술가術家, 법가法家, 음양오행설에 이르기까지 그야말로 인간 사회 모든 분야의 철학사상이 꽃피웠다. 시쳇말로 '학문과 사상의 올림픽'이라 해도 지나치지 않을 것이다. 제자백가의 초원에 핀 만화방초의 몇 가지 '가지枝'를 꺾어보자.

🌿 공자, 정명사상의 횃불 들다

제자백가 중에 으뜸은 공자이고, 공자사상의 중심은 정명사상正名思想이다. 공자 철학의 첫째 과제가 '정명'이었다. 다음은 공자가 제자 자로子路와 나눈 대화다.

> 자로 : 위나라 군주가 선생님을 초빙하여 나라를 맡긴다면
> 선생님께서 무엇을 제일 먼저 하시겠습니까?
> 공자 : 경망하도다, 유由(자로의 이름)야! 군자는 알지 못하는
> 것에 대해서는 잠자코 있는 법이다. '명'이 바르지 않으면
> 말이 제대로 되지 않고, 말이 되지 않으면 일이 이루어지지
> 않으며, 일이 이루어지지 않으면 국가의 예악제도가 세워
> 지지 않는다. 예악제도가 세워지지 않으면 형벌의 집행이
> 공정하게 되지 않고 형벌의 집행이 공정하게 되지 않으면
> 백성들은 손발을 둘 곳이 없게 된다. 그러므로 군자가 정한
> '명'은 반드시 명료하게 말할 수 있으며 명료하게 말할 수
> 있는 일은 반드시 행할 수 있는 것이다. 군자는 말하는 데
> 있어 조금이라도 구차하게 해서는 안 된다.

공자의 본디 모습은 학자다. 즉, 학문하는 사람이었다. 그는 치열
하게 배우고 준열하게 가르쳤다. 다음은 그의 교육 방법과 학습 태
도에 대한 몇 가지 가르침이다.

> 유由야! 너에게 앎에 대해 가르쳐주겠다. 아는 바를 안다고
> 하고 모르는 것을 모른다고 하는 그것이 앎이다.

> 묵묵히 마음속으로 이해하며, 배움에 염증을 내지 않고 남

을 가르침에 피곤함을 모르는 일이라면, 나에게 그 무슨 어려움이 있겠는가?

내가 아는 것이 있는가? 나는 아는 것이 없다. 만약 어떤 농사꾼이 나에게 물으면 내 마음은 텅 비어 아무것도 모른다고 할 것이다. 나는 다만 (묻는 핵심의) 양면(긍정과 부정)을 따져 물음으로써 알려줄 뿐이다.

많이 듣고 의심나는 부분은 보류하고 (확신이 서는) 그 나머지를 삼가 말하면 허물이 적다. 많이 보되 위태로운 점은 유보하고, 그 나머지를 삼가 행하면 후회함이 적다. 말에 허물이 적고 행함에 후회함이 적으면 (자연히) 관록을 얻게 될 것이다.

배우기만 하고 (반성적으로) 사고하지 않으면 얻는 바가 없고, 사고만 하고 배우지 않으면 의혹이 생길 것이다.

군자가 사고함에는 아홉 가지가 있다. 볼 때는 분명히 보았는지를 생각해야 하고, 들을 때는 똑똑히 들었는지를 생각해야 하고, 안색은 온화한지를 생각해야 하고, 용모는 단정한가를 생각해야 하고, 일함에는 진지해야 함을 생각해야 하고, 의문이 날 때는 어떻게 물어볼까를 생각해야 하고, 분통이 날 때는 후환을 생각해야 하고, 이득을 볼 때는 의로운 것인가를 생각해야 한다.

부정확한 이론들에 오로지 전념하면 해로울 뿐이다. (또는)
부정확한 이론들을 비판하면 해로움은 없어질 수 있다.

옛날 지식을 충분히 읽고 새로운 것을 터득하게 되면 남의
스승이 될 수 있다.

(공자는) 네 가지를 하지 않는다. 근거 없이 억측하지 않고,
제멋대로 결론짓지 않으며, 구차하게 고집부리지 않고, 스
스로 옳다고 자부하지 않는다.

군자는 세 가지를 두려워한다. 천명天命을 두려워하고, 위
대한 인물大人을 두려워하며, 성인聖人의 말씀을 두려워한
다. 그러나 소인小人은 천명을 알지 못하므로 그를 두려워
하지 않고, 위대한 이를 가볍게 여기며, 성인의 말씀을 희롱
한다.

인간이 도道를 넓혀가는 것이지, 도가 인간을 넓혀가는 것
이 아니다.

죄를 하늘에 범하면 다시 빌 곳이 없는 법이다.

🐟 묵자의 겸애와 의의 실천론

묵자墨子는 인간의 숙명적 운명론을 부정하고 주체적 인간의 실천의지를 강조한다. 인간사회의 모든 문제는 숙명적인 '천명'이 아니라 인간의 실천적 노력 여하에 달려 있다는 것이다.

제자 : 세상의 이로움이란 무엇입니까? 또 해로움이란 무엇입니까?

묵자 : 지금 만일 나라와 나라가 서로 공격하며, 봉토를 가진 귀족의 가문과 가문이 서로 찬탈하며, 사람과 사람이 서로 해치고, 임금이 신하에 은혜를 베풀지 않고, 또는 신하가 임금에 충성하지 않으며, 아들이 아비에게 효도하지 않으며, 형제끼리 화목하지 않으면 이는 세상의 해로움이다.

제자 : 그 해로움은 어떻게 해서 생겨나는 것입니까?

묵자 : 서로 사랑하지 않기 때문이다. 지금 제후들은 다만 자기 나라를 사랑하는 것만 알고 남의 나라를 사랑할 줄 몰라 자기 나라를 들어 남의 나라 공격하기를 꺼리지 않는다. 지금 경대부들은 다만 자기 봉토만 사랑할 줄 알고 남의 봉토는 사랑할 줄 몰라 자기의 봉토를 들어 남의 봉토를 찬탈하기를 꺼리지 않는다. …… 세상 사람들이 모두 서로 사랑하지 않는다면 강자는 반드시 약자를 핍박할 것이고, 부자는 가난한 자를 업신여기며, 신분이 높은 자는 반드시 어리석은 자를 기만할 것이다. 세상의 모든 전란과 찬탈과 원한

이 일어나는 까닭은 서로 사랑하지 않기 때문이다. 일단 반
대하면 무엇으로 그것을 바꾸겠는가?

묵자가 노나라에서 제나라로 가는 길에 아는 사람의 집에 들렀
다.

주인 : 지금 천하가 의義를 행하지 않는데, 선생께서 혼자 스
스로 의를 행하시니, 선생께서는 이제 그만두시는 것이 어
떻겠습니까?
묵자 : 지금 여기 어떤 사람이 있는데, 자식이 열이다. 한 사
람이 농사짓고 아홉 사람이 쉬면, 농사짓는 이는 (사정이)
더욱 긴박하지 않을 수 없다. 왜냐하면 먹는 사람은 많고 농
사일을 하는 이는 적기 때문이다. 지금 천하가 의를 행하지
않으니 당신은 마땅히 나를 권면해야 할 것이다. (그런데)
어찌하야 나의 실천을 막으려 하는가?

🐟 양주의 철저한 위아론

제자백가 중에 양주楊朱는 철학사에서 보기 드문 개인주의 이념
가다. 세계 사상사에서도 양주처럼 드러내놓고 '위아爲我'의 사상을
주창한 사람도 찾기 어려울 것이다. "자기 몸의 터럭 하나를 뽑아
천하를 이롭게 하는 일을 하지 않는다"는 것이 양주 철학의 핵심이
다. 양주의 이야기를 들어보자.

지금 나의 생명은 나를 위해 있는 것이니 그것이 나를 이롭게 하는 것 역시 크다고 하겠다. 귀하고 천한 것을 논한다면 천자의 작위만한 것이 없으나 그도 나의 생명보다 귀하지는 않다. 무겁고 가벼운 것을 논한다면 천하를 다 가진 것보다 부유한 것은 없으나 그것으로도 나의 생명과는 바꿀 수 없다. 편안하고 위태로운 것을 논한다면, (나의 생명이란) 하루아침에 잃어버리면 종신토록 다시 얻을 수 없다. 이상의 세 가지 진리를 깨달은 자들이 조심하는 바이다. 조심하면서도 혹 오히려 생명을 해친다면 이는 본성과 생명의 진실에 통달하지 못했기 때문이다.

금禽 선생 : 당신 몸의 터럭 하나로써 한 세상을 구한다면, 당신은 그렇게 하겠습니까?

양주 : 세상은 진실로 터럭 하나로 구제될 수 없습니다.

금 선생 : 만약 구제할 수 있다면, 그렇게 하겠습니까?

양주가 대답하지 않자, 금 선생은 밖으로 나가 맹손양孟孫陽에게 말했다.

맹손양 : 당신은 (우리) 선생님의 마음을 이해하지 못했습니다. 제가 설명해 보겠습니다. 당신의 살과 피부를 해쳐 큰 돈을 얻게 된다면, 당신은 그렇게 하겠습니까?

금 선생 : 그렇게 하지요.

맹손양 : 당신 (몸의) 한 동강을 잘라서 한 나라를 얻게 된다면 당신은 그렇게 하겠습니까?

금 선생은 한동안 말을 못했다.

맹손양이 말했다. "터럭 하나는 살과 피부보다 미미하고 살과 피부는 몸의 한 동강보다 미미하다는 것은 분명합니다. 그러나 터럭 하나하나가 쌓여서 살과 피부를 이루고, 살과 피부가 쌓여서 몸의 한 동강을 이룹니다. 터럭 하나는 진실로 한 몸의 만분의 일이지만, 어찌 그것을 가벼이 볼 수 있습니까?"

🐟 '진흙탕 거북이론'의 장자

장자는 긴 설명이 필요 없는 무위자연의 도학사상가다. 어느 날 강가에서 낚시질을 하고 있는데, 초나라 임금이 대부大夫 두 사람을 그곳으로 보내 말했다.

대부 : 나라의 일로 수고롭게 하고 싶습니다!

장자는 낚싯대를 붙들고 뒤도 돌아보지 않고 말했다.

장자 : 제가 듣기로는, 초나라에 신령한 거북이 있는데 죽은 지 3000년이 되었으나 임금은 (그것을) 대나무 상자에 넣고 (또) 보자기로 싸서 종묘사당 위에 올려놓았다고 합니다. 이 거북이는 차라리 죽어서 뼈를 남기어 귀하게 되기를 바라겠습니까? 아니면 차라리 살아서 흙탕 속에 꼬리를 끌고 다니길 바라겠습니까?

대부 : 살아서 진흙 속에서 꼬리를 끌고 다니길 바랄 것입

니다.

장자가 말했다.

장자 : 가보십시오! 저는 진흙 속에서 꼬리를 끌고 다니겠습
니다.

🍂 혜시의 사물관찰 10가지 명제

혜시惠施는 다섯 수레에 실을 정도로 많은 책을 읽은 당대의 대학
자였다. 그는 사물을 관찰하는 열 가지 명제를 제시했다.

1. 지극히 큰 것은 바깥이 없으니, 태일太一이라고 한다. 지
   극히 작은 것은 안이 없으니, 소일小一이라고 한다(상대주
   의적인 무규정성).
2. 두께가 없으면 쌓을 수 없어도, 그 크기는 천리까지 갈
   수 있다(기하학적 정의 : 두께 없는 면적).
3. 하늘은 땅보다 낮고, 산은 못과 똑같이 평평하다(상대주의
   적인 입장에서 볼 때).
4. 태양은 정중의 위치에 서자마자 기울기 시작하고, 만물
   은 태어나자마자 죽기 시작한다(모든 상태는 '도'의 무궁한
   변화의 시각에서 보면 찰나적 순간으로 상대화된다).
5. (부분적인 차이의 관점에서 볼 때) 대동大同과 소동小同
   은 다르니 이것을 소동이小同異라고 한다. (그러나 상대
   주의적인 입장에서 볼 때) 사물은 완전히 같게도 볼 수

있고 완전히 다르게도 볼 수 있으니, 이것을 '대동이'大同
異라고 한다.

6. 남방은 끝이 없지만 끝이 있다(공간상의 상대주의적 관점).
7. 오늘 월나라를 떠났지만 어제 도착하였다(시간상의 상대주
   의적 관점).
8. 둥근 고리는 풀 수 있다(개념적 정의의 상대주의적 관점).
9. 나는 천하의 중앙이 연나라 북쪽, 월나라 남쪽임을 안다
   (공간상의 상대주의적 관점).
10. 모든 사물을 사랑하면 천지간의 모든 것은 한 몸이다(상
    대주의적인 입장에서 본 만물일체적 관점).

🦶 '왕도정치론'의 순자

순자荀子는 객관적으로 타당한 예禮를 기초로 계층 간의 불화와
갈등을 조정할 수 있다고 믿었다. 그는 인간의 사회적 삶이란 일정
한 사회적 생산물의 생산과 분배를 전제로 한다고 보면서, 결국 능
력에 따라 '군자의 정신노동'과 '소인의 육체노동'이라는 노동분업
의 원칙을 제시한다. '예'에 기초한 이상사회를 건설하기 위해서는
현명하고 유능한 인물을 정치에 발탁해야 한다고도 했다.

제자 : 정치는 어떻게 하는 것입니까?
순자 : 현명하고 유능한 인물은 순서를 기다리지 말고 임용
  하고 시원찮고 무능한 인물은 즉각적으로 몰아내야 한다.

흉악한 원흉은 가르칠 것 없이 처형해야 한다. …… 비록 왕공王公과 사대부의 자제라 할지라도 예의에 맞을 수 없으면 일반 서민으로 귀속시켜야 한다. 서민의 자제라도 학덕을 쌓고 품행이 단정하여 예의에 맞으면 재상이나 사대부의 서열에 귀속시켜야 한다. 따라서 불공정한 언론·이단적 사상·나쁜 일을 하고 못된 짓을 하는 재능을 가져 숨어 다니며 망나니짓을 하는 자들에 대하여 직업을 주고 가르쳐서 얼마동안 기다렸다가, 상을 내리어 더욱 근면하게 하거나 형벌로서 징치해야 한다. 직업에 안돈했으면 길러야 될 것이나 직업에 안돈하지 못하면 쫓아내야 한다. 다섯 가지 병신(귀먹어리·벙어리·절름발이·어깨병신·꼽추)들은 위에서 거두어 양육해야 하고 그들의 재능에 따라 일을 주고 관청에서 의식을 제공하여 모두 혜택을 입고 제외되는 일이 없어야 한다. 재능이나 행동에서 시대의 흐름에 위반하는 자들은 처형하고 용서해서는 안 된다. 이것이 자연덕성의 '길음'이요, '왕도의 정치'다.

🐷 공맹보다 영향력 컸던 추연

춘추전국 시대에 공자나 맹자보다 영향력이 월등했던 이가 제나라의 학자 추연鄒衍이다. 추연은 역사발전의 핵심을 오덕종시설五德終始說, 즉 오행상승설五行相勝說이라고 보았다. 오덕종시설은 '토덕土德 → 목덕木德 → 금덕金德 → 화덕火德 → 수덕水德'이다. 이길 수 없는 것이 뒤에 오는 순서다. 이것은 바로 오행상승설의 순서인 것이다.

사마천의《사기》에 따르면 추연이 양粱 나라에 갔을 때 혜왕惠王이 교외까지 나와 그를 마중했고, 조趙 나라에 갔을 때는 평원군平原君이 곁을 따라다니며 자리를 닦아주었고, 연燕 나라에 갔을 때는 소왕昭王이 빗자루를 들고 길을 쓸고 배우기를 청했다고 나와 있다.

그 무렵 공자는 천하를 주유하면서 양식이 떨어져 굶주리고, 맹자는 제나라와 양나라 사이에서 곤경을 겪고 있었다. 이에 비해 추연은 제후들의 접대를 받으며 특별한 위상을 과시했다. 연나라 소왕은 갈색궁을 지어주고 몸소 찾아와 스승으로 모시고자 했다. 그가 대접받게 된 '오덕종시설'에 나타난 결정론적인 역사순환론을 들어보자.

무릇 제왕帝王이 장차 일어나려고 할 때 하늘은 반드시 먼저 하민下民에게 상서로운 징조를 보인다. 황제黃帝 때는 하늘이 큰 지렁이와 큰 땅강아지를 보여주었다. 황제는 "땅의 기가 우세하다!"고 말했다. 땅의 기가 우세하므로 그 색깔은 노란색을 숭상하였고, 그 직무는 흙土을 본보기로 하였다. 우 임금 때는 하늘이 먼저 가을과 겨울에 초목을 죽이지 않음을 보여 주었다. 우 임금은 "나무의 기가 우세하다!"고 말하였다. 나무의 기가 우세하므로 그 색깔은 푸른색을 숭상하였고, 그 직무는 나무를 본보기로 하였다.

탕 임금 때는 하늘이 먼저 물속에서 칼날이 나오는 것을 보여주었다. 탕 임금이 이것을 보고 "쇠의 기金氣가 우세하다!"고 말하였다. 쇠의 기가 우세하므로 그 색깔은 흰색을 숭상하였고, 그 직무는 쇠를 본보기로 하였다. 문文왕 때는 하늘이 먼저 불火을 보이시니 붉은 까마귀가 붉은 책을 입에 물고 사직에 모이는 것을 보았다. 문왕은 "붉은 기火氣가 우세하다!"고 말하였다. 불의 기가 우세하므로 그 색깔은 붉은 색을 숭상하였고, 그 직무는 불을 본보기로 하였다. 불을 대신할 수 있는 것은 반드시 물水일 것이다.

하늘이 장차 물의 기水氣가 우세함을 보일 것이다. 물의 기가 우세하므로 그 색깔은 흑색을 숭상하고, 그 직무는 물을 본보기로 할 것이다. 물水의 기가 이르렀는데도 사람들이 알지 못하면, 운수가 갖추어졌을 때 또 땅土의 덕으로 옮겨 갈 것이다. (송영배의《제자백가의 사상》을 참고하였음을 밝힌다)

문사철의
살아있는 글쓰기

대저 사가의 대법大法은 계통을 밝히고 찬역簒逆을 엄하게
하여 시비를 바르게 하고 충절을 포양襃揚하며 전장典章을
자세히 하는 것이다.　　　　　　　　　　(안정복,《동사강목》)

《춘추》는 현실적인 힘이 미치지 못하는 자들도 글로 대신
주벌誅罰하는 책으로, 글자 하나 거취에 따라 나타나는 의
리가 자별하다. 필부나 암군, 난신이 제멋대로 하지 못하는
것은 칼보다 날카로운 필부의 붓 때문이다. 《춘추》의 필법
을 통해 선악이 드러나고 존비가 구분되고 정사正邪가 가려
진다.　　　　　　　　　　　　　　　　(이익,〈필법론〉)

진실을, 모든 진실을, 오직 진실만을 말하라. 바보 같은 진
실은 바보같이 말하고, 마음에 들지 않는 진실은 마음에 들

지 않게 말하고, 슬픈 진실은 슬프게 말하라.

(《르몽드》지를 창간한 뵈브메디)

역사는 전설로 퇴색한다. 사실은 의심과 이론異論으로 구름
이 낀다. 비석의 비문은 삭아가고, 조상彫像은 대좌에서 굴
러 떨어진다. 대원주大圓柱건, 아치건, 피라미드건 모래를
쌓아올린 것밖에 더 되느냐. 거기에 새겨진 묘비명도 결국
은 먼지 위에 쓰인 글에 지나지 않는다.

(W. 어빙, 〈웨스트민스터사원〉)

공자가 노나라 역사로 인因하여 《춘추》를 지었다. 《춘추》의
대의가 행한 후로 천하에 난신과 적자가 두려움을 가졌다.
그런데 공자가 《춘추》를 기술할 적에 더 써야할 것은 더 쓰
고 삭削해야 할 것은 삭했다. 공자의 제자 중 가장 문장이
좋은 자유子遊, 자하子夏도 한 구절을 보태지 못했다. 제자
들은 그 《춘추》를 읽었다. 공자는 다음과 같은 말을 했다.
"후세에 나를 알아주는 자도 《춘추》 뿐이고 또한 나를 죄줄
자도 《춘추》 뿐이다."

(〈세가世家〉)

🐟 정조와 문인 지기지우들

정조는 천성적으로 학자의 기질을 지녀 어린 시절부터 책
을 열심히 읽었다. 한 책을 끝낸 후에는 계속 다른 책을 읽

었고, 이미 읽은 서적은 차례로 번호를 매겨 정식程式으로 만들었다. 읽는 과정을 세울 때는 어느 책 어느 편 몇 행을 읽을 것인지 구체적으로 정해 읽었다.

그래서 일을 할 때도 먼저 대본大本을 세우고 다음에 조목條目을 정하여 실행하는 조직적이고 치밀한 습성을 드러냈다. 정사를 보는 바쁜 일정 속에서도 힘써 공부해야 마음이 편했고, 책 속에서 피로를 푸는 경지에까지 이르며 살았다. 병이 날 때가 아니면 독서를 그치지 않았고 삼복의 불꽃같은 더위나 여가에도 계속할 정도였다.

앞에 글은 신양선辛良善 씨가 〈조선후기 정조연구〉라는 논문에서 《정조실록》《홍제전서》《정조실록》《일득록》《일성록》 등에 나타난 정조의 '책읽기'에 대해 쓴 내용의 일부다. 이와 같이 호학하는 군주다 보니 그의 주변에는 기라성 같은 학자, 선비들이 몰려들었다. '몰려들었다'기보다 '끌어들였다'고 하는 편이 맞을 듯하다. 정조 주변의 대표적인 호학好學 지기知己들을 살펴보자.

채제공(1720~1799)은 정조가 10년 동안 재상을 맡길 정도로 신임했던 신하다. 그는 열린 시대정신으로 천주교를 인식하였고 실록편찬의 책임을 맡았다. 박람강기하여 각종 서책을 편찬할 때면 정조가 취사선택에 대해 일일이 물었다. 정약용 등 천주교를 믿는 서학교도들을 포용했지만 정조가 죽으면서 신유박해 때 핍박을 받게 되었다.

이가환(1742~1801)은 정조가 '진학사眞學士'라고 부를 정도로 학문을 사랑했던 인물이다. "문장이 나라 안에서 으뜸이며 보지 않은 책이 없고 기억력이 귀신같았다"(황사영, 〈백서〉)고 할 정도의 대학자였다.《국조보감》과 같은 서책은 그가 아니면 편찬이 쉽지 않았을 업적이다. 승지·대사성·공조판서 등을 역임하는 동안 반대편의 음해로 여러 차례 유배를 겪었다. 그러나 그때마다 정조의 아낌을 받아서 조정의 큰 일을 맡았다. 그러나 정조 사후 신유박해 때 서학교도로 몰려 순교했다. 그가 오래 살았다면 조선의 문원文苑은 훨씬 풍요로웠을 것이다. 이승훈이 북경에서 가져온 천주교 책을 읽고 감화를 받아서 교리를 맨 처음 한글로 번역할 만큼 신심이 두터웠다.

정약용(1762~1836)은 "신은 본래 초야에 묻힌 한미한 사람으로 부형의 음덕이나 사우師友의 힘도 없었는데, 오직 전하께서 이룩하고 길러주신 공에 힘입어 어린 몸이 장성하게 되고, 천한 신분에서 귀하게 되었다. 대체로 지식이 조금씩 진전되고 작록이 올라간 것이 어느 것 하나 전하의 지극한 가르치심과 정성에 의해 훈도되고 길러지지 않은 것이 없었다"(《정다산전서》 1집 9권)고 토로할 만큼 초야에서 '그릇'을 알아 본 정조에 의해 발탁되었다. 그도 정조 사후 서학교도로 몰려 강진으로 유배되었다.

박제가(1750~1815)는 정조가 그의 학식이 상대를 찾기 어려운 인재라 하여 '무쌍사無雙士'라 불렀지만 서얼 출신이라 벼슬이 검서관으로 낮은 직위였다. 그러나 군주의 총애 속에서 규장각 도서 편찬에 심혈을 기울일 수 있었다. 그의 능력을 아낀 정조는 그를 친히 불러 귀한 서적을 주고 특별 휴가를 보내기도 했다. 규장각 검서관 시절에는 이덕무, 유득공, 서이수와 함께 이른바 '4검수'로 이름을 떨쳤다. 사신으로 청나라를 다녀와서 쓴 《북학의》는 병기의 개선, 영농법의 개량, 선진기술의 도입 등의 내용을 담았으며 종두법 연구에도 관심을 쏟았다. 그는 크게 발달한 외국의 선진문물을 받아들여야 한다고 주장하면서 북학파의 사상을 집대성했다. 또 "선비가 입언立言할 때는 시대를 아는 것이 귀한 것이다"고 하여 현실인식과 시대정신을 중요시했다.

이덕무(1741~1793)는 박제가가 그를 일컬어 "그의 품식品識은 제1이고, 독행篤行은 제2이고, 박람강기는 제3이고, 문장은 제4에 속한다"고 평가할 정도로 인품, 품행, 학식, 문장이 출중한 학자였다. 이덕무 역시 서얼 출신이라 벼슬길이 막혔지만 정조의 배려로 규장각 검서가 되고 《도서집성》 《대전회통》《국조보감》 등을 편찬했다. 정조는 이덕무의 글에 '산림기山林氣'가 있다고 높이 평가하면서, 그를 가인家人 같이, 군신 관계가 아닌 지기知己로 여겼다(이덕무에 관해서는 뒤에서 더 쓰겠다).

이서구李書九(1754~1825)는 조선후기 4대 시인의 한 명으로 꼽힐 만큼 고증학, 문자학, 전고典故, 글씨 등에 조예가 깊었다. 형조판서와 우의정 등을 지내고 실학파들과 사귀면서

편서작업에 참여하여 정조의 지우知友를 얻었다. 좋은 글을
많이 남겼다.

이들 외에도 홍양호洪良浩, 위백규魏伯珪, 강응환姜應煥 등 정조
의 주변에는 기라성 같은 문인·학자들이 호학의 군주와 함께 찬란
한 문예의 화원을 일구었다. 정조는 "붕우朋友란 오륜 중 말末에 있
으나 부지런히 닦음으로써 자익資益이 되는 까닭에 오히려 사륜지
도四輪之道가 된다. 군君은 우신友臣이 있으므로 군신 또한 우友다"
(신양선, 앞의 글)라고 할 만큼 신하들을 믿음직한 호학의 벗으로 바
라봤다.

🐟 이덕무의 활문적 글쓰기

이덕무는 이서구, 유득공, 박제가와 함께 '후사가後四家'라 불릴
만큼 18세기 후반 조선 문단에서 문명을 떨쳤다. 어릴 때부터 책 읽
기와 저술을 좋아하여 길을 갈 때나 뱃전에서도 책을 놓지 않을 정
도였다. 그는 항상 소매 속에 책과 필묵을 넣고 다니면서 보고 듣고
생각나는 것을 그때그때 적어두었다가 글을 쓸 때나 저술을 할 때
참고했다.

이덕무는 '도문일치道文一致'를 주창했다. 글 쓰는 사람의 행위와
글의 내용이 일치해야 한다는 것이다. 또 문文은 도道를 전달하고
구현해야 한다고 역설했다. 이처럼 그의 글쓰기 정신은 남달랐다.
바로 '활문론活文論'이다. 그는 "시문이란 하나같이 정신적 유동流動

이 있어야 비로소 살아있는 글이라 할 수 있다. 만일 진부한 것을 답습한다면 그건 죽은 글이다"라고 주장하면서 "문장은 쓰는 사람의 정신이 맥맥히 흘러서 생명력 있는 활문이어야 한다"고 강조했다.

이덕무는 문인·선비들의 과거시험 답안지식 글쓰기를 매섭게 비판했다. 그는 "후세에 선비라 일컫는 자는 일생동안 과거에만 급급하여 거의 성명性命인 것처럼 여긴다. 그리고는 서로서로 부추기면서 참으로 큰 문장이라 하는데, 원기를 사라지게 하면서 늙도록 그 그름을 깨치지 못한다. 내가 그것을 매우 애달프게 여긴다"고 썼다(《청장관전서靑莊館全書》 58권). '청장靑莊'은 '청렴한 새'를 뜻하는, 또 다른 그의 호다.

이덕무는 개성적인 글을 쓰려면 법고창신法古創新을 해야 한다고 방법론을 제시한다. 옛 사람의 길을 본받으면서 자신의 것으로 잘 융화해 새로운 것으로 창출하라는 것이다. 당시 선비·학자들이 당풍唐風이나 송풍宋風에 물들어 중국인의 작품을 흉내 내는 풍조에 단호히 반대하고 개성적인 글쓰기 방법을 제시한 것이다.

이덕무의 이와 같은 자주적·개성적 글쓰기에 보수세력의 비판은 완강했다. 이덕무의 글이 '비루하다'는 논박이었다. 그러자 연암 박지원이 즉각 변론에 나섰다. "무관懋官(이덕무의 호)은 조선사람이다. 산천풍기가 중국과 다르고 언어 요속謠俗도 시대가 한당漢唐이 아니거늘, 만약 이에 중국의 법을 본받고 한당의 체제를 그대로 답습한다면, 나는 단지 법은 더욱 높아졌지만 그 뜻은 실제로 낮아지고, 체제는 예전과 더욱 비슷해졌지만 말은 더욱 거짓되어져감을 볼 뿐이다."(《연암집》 7권)

이덕무의 많은 글 중에서 문文을 농사에 비유한 〈필경제서첩筆耕題書帖〉은 글쟁이들이 읽어둬야 할 내용이다. "종이와 벼루는 농토이고 붓과 먹은 쟁기와 호미이며, 문자는 씨앗이고, 의사意思는 노농老農이며, 팔과 손가락은 농부이고, 책이나 권축卷軸은 창고나 상자이며, 연적硯滴은 관개灌漑다. 농토·쟁기·호미·종자 쉽지 않음을 근심할 것이 못 되고 어려운 것은 오직 노농老農이다. 노농이란 문장에 있어서 의사意思가 아니면 글을 쓸 수 없다."(《청장관전서》 4권)

조선후기의 한국사회는 여전히 중국(청나라)의 영향에서 벗어나지 못하고 있었다. 중국식 글쓰기가 정형이 되고, 그들이 주류를 형성하고 있었다. 이럴 때 서얼 출신의 문사들은 사대적 문풍文風에서 벗어나 조선의 풍토와 역사·인물 그리고 전통·현장의 삶을 진실하게 구체적으로 쓰자고 주장했고, 그렇게 쓴 이가 이덕무를 비롯한 '후사가'들이다. 정조와 그 주변의 문인·학자군은 한국 역사상 보기 드문 인문학의 르네상스를 이루었다.

이덕무의 '활물론'이나 '도문일치'의 글쓰기 정신은 성호 이익과 다산 정약용의 자주적·주체적 글쓰기로 이어졌다. 성호는 현실과 괴리된 허문가화虛文假花와 같은 문학을 반대하고 인간과 현실문제를 중요시했다. 자신이 사는 현재의 모순을 외면하고, 형식이나 지역말절에 급급하는 선비들의 사장적詞章的 문학을 비판한 것이다. 성호는 "시문詩文이란 세교世敎를 위하여 있는 것이다"라고 주장했다. 성호의 글쓰기의 핵심 정신은 민족자주의식이었다. "중국은 대지 중의 한 조각 땅에 지나지 않는다"는 민족적 자주의식의 '자고론自估論'이다.

다산의 글쓰기 원칙은 '광제일세匡濟一世'에 있었다. 그리고 허황이 아닌 실질을 역설했다. 다음은 다산의 시문정신의 핵심을 적은 글이다.

> 문文은 도道를 싣는 것이요, 시는 뜻을 말한 것이다. 고로 그 도가 일세를 바로잡아 구제하는 데(광제일세) 부족하고 그 뜻이 텅 비어 마음에 세워둔 바가 없다면 비록 문이 대단한 기세가 있고, 시가 미려하더라도 이것은 빈 수레를 몰아 소리를 내어 광대가 풍월을 말한 것과 같으니 어찌 족히 후세에 전할 수 있겠는가. (규장각본, 《여유당집》 12권)

🦋 삼봉, 도은, 양촌의 골계

삼봉 정도전과 도은 이숭인 그리고 양촌 권근이 어느 날 한 자리에 앉았다. 만백성이 우러러 보는 고려 말의 세도가 문인들이다. 이들은 몇 잔 나눈 술에 얼큰하게 취해 가장 즐거워하는 일을 말하기로 했다.

삼봉이 먼저 입을 열었다. "삭풍에 눈이 처음 날리울 무렵 돈피 갑옷에 준마로 황벽창을 들고 황야를 달리며 사냥하는 것이 가장 즐겁소."

도은이 말을 받았다. "절간 고요한 방, 밝은 창, 조용한 탁자에서 향을 피우고 중과 마주 앉아 차를 다리며 시구를 찾는 것이 가장 즐겁소."

양촌이 말을 이었다. "흰 눈이 마당에 가득하고 붉은 해가 창을 비추는 따뜻한 방 온돌에서 병풍을 두르고 화로 앞에서 책을 한 권 들고 거기에 벌렁 드러누워, 미희美姬가 보드라운 손으로 수를 놓다가 이따금씩 바늘을 멈추고 밤을 구워주는 것을 먹는 것이 가장 즐겁소."

삼봉과 도은이 크게 웃으며 "그대의 낙은 우리를 일깨워 주는구려"라면서 동감을 표했다. 이는 서거정徐居正의 《태평한화골계전》에 나온다. 그뒤 정도전은 이성계를 도와 조선왕조를 창건한 혁명가적 삶을 살다가 이방원에게 피살되었고, 이숭인은 고려 말 정몽주, 이색과 함께 삼은의 한 사람으로 정몽주와 실록을 편수했다. 그러나 건국과정에서 정도전의 심복에게 죽임을 당했다. 권근은 이성계를 도와 조선왕조 창건에 공을 세우고, 글을 잘 지어 조정에서 중국에 보내는 외교문서를 작성했다. 그래서 벼슬도 찬성사와 대제학 등 글과 관계되는 관직을 맡았다. 뒷날 세 사람은 저승에서 다시 만나, 이승에서 가장 즐거웠던 일을 회상하면서 '권력무상'을 말하며, 글 읽고 책 쓰는 일이 가장 즐거웠다고 하지 않았을까.

🐟 장유의 초심 잃은 행위

계곡谿谷 장유張維(1587~1638)는 광해군 1년에 문과에 올라 인조반정 뒤 정국공신이 되고 이조판서와 우의정 등을 지냈다. 나중에 효종의 장인이 되었지만 젊어서는 살림이 극히 어려웠다. 그래서 긴 밤에 기름이 없어 책을 읽지 못함을 안타깝게 여기는 시를 남기기도 했다.

　장유에게는 시대의 아픈 사연이 있었다. 병자호란 때 청나라로 끌려간 우리나라 여성이 50여만 명에 이르렀는데, 가족들이 전답을 팔아 청나라 수도 심양까지 가서 찾아오기도 했지만 돈이 없는 집안의 여성들은 첩이나 노예가 되기 일쑤였다. 생명을 걸고 탈출해 온 여성들은 청나라가 잡아 보내라는 쇄환령을 내려 다시 붙잡혀가는 경우도 많았다.

　탈출해온 여성들에게는 더욱 가혹한 현실이 기다리고 있었다. 시집이나 남편이 제대로 받아들이지 않았다. 청나라에 끌려가 몸을 더럽혔으니 남편과 조상을 섬길 자격을 상실했다는 것이다.

　장유는 며느리가 강화도에서 청나라 심양에 잡혀갔다가 돌아오자 왕에게 청하기를 몸을 더럽힌 며느리의 손으로 제사음식을 만들게 할 수 없으니 쫓아내야 하겠다고 상주하였다. 그러자 인조는 나라가 힘이 약해 어쩔 수 없이 당한 일이니 새로 장가를 들게 하되 며느리를 내쫓지는 말라고 하였다.

　장유는 젊은 시절에 어려움 속에서 책을 읽고 뜻을 세워 국왕의 장인이 되었지만 행위는 낡은 가부장적 권위주의에서 한 걸음도 벗어나지 못했다. 다음은 장유가 책 읽을 기름도 없을 만큼 어려웠을 때 쓴 시이다.

　　반딧불도 보이지 않고
　　눈도 도통 내리지 않으니
　　겨울 석 달 공부하려던

계획 문득 차질 생겼네

긴긴 밤 한가로이

누더기 보듬고 있을 따름

이웃집 기름 빌려달라

청하기도 부끄럽네

이규보의 '시유구불의체'

고려시대의 대표적인 문인 이규보李奎報는 많은 글을 쓰고 작품을 남겼다. 이규보의 시문 창작론은 독특한 글쓰기의 전범이다. "시에는 9가지 좋지 못한 체體가 있다詩有九不宜體"라는 시론을 택해 글을 어떻게 써야 하는가를 제시한다.

시에는 아홉 가지 좋지 못한 체가 있다. 이것은 내가 깊이 생각해서 스스로 터득한 것이다. 글 한 편에 옛 사람의 이름을 많이 쓰는 것은 '귀신을 수레에 가득 실은 체'다. 옛 사람의 의경意境을 따라 쓰는 것은 잘 훔쳐 쓴다 해도 나쁜데, 훔쳐 쓴 것도 잘 되어 있지 않은 것은 '선 도둑이 쉽사리 잡히지 않은 체'다. 근거 없이 강운强韻을 쓰는 것은 '센 화살을 당겨내지 못하는 체'다.

험자驗字를 써서 사람을 곧잘 미혹시키기 좋아하는 것은 '함정을 만들어 소경을 이끄는 체'고, 말이 순하지 않은데 억지로 인용하는 것은 '남을 무리하게 자기에게 따르게 하는 체'다. 상말을 많이 쓰는 것은 '촌사람이 모여서 떠드는 체'요, 공맹孔孟을 범하기를 좋아하는 것은 '존귀한 분을 범하는 체'며, 수사가 거칠어도 깎아 버리지 않는 것은 '잡초가 밭에 그득한 체'다. 이러한 좋지 못한 체들을 면할 수 있는 연후에야 함께 시를 논할 수 있는 것이다.

《동국이상국집》

지식인의 길, 글쓰기의 정신은 율곡이 잘 정리하고 있다.

참선비는 나아가서 도를 실천해서 백성들로 하여금 태평을 누리게 하고, 물러가서는 가르침을 뒷세상에 전해야 한다. 만일 나아가서 도를 행함이 없고 물러가서 가르침을 권하는 것이 없다면 비록 참선비라 할지라도 나는 그것을 믿지 않겠다.

(율곡, 〈東湖門答〉)

물고기 그물에
기러기 걸려들면

　　　"우리는 '문명의 망토'를 입고 있지만 우리의 영혼은 '석기시대'에 살고 있다"고 말한 이는 시리아 시인 나자르 카바리다. 이를 패러디하여 "우리는 21세기의 시계를 차고 19세기의 짚신을 신고 있다"는 말이 가능할 것 같기도 하다.

　서두에 이런 말을 꺼내는 것은 까닭이 있다. 옛 것이라고 하여 모두 배척할 것은 못되고, 현대의 것이라고 하여 모두 취할 것은 아니라는 이유에서다. 성현의 권학문이나 고인들의 책사랑 정신은 오늘에도 우리가 취할 대목이 너무 많다. 법고창신法古創新이야말로 학문하고 책 읽고 글 쓰는 정신의 기본이 아니겠는가.

　깊어 가는 가을, 또 한 해가 저물어가는 만추의 긴 밤에 책(읽기)과 관련한 단상을 통해 사유의 폭을 넓히는 것도 좋을 것이다. 다산 정약용의 말처럼 "물고기 그물을 쳐 놓았는데 기러기가 걸려들면 어찌 버리겠는가?"

던져 놓인 대로 고서는 산란하다
해마다 피어 오던 매화도 없는 겨울
한 종일 글을 씹어도 배는 아니 부르다
좀 먹다 썩어지다 하찮이 남은 그것
푸르고 누르고 천년이 하루 같고
검다가 도로 흰 먹이 이는 향은 새롭다

홀로 밤을 지켜 바라던 꿈도 잊고
그윽한 이 우주를 가만히 엿보고
빛나는 별을 더불어 가슴 속을 밝힌다

(이희승, 〈고서古書〉, 《가람문선》)

🐟 서경덕의 시 〈독서〉

'송도삼절松都三節'로 회자되는 조선시대의 학자 서경덕徐敬德의
시에 〈독서〉가 있다.

글을 읽을 때는 큰 뜻을 품었는데
늘그막엔 도리어 안빈낙도 달게 여기는도다
부귀는 다툼이 있어 손쓰기 어렵고
자연은 급함이 없어 심신 편안케 하도다
나물 캐고 고기 낚아 배를 채우고
음풍농월로 정신 맑게 하도다

학문으로 의혹 없애니 즐거움 알겠고

백년 인생 허송하는 데서 벗어나게 하였도다

책 빌려주지 않는 사람들

프랑스에는 "여자와 책과 말은 빌리지 않는다"는 속담이 있다. 여자와 말은 그렇다 쳐도 책은 좀 색다르다. 동양에서도 "책을 빌리는 자도, 빌려주는 자도, 빌린 책을 돌려주는 자도 바보다"라고 하여 '삼치三癡'라는 말이 전한다.

이런 '전통' 때문이었는지, 옛날 중국에 책 빌려주지 않기로 유명한 한 애서가가 있었다. 벼슬이 재상급에 속한 고위 관리였다. 이 사람은 자기 집 연못 한 가운데에 다락집을 짓고 수만 권의 장서를 보관하여 애지중지 여겼다. 연못에 외나무다리를 만들어놓고 혼자만 출입했는데 밤이면 다리를 거두어 외부인의 출입을 통제했다.

이 애서가는 그것만으로도 마음이 안 놓였던지 연못에 이르는 누문樓門에다 큼직하게 써 붙였다. "樓不延客 書不借人(다락집에는 객이 머물 수 없소, 책은 빌려주지 않습니다.)" 이쯤 되면 진정한 책사랑인지, 편집증인지 분별하기가 쉽지 않다.

근대 우리나라에서 책을 빌려주지 않기로 소문난 이는 변영만卞榮晩(1888~1954)이다. 그는 1905년 관립 법관양성소를 나와 광주지법판사로 있을 때 사법권이 일제에 강탈당하자 사직하고 변호사로 개업했다. 병탄 뒤에는 법조계를 떠나 북경에 망명했다가 3.1운동 뒤 귀국하여 한문학과 영문학을 연구하고 해방 뒤 성균관대학교 교수가 되었다. 변영로와 전 외무부 장관 변영태의 형이기도 하다.

변영만은 책의 '삼치정신'에 투철했다. 그의 '서불차인書不借人'의 변은 이러하다. "애지중지한 책은 사랑하는 연인과도 같다. 자기가 사랑하는 여인을 어떤 친구나 후배에게 넘겨줄 수 없는 것과 같이 자기의 애서를 남에게 빌려줘 정조貞操를 더럽힐 수 없다."

🐟 전기문학의 중요성

《영웅숭배론》을 쓴 스코틀랜드 출신 토마스 칼라일(1795~1881)은 역사의 단순함들을 전기傳記라는 신비로움으로 전환시켜야 한다고 거침없이 말한다.

"역사는 무수히 많은 전기의 본질이다. 그러나 하나의 전기, 아니 우리 자신의 전기는 비록 우리가 그것을 요구하고 요점을 되새긴다 해도 여러 가지 측면에서 이해하기 어려운 부분들로 남아 있다. 그렇다면 우리가 그 사실 자체에 대해 알지 못하고 알 수도 없는 수백만에 달하는 전기들은 어떻게 하겠는가!"

이에 대해 미국 출신인 랄프 왈도 에머슨(1803~1882)은 이렇게 주장한다. "엄밀한 의미에서 역사는 없으며, 오직 전기만이 존재한다." 에머슨의 제자이자 동지인 헨리 데이비드 소로의 논리는 좀더 극단적이다. "전기 역시 동일한 반대에 부딪히기 십상이다. 전기는 자서전이어야 한다."(대니얼 J. 부어스틴, 강정인 외 옮김,《탐구자들》)

🐟 이희승의 '서권기' 정신

우리 문학사, 예술사에서 추사 김정희와 같은 인물이 있다는 것은 큰 축복이다. 개인적으로는 핍박을 받고 유배를 당하는 등 신고의 삶을 살았지만 그가 남긴 정신과 예술은 우리 민족의 큰 자산이다. 일석 이희승은 추사의 서권기書卷氣와 더불어 서권기 일반에 대해 일갈했다. 짧은 글이지만 긴 호흡이 필요한 내용이다.

> 추사秋史의 글씨를 배우는 이가 추사의 독서법은 배우지 않고 다만 그의 체법體法만 익히다가 만다. 비록 그 자양字樣이 철적도인鐵笛道人처럼 박진하게 되었다더라도 그는 한 속자俗姿일 뿐이요, 경사자서經史字書와 금석오천권金石五天券의 기운을 완하腕下에 움직이는 추사는 도저히 따를 수 없을 것이다. 일행일자一行一字는 고사하고 일점일획이라도 따를 수 없을 것이다. 추사의 글씨는 그 기교만이 아니라 서권기書卷氣로써 이룬 까닭이다.
>
> 다시 말하면 서권기란 즉 독서의 힘이요, 교양의 힘이다. 이것이 어찌 서도 뿐이리오. 문장에도 없을 수 없다. 위대한 천재는 위대한 서권기를 흡수하여서 발휘될 것이다. 현종玄宗의 어좌 앞에서 만좌문무滿座文武가 한 자字도 모르는 발해국서를 번독하던 이백李白이라든지 '독파서만권 하필여유신讀破書萬券 下筆如有神'이라 하던 두보杜甫도 다 끔찍한 서권기를 가졌던 것이다.

창작에 쏠릴 때 흔히 공상·망상에 떨어지고 그 원동력은 기를 줄을 잊기가 쉽다. 요컨대 그 원동력이란 다른 게 아니라 서권기다. 우리의 경로經路에는 실제로 하는 것과 독서로 하는 것이 있는 바, 한 사람으로써 실제로는 다 겪을 수 없다. 그러면 독서로나 하는 수밖에 없다. 한데 실제로도 결핍하다면 그 무엇을 운운할까. 한 사람의 지혜와 상상력이란 무한한 것이 아니다. 아무리 재분이 있는 이라도 배울 건 배워야 한다. 하므로 나는 이렇게 서권기를 고창하고 싶다.

(이희승, 〈서권기〉, 《가람문선》)

🐟 한퇴지의 〈권학시〉

당나라 시대 문인 한퇴지韓退之가 아들 부符에게 독서하라고 쓴 〈권학시勸學詩〉는 지금도 이 분야에서 높이 평가받는 글로 읽힌다.

> 때는 가을이라 비는 개었고
> 서늘한 바람이 들에 불거니
> 등불을 앞에 당겨 가까이 놓고
> 밤이 깊도록 책을 읽는다

가을철의 등화가친燈火可親이란 말은 여기서 유래한다. 어느 날 제자 백어伯魚가 공자에게 "어떤 사람이라야 대화할 수 있습니까?" 하고 물었다.

그러자 공자는 "사람이란 실로 그 얼굴을 취할 것도 아니요, 그 용력勇力을 겁낼 것도 아니요, 또 그 선조나 족보를 가지고 논할 것도 아니다. 오직 글을 읽는 독서인이라야 더불어 이야기 할 수 있다"고 말했다. 공자와 같은 성인도 독서인을 대화의 상대로 꼽았다.

🔖 다산의 '책읽기 편지'

다산 정약용처럼 많은 글을 읽고 많은 책을 저술한 이도 드물다. 그는 제자에게 쓴 편지 〈윤혜관에게 주는 말〉에서 글읽기의 중요성을 논하고 책읽기를 권한다.

> 오직 독서 한 가지 일만이 위로는 족히 성현을 뒤좇아 나란히 할 수 있고, 아래로는 길이 뭇 백성을 일깨워줄 수가 있다. 그윽이 귀신의 정상을 환히 알고, 환하게 왕도와 패도의 계책을 이끈다. 날짐승과 벌레 따위를 초월하여 큰 우주를 지탱한다. 독서야말로 식자의 본분인 것이다. 맹자가 말했다. "대체大體를 기르는 자는 대인이 되고, 소체小體를 기르는 자는 소인이 되어 금수에 가깝게 된다." 생각이 등 따습고 배부르게 편안히 즐기다가 세상을 마치는 데 있어, 몸뚱이가 채 식기도 전에 이름이 먼저 없어지는 것은 짐승일 뿐이다. 짐승이 되기를 바랄 것인가?

다산은 강진 유배지에서 틈만 나면 자식들에게 책읽기를 권하는 편지를 썼다. 다음은 그 중의 한 편이다.

> 독서는 반드시 먼저 바탕을 세워야 한다. 바탕이란 무엇이
> 냐? 배움에 뜻을 두지 않고는 능히 독서를 할 수 없다. 배움
> 에 뜻을 두었다면 반드시 먼저 바탕을 세워야 한다. 바탕이
> 란 무엇이냐? 효도와 우애일 뿐이다. 먼저 힘껏 효제를 향하
> 여 바탕을 세운다면 학문이 저절로 무젖어 든다. 학문이 무
> 젖어 들면 독서는 별도의 단계를 강구하지 않아도 된다.

다산의 '책읽기' 항목에 들 글 중에 "물고기 그물을 쳐 놓았는데
기러기가 걸려들면 어찌 버리겠느냐?魚網之設 鴻則罹之 何舍焉"라는
유명한 내용이 있다. 이것도 아들에게 써보낸 권학문의 글이다.

> 《고려사》는 하는 수 없이 빨리 돌려보낸다. 이 중에서 간추
> 려 베껴 쓰는 방법은 네 형에게 알려주었다. 금년 여름에는
> 모름지기 형제가 마음을 쏟고 힘을 모아 이 작업을 마치도
> 록 해라. 무릇 초서의 방법을 반드시 자기의 뜻을 정하고,
> 내 책의 규모와 목차를 세운 뒤에 책을 펼쳐 뽑아내야 바야
> 흐로 꿰미로 꿰는 묘미가 있는 법이다. 만약 그 규모와 목차
> 외에서도 가려 뽑지 않을 수 없는 것이 있거든 별도로 한 권
> 의 책을 갖추어 얻는 데로 기록해두어야 힘을 얻을 곳이 있
> 게 된다. 물고기 그물을 쳐놓았는데 기러기가 걸려들면 어
> 찌 버리겠느냐?
>
> (정민, 《다산어록청상》)

❧ 플라톤의 '책에 대한 역설'

플라톤은 소크라테스의 제자로서 우리에게는 대단히 고상한 철학자로 인식된다. 실제로 스승의 철학과 사상은 고스란히 플라톤의 손으로 전해졌다. 그 자신도《향연》등 값진 저술을 남겼다. 그런 그가 막상 자신은 문자로 기록된 책을 소중하게 여기지 않았다. 왜일까?

> 첫째, 문자는 기억을 돕는 것보다 기억을 약하게 한다.
> 둘째, 책은 무엇인가 생각이 있어 말하고 있는 것같이 보이지만, 질문에 응하지도 못하고, 같은 말을 되풀이할 뿐 마치 그림 그려진 동물과도 같아 불러도 대답 없는 쓸모없는 것이다.
> 셋째, 책은 사람을 골라서 법설法說을 말하도록 상대방을 자유롭게 선택할 수 없고 누구의 손에나 들어간다. 이로 말미암아 적당치 못한 사람이 책을 읽어서 그 책의 참 뜻을 알아차리기도 전에 스스로 그릇 판단하고 해결하는 일이 있기 때문에 엉터리 지식인을 만들어낸다.

플라톤의 말을 액면대로 이해할 필요는 없을 것이다. 플라톤만한 사람이 진정으로 책의 가치에 부정적인 견해를 갖지는 않았을 것이기 때문이다. 그렇다면? 책의 양면성, 즉 모든 책이 진리일 수는 없고, 글을 쓰는 사람이 모두 진정한 '문사文士'는 아니라는 것을 말하려는 것이다. 플라톤의 주장은 책을 사랑하는 사람의 '책에 대한 역설'이다.

☞ 애첩과 책을 바꾼 사람

세상에서 책을 가장 사랑한 사람은 누굴까. 이것을 논리적으로 측정하기란 불가능하다. 사례를 통해 알아보는 방법밖에 달리 길이 없을 것이다.

명明 나라 가정嘉靖 시대에 한 부자가 살았다. 주대소朱大韶라는 이 사람은 애서가로도 장안에 널리 알려졌다. 예부터 부자와 애서가는 궁합이 잘 맞지 않지만, 그렇다고 부자라고 해서 다 책을 좋아하지 않은 것도 아니다. 어느 날 주대소는 친분이 있는 선비 집에 들렀다가 하마터면 쓰러질 뻔했다. 서가에 《후한기後漢記》(송판宋板)가 꽂혀 있는 게 아닌가. 평생을 두고 찾던 책이었다. 주대소는 팔기를 청했지만 선비는 끄떡하지 않았다. 며칠 뒤 방문하여 값을 올리면서 요청했지만 선비는 요지부동이었다.

집에 돌아와서 교태를 부리는 애첩을 보니 문득 묘안이 떠올랐다. 그리고 매일 애첩을 선비 집에 심부름을 보냈다. 하루 이틀 보름이 지났다. 선비는 만날수록 심부름 오는 애첩에게 정이 들었다. 애첩 역시 늙은 부자보다 젊고 잘생긴 선비가 맘에 들었다.

이를 눈치 챈 주대소는 책과 애첩의 교환을 제안했다. 정이 들 대로 든 선비 어찌 마다하겠는가. 마침내 사상 초유의 거래가 성사되었다. 애첩과 책을 바꾸기로 한 것이다. 떠나는 날 애첩이 시 한 수를 남겼다. "옛날에 여자와 말馬을/ 서로 바꾸었다는 이야기는 들었어도/ 손바닥만한 책 한 권에 애첩을 넘겨주었다는 이야기는 듣지 못했다/ 그래도 당신은 말하고 바꾼 사람에 비하면 조금은 나은 편이라 하겠지/ 언젠가 다시 상면하는 날 있어도/ 후회하지 마시라/ 아무것도 모르는 나뭇가지만 흔들리누나"

책과 애첩을 바꾼 이 사내, 전무후무하다는 이 사람에게 애서가들은 훈장을 주어야 할 것인가, 인륜을 저버린 죄를 물어야 할 것인가.

이수광의 책 읽기와 수기치인

조선후기 실학의 선구자로 불리는 지봉 이수광은 "몸가짐이 승검하고 놀이와 사치를 싫어하며 44년간 벼슬하는 동안 출처와 언행에 티가 없는 인물"이란 평을 들었다.

이수광이 동원東園(동대문 밖)의 집에서 책을 쌓아놓고 독서로 몇 년간 시간을 보내고 있을 때, 지나던 과객이 의아해서 물었다. "선비는 벗을 만들어 기氣를 서로 구하고, 이利를 합치면서 살아야 진취가 있는데, 그대는 혼자 고립해서 살아 성시城市에 살면서도 은자와 같으니 무슨 까닭인가."
이수광이 답하기를, "친구는 서로 덕을 숭상하는 것인데, 오늘날의 친구는 이해관계로 얽혀 있어 아침에 벗이 되었다가 저녁에 적이 되고 있다. 나는 방 안에 성현의 책들을 모아 놓고 아침저녁으로 보는 것을 벗으로 삼아 성현과 함께 움직이고, 성현과 함께 대화를 나누고, 성현과 함께 잠자리를 들면서 나의 단점을 보완해가고 있으니 나의 벗은 매우 많다."

객이 다시 물었다. "벗은 그렇다 치고, 사도師道(스승)는 없지 않은가."

이수광은 답했다. "성현의 책이 벗이요, 내 마음이 엄한 스승이므로, 마음을 경건하고 독신하게 다스리는 것이 스승을 섬기는 일이다." 객은 이수광의 말이 옳다고 인정했다.

(〈동원사우대東園師友對〉,《지봉집》권리 잡저)

이수광은 붕당으로 정파가 갈리고 지우들이 동가숙서가식할 때 고고하게 자신의 위치를 지키면서 연구와 책읽기에 심혈을 기울였다. 그는 만년에 자신의 학문편력 과정을 다음과 같이 적었다.

나는 15세 때에 공부하는 방향을 대강 들어서 수방심收放心(흩어지는 것을 막음)이라는 일절로만 살아왔다. 그러나 문자에만 잘못 빠져서 반성을 헛되이 보냈다. 그래서 스스로 잘못된 세월을 깨닫고 각오를 새롭게 하여 구습을 씻어버리려고 했다. 그리하여 옛 성현의 언어를 반복해서 공부함으로써 도道의 근원이 어디에 있는가를 찾아내고, 마음속으로 합하여 견득見得함이 있었다. 도가나 불교의 학설이 서로 같고 다른 점과, 옳고 그른 점을 깨달아 거기에 빠져서는 안 된다는 것을 확실하게 알게 되었다.　《지봉집》잡저학계學戒)

문사文詞를 하는 사람이 한 가지 기技에만 머무르면 비록 그 기가 우수해도 쓸 데가 없다. 해도 좋고 안 해도 좋은 것이 다. 그러나 수기치인修己治人의 학문은 사람마다 반드시 힘 써야 하고, 또 하지 않으면 안 되는 것이다.　　　　(앞의 책)

학문의 본분이 수기치인에 있다는 주장은 옛날이나 지금이나 다르지 않을 것이다.

글이 어찌
나를 취하게 하나

"한가로울 때도 바쁜 한 순간이 있듯이 바쁠 때도 한가로운 한 순간이 있다間時忙得一刻 忙時間得一刻"라는 말이 있다. 아무리 바쁜 사람이라도 쉴 틈이 있게 마련이다. '바빠서' 책을 읽지 못한다는 사람들이 많다. 그러나 이것은 핑계에 불과하다. 바쁜 틈을 쪼개 책을 읽는 사람만이 제대로 시간을 활용할 수 있고 진리를 접할 수 있다.

미국 하버드 대학교 도서관 벽에는 "지금 잠을 자면 꿈을 꾸지만 지금 공부하면 꿈을 이룬다"는 글이 새겨져 있다. 책을 읽지 않고 꿈을 이루려는 사람은 일확천금을 노리는 투기꾼이거나 사기꾼, 아니면 도박꾼일 뿐이다. "학문에는 왕도가 없다"는 말도, 따지고 보면 시간을 쪼개 책을 읽고 공부하는, 멀고 험난한 길을 걸으라는 가르침이다.

그래서다. 바쁜 시간에 어떻게 하면 고전이며 전공서며 교양서며 시사에 관한 그 많고 많은 책을 다 읽을 수 있겠는가. 누군가 수많은 책 속에서 알짬을 골라 김밥으로 싸서 준다면 얼마나 좋을까. 그래서 여가의 독서 중에 놓치기 아까운 내용을 골랐다.

🐟 마음속 쌓인 때 씻어내는 글

조선시대 이옥李鈺(1760~1813)이란 사람은 우리 문학사에 독특한 족적을 남긴 글쟁이다. 호를 문무자文無子, 즉 '글이 없는 사람'이라고 짓는 데서부터 심상치 않다. 그는 정조 14년에 증광 생원시에 합격하여 성균관 상재생上齋生으로 출사했다. 그리고 정조 16년 응제문應製文으로 지은 글의 문체가 패관소설체로 지목되어 임금의 견책을 받게 되었다. 정조 19년 경과에 응시했지만 다시 임금에게서 문체가 '불경스럽고' '괴이하다'는 질책을 받고, 과거 응시를 금지당하는 '정거停擧'에 이어 지방 군적에 편입되었다.

이듬해 풀려난 이옥은 별시 초시에 응시하여 수석을 차지했다. 그러나 계속 문체가 문제되어 낙방에 처해지고, 귀양 가기에 이르렀다. 해배된 뒤에는 경기도 남양에서 '집안에 수백 권의 장서'를 갖추고, '마당에는 기십 본의 꽃을 심으며' 여생을 보냈다. 호학의 군주 정조에게 핍박을 받은 이옥은, 문체반정의 소용돌이에 휩쓸리면서 소품체小品體 문장을 쓰던 다른 문사들이 국왕의 명령에 따라 곧장 고문체古文體로 선회할 때도 끝까지 소품체를 고집하면서 지배권력과 결별하고 자신의 글쓰기 정신을 지켰다. "이옥의 글은 한마디로 첨신尖新·섬려纖麗한 문투에다 이속적俚俗的인 표현을 특징으로 하는 소품이 거의 전부를 이룬다고 할 수 있다. 이는 부賦는 물론, 책문策文에 이르기까지 두루 발견되는 현상이다."(《역주 이옥전집》1, 해제)

이옥의 글은 "전아한 풍격과 장법章法을 갖춘 고문과 달리 예리한 관찰과 신선한 분위기를 남은 색다른 글이다. 대개 인물이나 사건의 핵심적 부문만 취하여 글이 짧고 언어 또한 간결한 데다, 일정한 격식도 없어 필기류의 소품이라 할 수 있다"(앞의 글)는 평을 들었다.

이옥의 '소품' 중에서 놓치기 아까운 내용을 빌려온다.

> 이상하다! 먹은 누룩이 아니고, 책에는 술그릇이 담겨 있지 않는데, 글이 어찌 나를 취하게 할 수 있겠는가? 장차 단지를 덮게 되고 말 것이 아닌가! 그런데 글을 읽고 또다시 읽어, 읽기를 삼일 동안 오래 했더니, 꽃이 눈에서 생겨나고 향기가 입에서 풍겨나와, 위장 속에 있는 비릿한 피를 맑게 하고 마음속의 쌓인 때를 씻어내어 사람으로 하여금 정신을 즐겁게 하고 몸을 편안하게 하여, 자신도 모르게 무하유지향無何有之鄕에 들어가게 한다. (〈묵취향〉 서문)

"장차 단지를 덮게 되고"는 저서나 글이 햇빛을 못 보고 휴지 조각이 되어 독의 뚜껑이 됨을 말하고, "무하유지향"은 아무 작위도 없는 자연의 세계, 즉 장자가 말한 이상향을 뜻한다. 한 구절을 더 들어보자.

270

지금의 세상을 보건데 박람자라고 일컬어지는 자가 있어 좇아가 질문해 보면 항아리 속에서 별을 말하는 듯하고, 사詞·부賦·고문古文을 잘한다고 일컬어지는 자가 있어 찾아서 들어 보면 벽을 뚫어 호로葫蘆를 그린 듯하고, 시문에 능하여 과장科場에 이름을 날리는 자가 있어 구하여 완상해 보면 모두 허수아비를 장식하여 저자에서 춤추게 하는 듯하다. 그러나 저들은 모두 도성에서 이름을 팔고 밝은 시대에 연줄을 찾아, 살아서는 과장과 관각館閣에서 그것을 쓰며 스스로 여유작작하게 여기고, 죽어서는 또 그것을 대추나무 책판에 수놓고 좋은 돌에 새겨서 몸은 죽어도 글은 사멸되지 않는다. 　　　　　　　　　　　　　　　　　〈〈문신께 고하는 글〉〉

🔖 글자 하나 바꿔 역모 꾸미기

　당송 팔대가 안에 삼부자가 끼어 이른바 삼소三蘇의 일인으로 불리는 소식蘇軾은 반대파의 모함으로 인해 사형을 선고받았다. 그러나 그의 뛰어난 시와 문장 덕택에 집행은 되지 않았다. 대신 유배의 길을 떠나야 했다. 반대 세력은 소식의 시구를 들어 황제에 대해 '불신不臣'의 죄를 지은 것이라고 몰아붙였다.

　　노송나무의 뿌리 구천의 굽지 않은 곳까지 이르니

　　　　　　　　　　　　　　　　　根到九泉無曲處

　　세상엔 오직 칩룡만이 이를 알겠네　　世間惟有蟄龍知

이 시구를 두고 부재상 왕규王珪가 "칩거한 용이란 바로 소식 스스로를 말한다"고 모함했다. 임금 신종神宗은 "시인의 시구를 어찌 그렇게 해석될 수 있겠는가? 저기 노송나무를 읊은 것이지, 어찌 짐의 일과 관련이 있으리오." 하며 "자고로 용에 대해서는 많은 이야기가 전해오는데, 어찌 순씨의 팔용(여덟 아들 이름 중의 龍字)이나 공명의 '와룡'이 군왕을 지칭하겠는가?"라고 소식의 무고함을 밝혀주었다.

우리나라에서도 유망한 인재를 모략하기 위해 글자 한두 개를 바꿔 역모로 몰아간 사례가 적지 않았다.

조선 초기 남이 장군의 경우에는 반대파가 '남아이십미평국男兒二十未平國'이라는 시구를 '미득국未得國'으로 바꿔 역모로 몰았다. 임경업 장군도 비슷한 사례로 죽임을 당했다. 임경업이 자신의 삼척검에 다음과 같은 명銘을 새긴 것이 화근이라면 화근이었다.

석자가 되는 용천검에 만 권 되는 책이로다　三尺龍泉萬卷書
하늘이 나 냈으니 그 뜻이 무엇이더냐　　皇天生我意何如
산동에 재상 나고 산서에 장수난다　　　山東宰相山西將
너희가 대장부라면 나도 대장부다　　　　彼丈夫我丈夫

반대파들은 임경업이 삼척검에 새긴 '용천龍泉'의 천泉자를 하늘 천天자로 바꿔 '하늘이 낸 용'인 것처럼 날조했다. 임경업이 백마산성을 얼마나 튼튼하게 쌓았던지, 청태종이 이곳을 피해 조선으로 진격해올 정도였다. 임경업은 청국에서도 두려운 존재였다. 그런데 이를 시기한 정적들이 글자 하나를 날조해 역모를 꾸며 죽인 것이다.

정여립이 역모로 죽은 지 400여 년이 지난 지금까지도 그의 죽음을 둘러싸고 논란이 일고 있다. 진위의 여부는 사가에게 맡겨두고, 여기서는 다른 측면에서 살펴보자.

정여립의 아들 이름은 '옥남玉男'이었다. 그런데 반대세력은 옥남의 호가 '거점去點'이라 하여, 이는 옥玉자에서 점點을 지우면 왕이 된다는 뜻으로 역모가 틀림없다는 혐의를 씌웠다. 옥남의 호가 거점이었는지, 혹은 정여립이 실제로 역심을 품고 있으면서 아들의 이름과 아호를 그렇게 지었는지 여부는 알기 어렵다. 하지만 상대를 역모로 몰기 위해 글자를 바꾼 못된 글쟁이들의 악폐는 우리 역사 곳곳에 남아 있음을 보게 된다.

🖋 작명에 얽힌 비화와 속내

백범白凡 김구金九는 서대문 감옥에 갇혀 앞으로 조국독립을 위해 일생을 바치겠다는 각오로 아호를 백성의 '백白'과, 일반 범인凡人과 같이 살겠다는 뜻의 '범凡'을 택해 백범이라 지었다.

민세民世 안재홍安在鴻은 신간회 조직에 참여한 데 이어 정약용의 《여유당전집》의 간행을 주도하고, 조선어학회 사건으로 2년 동안 감옥살이를 하는 등 독립운동을 한 선각자다. 민세라는 아호는 민족을 위해 살겠다는 '민民'과, 세계를 향해 나가야 한다는 뜻에서 '세世'를 취한 것이다.

의열단을 이끌어 일제의 간담을 서늘하게 했던 약산 김원봉은 첫째 아들 이름을 중국 중경에서 태어났다 해서 중근重根이라 짓고,

둘째아들은 해방 뒤 환국하여 서울의 철창 속에 갇혀 있을 때 태어났다 해서 철근鐵根이라 지었다.

반이승만 투쟁을 전개해온 야당인 서민호徐民濠는 몇 차례 감옥생활을 해야 했다. 그 과정에서 이승만 대통령에 대한 증오가 쌓여 감옥에서 손자의 이름을, 첫째는 치이治李, 둘째는 치승治承이라 지었다. 1960년 4.19혁명으로 석방되면서 치만治晚이라는 손자의 이름은 짓지 않게 되었다. 독재자 이승만을 다스리라는 염원을 담아 손자들의 이름을 지은 것이다.

박정희·전두환 군사정권과 싸우다 요절한 노동시인 김남주는 노동자들이 토·일요일에 쉴 수 있는 세상을 염원하면서 외아들의 이름을 김토일金土日이라 지었다. 김남주가 사망한 지 10여 년 만에 주5일제가 실시되었지만, 아직도 이런 혜택에서 소외된 노동자가 너무 많은 실정이다.

다산은 서재 이름과 관련하여 〈여유당기與猶堂記〉에서 다음과 같이 설명한다.

> 노자老子의 말에 "여與여! 겨울의 냇물을 건너는 듯하고, 유猶여! 사방이 두려워하는 듯하도다"라는 말을 내가 보았다. 안타깝도다. 이 두 마디의 말이 내 성격의 약점을 치유해 줄 치료제가 아니겠는가.
> 무릇 겨울에 내를 건너는 사람은 차가움이 파고들어와 뼈를 깎는 듯할 터이니 몹시 부득이한 경우가 아니면 하지 않을 것이며, 온 사방이 두려운 사람은 자기를 감시하는 눈길

이 몸에 닿을 것이니 참으로 부득이한 경우가 아니면 하지
않을 것이다.

여기서 '여與'는 의심이 많은 동물 이름이며 '유猶'는 겁이 많은
동물의 일종이다.

이긍익李肯翊(1736~1806)의 문필은 당대의 으뜸이었다. 실학과 고
증학자로 활약하고 조선근세사 연구에 조예가 깊었다. 그러나 신임
사화 때 온 집안이 화를 입어 벼슬길에 나가지 못했다. 여러 권의 책
을 썼으나 거듭되는 귀양살이로 대부분 소실되고《연려실기술燃藜
室記述》만 현재까지 전해지고 있다.

이긍익은 자기 서재에다 '연려실'이라는 현판을 붙였다. 이는
'지팡이에 불을 붙여 글을 읽는다'는 뜻으로, 궁핍한 선비의 서재를
가리킨다.《연려실기술》은 조선역대에 걸친 사건의 전말을 여러 책
에서 뽑아 기사체로 엮은 역사책이다. 공정성이 높이 평가받는다.
며칠씩 굶주리면서 빵 한 조각보다 촛불을 찾는 먼 나라의 두어자
나, 지팡이에 불을 붙여 글을 읽고자 한 이 땅의 책벌레나 책사랑,
글사랑은 한마음이다.

🐖 쉬운 글쓰기의 귀재 허균

조선시대 허균처럼 글을 쉽게 쓴 문인도 흔치 않을 것이다. 그는
'글은 뜻이 통하면 된다'는 내용의 〈문설文說〉에서 자신의 문장론
을 밝힌다.

《서경》의 홍범구주 따위의 글을 보았는가? 그것들은 가장 좋은 글이다. 여기에 장구章句에 갈고리를 달고 가시를 붙여 어려운 말로 교묘하게 꾸민 것이 있던가? 아니다. 공자 말씀이 "글은 자기의 의사를 충분히 나타내면 그뿐이다"고 했다. 옛적에는 글로 위아래의 뜻이 통하고 그들의 도를 실어서 전하였기 때문에 명백하고 정대하였으며 순절하고 정녕하였다. 그리하여 듣는 이로 하여금 또렷하게 그 가르친 뜻을 알게 하였다. 이것이 글의 용도다.

삼대의 육경과 성인의 글 그리고 황제 노자와 제자백가의 말은 모두 그 도를 논하였기 때문에 돌이 깨치기가 쉽고 저절로 마르지 않는다.

허균의 호는 흔히 교산蛟山으로 알려져 있지만 또다른 아호는 성소惺所다. 그는 마흔세 살 되는 1611년(광해 3년), 함열에 유배되었다가 풀려나 서울로 와서 잠깐 있다가 부안으로 내려갔다. 이 해에 그는 시문집《성소부부고惺所覆瓿藁》를 엮었다.

허균은 문집 서문에서 제호에 대해 "'부부고'라고 이름한 것은 그것들이 거친 찌꺼기여서 족히 취할 만한 것이 없기에 단지 장독이나 덮을 정도라는 뜻이요, 문장으로 일가를 이루지 못하여 후세에 전하지 못하기에 집集이라 하지 않고 고藁라 했다"고 설명했다. 자신의 호 '성소'에 '부부고'라 한 것은 장독이나 덮을 정도로 하찮은 문집이라는 겸양이었다.

🐟 공자가 절필하게 된 사연

70세가 넘도록 천하를 주유하며 말과 글을 통해 인의仁義를 가르쳐온 공자가 어느 날 쓰고 있던 《춘추春秋》의 집필을 중단했다. 절필을 단행한 것이다. 70세에 아들을 먼저 보내고 다음 해, 가장 학문을 좋아하는 제자라고 하여 아끼던 안회顏回가 죽었다. "하늘이 나를 버렸구나!"라고 안회의 관을 붙잡고 통곡을 할 만큼 그의 죽음은 슬픔이고 충격이었다. 제자들이 건강을 걱정하자 "내가 안회를 위해서 울지 않고 누구를 위해 울겠느냐!"고 말하며 곡을 그치지 않았다. 한 해 뒤에는 평생을 그림자처럼 붙어 다녔던 자로子路가 죽었다. 공자에게는 혈육과 아끼던 제자들의 죽음이 큰 충격이었을 것이다.

그런 속에서도 공자는 《춘추》의 집필을 멈추지 않았다. 슬픔을 견디면서 필생의 과제인 《춘추》를 한 줄 한 줄 써나갔다. 그런데 자로가 죽기 전에 '돌발' 사건이 생겼다.

애공哀公이 대야大野에서 사냥을 하다가 괴상하게 생긴 짐승 한 마리를 붙잡았다. 생전 처음 보는 짐승이었다. 애공은 공자에게 가져가 무슨 짐승인지 물었다.

공자가 살펴보니 기린麒麟이었다. 기린은 예부터 '불상지물不祥之物'로 여기는 상祥서로운 동물이다. 태평성세에 나타나는 동물로서 잘못 죽는 법이 없다는 전설을 갖고 있다. 이런 기린이 함부로 붙잡힌 것은 예사로운 일이 아니었다.

공자는 자신의 수명이 다했음을 직감했다. 그는 일생 동안 천하를 주유하면서 전란으로 피곤해진 백성들을 위무하고 '사람의 길'

을 가르쳐왔다. 때로는 '상가집 개'라는 비웃음과 핍박을 받아가면서 인의를 설파하고 학문과 예술을 가르쳤다. 어느 나라에서도 쓰임을 받지 못했지만, 그의 주유천하는 멈추지 않았고 유학의 전도는 약화되지 않았다. 어느 측면에서는 인간사의 구획을 공자 이전과 공자 이후로 구분할 수도 있을 것이다. 춘추전국시대의 중국은 이성보다는 격정, 왕도보다는 패도가 판치고 있었다. 국가는 국가들끼리, 개인은 개인끼리 쟁투를 일삼고 전쟁과 살육이 일상이 되던 시대였다. 공자는 이러한 시대에 나타나서 '사람의 길'을 가르치고 무력보다는 문치의 중요성을 일깨웠다. 72명의 훌륭한 제자들이 모여들고 학문과 예의를 배우고자 하는 사람이 구름처럼 몰려왔다. 하지만 권력자들은 여전히 인의를 멀리했고, 공자와 그의 제자들은 호구지책이 어려울 정도로 궁핍한 생활을 해야 했다.

공자가 자신의 운명이 다함을 예상하고 있을 때 자로의 부음이 들려왔다. 안회 못지 않는 자로의 부음은 기력을 잃은 공자를 재기불능 상태로 만들었다. 공자는 병석에 눕고 말았다. 쓰고 있던 《춘추》 역시 기린이 잡히는 데까지만 쓰였다. 후세인들은 기린이 잡힌 '획린獲麟'을 공자의 절필이라 부르게 되었다. '획린의 절필'이란 고사가 생기게 된 사연이다.

책, 나무 쓰러지는 비명

노촌老村 이구영李九榮(1920~2002)의 시에 〈위문송爲文頌─글을 노래함〉이 있다. 이구영은 일제 때 독서회사건으로 1년간 감옥 생

활을 하고, 해방 뒤 북으로 갔다가 다시 남으로 내려와 22년 간 복역
한 후 석방되어 '이문학회以文學會'를 이끌었다. '이문학회'라는 이
름은 "글로써 벗을 모으고 벗으로써 인을 돕는다以文學會 以友補仁"
는 논어의 글귀에서 따왔다고 한다. 노촌은 감옥에서 선대의 의병
기록을 번역하여《호서의병사적湖西義兵事蹟》을 편찬하고,《이강년
선생문집》등을 간행했다.
　다음은 노촌의 책과 글에 관한 시문이다.

　　글을 노래함
　　하늘에는 천문이 있고 땅에는 지문이 있으니
　　하늘엔 씨줄 땅에는 날줄 있어 그것이 인문이라

　　육경에 통달한 것은 성인의 글이요
　　제자백가 문장 이루니 곧 그들의 글일세
　　한퇴지는 진실로 중국에서 귀문을 열었고
　　연암은 우리나라에서 우리나라 글을 열었네

　　오늘의 교육이 아침저녁으로 변하니
　　나 홀로 부질없이 빗나간 세태를 탄식하네

　노촌의 글에는 〈책이 너무 많다〉라는 수필도 있다. "요즘 공해라
는 말이 유행인데 가히 '서적공해' '출판공해'라는 말도 있음직하
다. 어떤 작가는 책을 내고 나면 며칠 동안 꿈속에서 아름드리 나무

들이 쓰러지며 내는 비명소리를 듣는다고 한다. 그 가위눌림은 작가로 하여금 자신이 낸 책이 거기에 들인 몇 그루 나무의 생명에 값하는 내용을 담고 있는지 다시 되돌아보게 만들었다. 나는 그것을 한 결백주의자의 과민반응이라고 일축할 수만은 없었다. 자신의 말이나 뜻을 인쇄하여 길이길이 남긴다는 것은 그만큼 진중하게 다루어야 할 일이 아닐까."

역사상 남은
만가·제문·묘지명

        글자가 만들어진 이래 세상에는 참으로 다종다양한 글이 쓰였다. 인간만사에 부합되는 온갖 형태의 글쓰기가 있다. 산 사람을 두고 제문祭文을 지은 제자가 있는가 하면 자신의 묘비문을 써놓거나 만가挽歌를 지은 글쟁이도 있었다.

    중국 송나라의 학자 문천상文天祥이 원나라 연경 감옥에 3년 동안 갇혀 있을 때 제자 왕염오王炎吾가 '생제문'을 지었다. 제문이라면 죽은 자에게 드리는 글이기 때문에 산 사람에게 제문을 짓는 것은 흔치 않은 일이다. 왕염오는 문천상이 옥중에서 쓴 〈정기지가正氣之歌〉에 감복하여 당시 유교질서에 반하는 생제문을 지었다. 나는 이를 본떠서 몇 해 전 리영희 선생이 절필한다는 소식을 듣고 《경향신문》에 〈리영희 생제문〉을 썼다. 선생께 실례를 무릅쓰고.

    역사상 명문으로 알려진 만가·제문·묘지명 몇을 소개한다.

🐦 도연명이 임종 맞아 쓴 '만가'

흔히 전원시인으로 알려지고 명작 〈귀거래사歸去來辭〉로 귀에 익은 도연명陶淵明은 평생을 시 쓰기와 술로 지냈다. 혼탁한 세상이 역겨워서 술 안 마시고는 맨 정신으로 살 수가 없었던 것이다. 그래서 술로 울분을 달래고 자연을 관조하면서 평생을 지내며 죽기 직전에 〈만가시挽歌詩〉를 지었다.

만가(1)

태어나면 반드시 죽게 마련
빨리 가는 것도 제 운명이니라
엊저녁엔 같은 사람이었으나
오늘 아침엔 명부冥府에 이름 있더라
혼기魂氣는 흩어져 어디로 가나
시체는 텅 빈 관 속에 드네
아이들 애비 찾아 울고
벗들은 나를 쓸며 통곡하네
이제는 다시 득실 따지지 않고
시비도 아는 척하지 않노라
천년만년 후에는 누구도
잘살았다 못살았다 알지 못하리
오직 살아생전의 한은

마냥 술 마시지 못한 것뿐

만가(2)

전에는 술 없어 못 마셨거늘
이제는 공연히 술이 잔에 넘치네
봄 술 막걸리 쌀알이 떴거늘
다시는 마실 수가 없는 나니라
안주 수북한 상을 내 앞에 두고
벗들 곡하며 내 곁에 우네
말을 하려 해도 소리 안 나고
눈떠보려 해도 빛이 없네
이제는 황폐한 풀밭에 묻혔노라
일단 죽어 이승에서 나가면
끝없는 어둔 밤에 되돌아오리

만가(3)

황폐한 풀은 망막히 우거졌고
백양 또한 외로운 듯 자랐노라
엄한 서리 차가운 9월에 사람들은
나의 상여를 교외 멀리 전송하여라
사면에는 사람의 집 하나 없고

높은 무덤들이 우쭉비쭉 있어라

말도 하늘 우러러 울고

바람도 쓸쓸히 불어오네

무덤 구멍 한 번 닫히면

영원히 다시 아침 못 보리라

영원히 아침 다시 못 보는 것

현인이나 달인도 어찌할 수 없어라

여지껏 나를 전송해 준 사람들

저마다 집으로 돌아가거늘

간혹 친척 거듭 슬퍼하고

남들이 다시 만가를 불러 주나

이미 죽은 나는 말도 못하고

내몸 산에 묻혀 흙에 동화하리

🪶 구양수가 친구의 묘 앞에서 올린 제문

구양수歐陽修는 당송 8대가에 드는 문인이다. 그가 친구 석만경石
曼卿에게 올린 제문은 수많은 제문 중에서 명문으로 꼽힌다. 길지
않은 제문에서 두 사람 생전의 우의와 글 쓴 이의 인품 그리고 출중
한 문장력이 돋보인다.

치평治平 4년 칠월 모일, 저 구양수歐陽修가 삼가 상서도성
尚書都省 영사令史 이양李敭 선생을 태청太淸에 보내, 청주淸

酒와 좋은 안주를 제수祭需로 하여 고인이 된 친구 만경漫卿 묘 앞에 올리며, 제문을 지어 조문하노라.

아! 만경. 살아서 뛰어났으면 죽어서도 (그대로) 되는 법이라. 만물과 같이 생겨났다가 죽어서 다시 무無의 상태로 돌아가는 것은 잠시 모여 이루어진 육체요, 만물처럼 소멸되지 않고 우뚝 서 썩지 않는 것은 후세에 남겨진 명성뿐이로다. 예부터 성현께서 모두 이러하셨는데, 이분들이 서적에 기록되어 태양과 별처럼 빛나고 있지 않은가?

아! 만경. 내가 그대를 보지 못한 지 오래 되었지만, 그대의 평상시 모습을 보고 있는 듯하네. 의기당당하고 대범하며 뛰어나고 고매한 모습이, 땅에 묻혀도 썩어 흙으로 변하지 않고 금옥金玉의 정수精粹로 변할 것 같소. 그렇지 않으면 천 척尺 높이 솟은 소나무나 영지靈芝의 아홉 줄기로 태어날 것이오. 어찌 도깨비불이나 개똥벌레가 되어 연기 자욱한 황무지 덩굴이나 무성한 가시덤불 혹은 찬바람과 이슬 아래를 날아다니면서, 목동이나 나무꾼이 노래하며 오가는 것과 놀란 날짐승과 들짐승이 슬피 울고 배회하며 소리치는 것을 보겠는가? 지금 이렇다면 천년, 만년 후에는 여우와 담비 또는 다람쥐와 족제비 동굴이 되지 않으리라는 것을 누가 알겠소? 옛날 성현들도 모두 이러했소. 당신도 넓은 광야와 황폐한 성城에 늘어선 무덤들을 보았을 것이오.

아! 만경. 성쇠의 이치가 이러한 줄은 알고 있었지만, 옛 일을 생각하니 쓸쓸히 느껴져 불어오는 바람에 나도 모르게 눈물이 흐르오. 옛 성인께서 정情을 떠난 경지를 이룰 수 없어 부끄러움을 느끼오.

🎏 선조가 쓴 남명의 〈사제문〉

임금이 신하의 사망에 임하여 쓴 제문도 있다. 이런 사례는 역사적으로 흔치 않은 경우다. 선조는 남명 조식의 부음을 듣고 손수 〈사제문賜祭文〉을 지었다. 〈사제문賜祭文〉은 '제문을 내린다'는 뜻이다. 남명은 끝내 벼슬을 거부하고 초야에 묻힌 학자로 신하가 아닌 처사였다. 그럼에도 선조는 제문을 내리면서 자신을 제자로 겸양하는 '소자小子'라는 호칭까지 썼다. 새삼 남명의 학덕을 알게 하는 대목이다.

하늘이 이토록 문명된 학문과 제도를 버리니, 선비가 나아갈 바를 잃었다. 사람들은 진성眞性을 아로새기고, 순정淳情을 무너뜨려 세속에 아부했지만 공公은 뜻을 더욱 굳게 가져 끝내 변절하지 않았다. 문장文章은 여사餘事로 삼고 오직 대도를 향해 매진하니 그 도달한 경지가 홀로 높았다. …… 자기의 생각을 발표할 때도 의기가 순정純正하고 말과 글辭章에 위엄이 있었다. 누가 말했던가, 이는 봉황의 소리라고. 모든 사람의 입에서 재갈을 벗기니, 간신들의 뼈를 서늘하게 하였고, 뭇 벼슬아치들의 얼굴에 땀이 흐르게 하였다. 위엄은 종묘와 사직에 떨쳤고, 충성스런 분노는 조정을 격동

286

시켰다. 사람들은 조공曹公에게 위태롭다 걱정했지만, 공은 조금도 겁내지 않았다.…… 간당奸黨이 물러가고 현덕을 찾음에 공을 으뜸으로 부르니 백의로 마주하여 절실하고 긴요한 좋은 방책을 바치어 묻고 대답함이 산울림 같고 고기와 물이 서로 의지하고 기뻐하듯 하였다.…… 내 대통을 이은 뒤 일찍이 성망을 흠모하여 선왕의 뜻을 따라 초빙하였건만, 공은 더욱 멀기만 하니 내 정성이 부족했는지 부끄러웠다. 충성어린 소장疏章은 남이 감히 못할 말을 하였고 그로써 과인은 공의 학문이 깊고 넓음을 알았다. 이를 병풍 대신 둘러치고 조석으로 읽어 보며, 공이 오기만 하면 팔과 다리로 삼으려 했는데, 어찌 생각이나 했으리. 한 번 병들자 처사의 별이 빛을 잃을 줄이야. ……

누구를 의지해서 냇물을 건너며 어디에서 높은 덕을 보고 배울까. 소자小子는 어디에 의탁하며, 민생들은 누구에 기대할까. 생각이 여기에 미치니 슬픈 마음 가눌 길이 없다. 옛날 은둔한 선비들을 되돌아보니 그 시대마다 찬연히 빛났다. 허유許由와 무광務光이 교훈風聲을 세워서 당우唐虞 시대가 순박했고, 노중련魯仲連은 진나라의 폭정에 항거하였고, 엄자릉嚴子陵은 하나라의 기강을 세웠다.

한 사람의 절개와 지조로도 이같이 일세의 퇴폐를 막았거늘 하물며 금옥같이 곧은 미덕으로서야. 비록 몸은 두어 이랑 논밭에 서식했지만 세상의 경중을 한 몸으로 좌우하여 그 빛은 일대를 밝히고, 그 공은 백세에 남을 것이니 비록 사후에 영예직을 수여贈職하지만 어찌 예를 다했다 하겠는가?

지난 날 선왕께서 세상을 같이 하지 못하심을 한탄하시더니, 내 이제 그 말씀 되새겨 봄에 마음이 부끄럽다. 음성과 용모를 영원히 못 보게 되었으니 이 한스러움 어찌 헤아리리오. 남쪽 하늘 바라보니 산 높고 물만 깊고나. 하늘이 은둔한 선비를 아끼지 않아 나라의 대로大老가 잇달아 세상을 뜨니, 온 나라가 텅 비어 본받을 데 없음을 어찌하랴.

🐟 정철의 '율곡을 제사하는 글'

송강 정철(1536~1593)은 그의 정치적 행보와는 상관없이 〈사미인곡〉〈속미인곡〉〈성산별곡〉 등의 가사와 시조를 많이 지은 문인으로 더 잘 알려져 있다. 이이, 성혼 등 당대의 석학들과도 친교를 맺었다. 다음은 정철이 율곡이 죽었을 때 지은 제문 중 일부다.

애달프오이다! 공은 나라를 근심하는 한결같은 마음이 죽음에 임하여서도 조금도 쇠하여지지 않아서, 내가 문병을 갔을 때에 간신히 목숨이 붙어있었음에도 내 손을 잡고 간곡히 부탁하는 말의 내용이 모두 국사에 대한 것뿐이었소. 이러한 정신이 죽어서도 흩어지지 않고 응결되어 있다면, 그것은 상서로운 구름과 단비로 변하여 이 나라에 풍년이 들게 해줄 것이고, 백성으로 하여금 배불리 먹고 배를 두들기며 태평성대를 누리게 할 것이 아니겠소?

그렇지 않으면 몰아치는 바람과 번쩍이는 천둥으로 변하여 도깨비나 잡귀들을 자취도 없이 물리치도록 하지 않겠소? 또 성인의 상징인 기린이나 봉황이 되어 만 가지 복을 몰아다 주지 않겠소? 또는 큰 산이나 높은 멧부리가 되어 우리 도읍지를 수호하여 천 년 만 년 동안 국운을 뻗치게 할지 어찌 알겠소? 나의 생각으로는, 공의 영혼은 반드시 위의 네 가지로 변하여 모르는 사이에 우리를 도와주고 보살펴줄 것으로 믿소. 결코 용렬한 무리의 영혼과 같이 살아서 겨우 벌레처럼 꿈틀거리다가 죽어서는 바람에 날리는 연기처럼 그렇게 허무하게 사라지지 않을 것임을 나는 믿소.

아하! 공의 죽음을 애도하다 보니 갑자기 살고 싶은 생각이 없어져 버렸소이다. 마치 짝을 잃은 외로운 새와 같이 육체와 그림자만이 서로 의지하는 처지가 되었소. 그것은 줄만 남은 거문고나 구멍 없는 통소와 같아서 아무리 줄을 퉁기고 바람을 불어넣어 보아도 더 이상 쓸모가 없게 되었으니 어찌하면 좋겠소? 이제 모든 것이 끝나버렸소이다.

아하, 슬프오! 벗은 본래 핏줄로 맺어진 사이도 아니거늘 어쩌면 이리도 슬프단 말이오? 내가 사는 서호西湖에 조수가 밀려오고, 동산에는 달이 떠올랐소. 봉래산의 오색 구름은 예나 같은데 애달프오이다! 우리 숙헌은 언제 돌아온단 말이오? 드리고 싶은 말을 끝내고 술잔을 올린 뒤에 큰 소리로 부르짖습니다. 부디부디 흠향하소서.

🐟 한유의 '유종원 묘지명'

중국의 대표적인 묘지명의 하나는 문호 한유韓愈가 쓴 유종원柳宗元의 묘지명이다. 당나라 시대의 문호 유종원의 자는 자후子厚다. 그는 감찰어사를 거쳐 예부 원외랑을 지냈다. 그러나 정쟁으로 유주지사로 좌천되었다가 사망했다. 다음은 한유의 유종원 묘지명을 발췌한 내용이다.

> 자후께서는 젊었을 때부터 다른 사람 돕는 데 매우 용기가 있었고, 자신을 중요하게 생각하지 않아야 일이 빨리 이루어진다고 여기다가 마침내 죄를 입고 관직에서 쫓겨나셨습니다. 관직에서 쫓겨난 후 이해해 주는 사람도 없고, 역량 있는 지위에 있는 사람의 천거나 제휴도 없어, 궁벽한 변경 지방에서 돌아가셨습니다. 당시에는 인재가 사회에서 쓰임 받지 못했고 올바른 도道도 통하지 못했습니다.
> 만약 자후께서 상서성尚書省에서 관리로 계실 때, 처신을 잘하셔서 사마司馬와 자사로 있을 때처럼 행동하셨다면, 추방 당하지는 않았을 것입니다. 추방당하였을 때도 능력 있는 사람들이 그를 추천하여 다시 기용했다면, 어려움을 당하지 않았을 것입니다. 그러나 자후께서 추방당한 지 얼마 안 되었고 어려움도 극에 달하지 않았으니, 학문과 문장이 다른 사람들보다 뛰어났을 지라도, 자신의 노력만으로 지금처럼 후세에 전해질 정도로 될 수 없다는 것은 분명합니다.

만약 자후께서 그의 소원을 이루게 해서, 한 시대의 장상將相이 되게 했다고 합시다. 장상이 되어 부귀영화 누리는 것과 후세에 문장이 전해지도록 하는 것을 바꾼다면, 어느 것이 좋고 나쁜지 누구나 알 수 있습니다. 자후께서 원화元話 14년 11월 8일에 돌아가셨는데, 연세가 마흔 일곱이었습니다. 원화 15년 7월 10일, 만년현萬年縣으로 운구運柩되어 선인의 묘 앞에 안장되셨습니다. 아들이 둘 있는데, 큰 아들 주육周六은 겨우 네 살이고, 작은 아들 주칠周七은 자후께서 돌아가신 뒤에 태어났습니다.

딸도 두 명인데, 모두 나이가 어립니다. 그의 운구를 안장하는 데 드는 비용은, 하동河東 관찰사이신 배행립裵行立께서 내셨습니다. 행립行立께서는 지조가 있으시고 승낙을 신중히 하시는 분이셨습니다. 이 분과 자후는 친분 관계가 두터우셨고, 자후 역시 이 분을 위해 온 힘을 다하시다가 돌아가신 후에 그의 도움을 받으셨습니다.

자후를 만년현萬年縣에 있는 선조묘소가 있는 곳에 장례를 치른 사람은 외사촌 아우인 노준盧遵입니다. 그분은 탁주출신으로 성격이 신중하고 학문을 좋아하셨으며, 자후께서 좌천된 이래로 함께 살면서 죽을 때까지 그를 떠나지 않았습니다. 자후를 안장한 후에도 그를 대신하여 집안을 다스렸으니, 시작할 때부터 끝을 맺을 때까지 변함이 없었다고 할 수 있습니다. 묘비명에 "여기가 자후의 집이다. 견고하고 안전하니, 그의 후손에게 이로움이 있으리라"고 했습니다.

🐾 김성일의 '퇴계 선생 조문'

퇴계 이황의 수많은 조문 중에는 제자 김성일金誠一의 글이 일품이다.

> 쉽고 명확한 것은 선생의 학문이요, 정대하여 빛나는 것은
> 선생의 도道요, 따스한 봄바람 같고 상서로운 구름 같은 것
> 은 선생의 덕이요, 무명이나 명주처럼 질박하고 콩이나 조
> 처럼 담담한 것은 선생의 글이었다.
> 가슴 속은 맑게 트여 가을 달과 얼음을 담은 옥병처럼 밝고
> 결백하며, 기상은 온화하고 순수해서 금과 아름다운 옥 같
> 았다. 무겁기는 산악과 같고 깊이는 깊은 샘과 같았으니, 바
> 라보면 덕을 이룬 군자임을 알 수 있었다.

🐾 안정복의 '성호 선생 조문'

성호 이익이 세상을 떠났을 때(1763년), 그의 문인門人 안정복安鼎
福은 다음과 같이 애끓는 조문弔文을 지었다.

> 강의독실剛毅篤實, 이것은 선생의 뜻이요, 정대광명正大光
> 明, 이것은 선생의 덕이요, 선생의 학學은 정심굉박精深宏博
> 하고 그 기상은 화풍경운和風景雲이요, 그 금회襟懷는 추월
> 빙아秋月氷壺였습니다. 그런데 이제 다시는 선생을 뵈옵지

못하게 되었으니 장차 어디에 돌아가 의지하겠습니까.

안정복(1712~1791)이 누군가. 일찍부터 벼슬길을 포기하고 학문에 전념하여 경학은 물론 역사·천문·지리·의학 등 광범한 분야에 폭넓은 지식을 가졌던 인물이다. 안정복은 성호에게서 학문을 배워 실학을 깊이 연구했다. 특히 역사학에 전념하여 종래의 잘못된 역사지리학을 세밀하게 고증한《동사강목》을 저술했다. 문집으로《순암집順菴集》이 있으며 스승의 글을 모은《성호사설유선》을 편찬하기도 했다.

성호는 한국고대사의 정통이 고조선으로부터 삼한三韓, 특히 마한馬韓으로 이어진다는 학설을 폈다. 성호의 정통론을 발전적으로 계승한 안정복은 한국사의 정통을 단군조선, 기자조선, 통일신라, 고려로 보았다. 고구려·백제·신라 3국은 동등한 자격을 가지고 있어 어느 한 나라에 정통을 줄 수 없으므로 무통無統으로 처리했다.

다음은 스승을 사모하는 짧은 조문이지만 긴 여운을 남기는 글이다.

사람은 가고 권력이나 부귀도 어김없이 사라진다. 남는 것은 글이다. 글이라고 하여 다 남는 것도 아니다. 쓸 만한 사람이 제대로 쓴 글이라야 오래도록 남는다. 오랜 생명력을 갖는다.

문질빈빈한
글이라야 산다

🐟 만권루 짓고 참글 쓴 야인 이하곤

담헌 이하곤李夏坤(1677~1724)은 진사시 장원에 이어 생원시에도 합격하여 출세가 보장된 문인이었다. 그러나 몇 차례 관직에 천거되었으나 출사하지 않고 서울과 지방에서 독서와 산천을 유랑하며 살았다.

이하곤은 '만권루萬卷樓'라 이름 지은 서재에 만 권의 서책을 쌓아놓고 책읽기와 글쓰기에 열중했다. 32세 때 사마시司馬試에 합격하고 출사의 뜻을 보이기도 했지만 정국의 변화로 꿈을 접고 야인 생활로 종생했다.

이하곤이 얼마나 서책을 좋아했는지는 그의 아들이 쓴 해장에서 잘 나타난다.

유독 서적을 혹애하여 누가 책을 파는 것을 보면 옷을 벗어서라도 그것을 구입했다. 장서가 거의 만 권에 이르렀는데, 위로 경사자집經史子集으로부터 아래로 패관소설·의복醫卜·석노釋老의 서책에 이르기까지 갖추어두지 않은 것이 없었다. 그리하여 몸소 비점을 찍는다거나 평어를 붙인다거나 하며 섭렵 관통해서 비록 병석에 있을 적에도 일찍이 하루나마 손에서 책이 떠난 일이 없었다.

책을 좋아했던 이하곤의 글쓰기 원칙은 '진문眞文'이었다. 그에게는 '참된 글쓰기'가 필생의 포부였다. 지우知友에게 보낸 편지글에서 '진문'의 의미가 잘 드러난다.

대저 문文이란 실實의 화華다. 그 실이 심중에 축적된 것이 이미 충문하여 깊고 두터운즉 그 문의 밖으로 나타난 것이 반드시 찬란히 빛나게 될 것이다. 이른바 실이란 다름 아닌 인의 효제孝第와 충신·예악의 도며, 이른바 문이란 그 도를 천하 후세에 밝혀 언어로 표현되고 서책에 드러나는 것이다.

이하곤은 〈두타초頭陀草〉라는 문집을 남겼다. 두타는 낙향해서 살던 곳의 산 이름이며, 간행되지 않은 필사본 상태의 글이어서 〈두타초〉라 했다. 이하곤은 〈두타초〉에서 글쓰기의 정신을 역설한다.

'문'은 하기 매우 어려운 것이다. 비록 출중하고 반짝이는 재주가 있더라도 심오하고 초월한 생각이 없으면 나의 부여받은 재주를 다듬어낼 수 없으며, 비록 심오하고 초탈한 생각이 있더라도 출중하고 반짝이는 재주가 없으면 또한 나의 가진 의사를 펼쳐낼 수 없다. 그러나 '재'와 '사' 두 가지는 서로 어울려 작용하는 것이다. 그러나 오히려 기다리는 바 있으니 반드시 근학勤學을 한 연후라야 가능하다.

'만권루'는 조선후기 선비 사회에서 많은 화제를 남겼다. 워낙 다양한 서책과 서화, 골동품 등이 많아서 그만큼 화제가 풍성했던 것이다. 《임하필기林下筆記》라는 책에는 '만권루'에 대해 다음과 같은 내용이 담겨 있다.

> 초평草坪에 만권루가 있다. 이하곤 공이 축조한 것이다. 고금의 서적으로부터 의약·복서·명필·고화 여러 백 질을 수장하여 이름을 붙였으니 익재 선생의 고사를 따른 것이다. 전하여 백 년에 이른 지금 많이 산일되고 남은 것은 단지 숙종 이전 명현의 문집이 있을 뿐이다.

"누가 책을 파는 것을 보면 옷을 벗어서라도" 그것을 구입할 만큼 책을 사랑했던 이하곤, 그러나 그는 단순히 애서가만은 아니었다.

이하곤은 글을 쓸 때 재·학·식 삼장三長을 바탕으로 하고, 천지 간의 만물·만사·유형·무형에 걸치는 광활한 지식의 섭취를 통해

유儒·석釋·도道의 가르침과, 음양·복서·의약·성력星曆의 학설에 이르기까지 그 원류를 탐색하라고 주장했다. '참글' 쓰기가 얼마나 어려운 일인가를 보여준다.

　동시대를 살았던 문인 김도수金道洙는 이하곤의 부음을 듣고 〈담헌의 죽음을 슬퍼하며〉라는 조시를 지었다. 다음은 시의 앞 부문이다.

　　담헌 이 분은 진실로
　　호걸스런 선비의 풍모 지녔도다
　　기안氣岸이 뇌락하니
　　그 이의 안중에 천하도 공空이라네

　　일평생의 독서는
　　과거 따내는 사람을 만들지 않으니
　　부귀영화를
　　가을하늘 기러기에 붙였어라　　(임형택,《우리 고전을 찾아서》)

🐟 긴 뜻을 짧은 글에 담기

　중국 전국시대에 한 군왕이 이웃 나라들을 정벌하여 제국을 세웠다. 군왕은 대업을 이룬 기념으로 책을 펴내기로 하였다. 책도 보통 책이 아니라 인간의 역사를 담은 책, 바로 '인간사人間史'에 관한 책이었다. 인간의 역사, 그 장엄한 파노라마를 모두 엮는다는 거대한 프로젝트였다. 그래서 천하의 학자·문사들이 총동원되어 인간사를 정리했다. 정리하다 보니 수백 권이 되었다. 그러나 이를 받아본 군왕은 책을 되돌렸다. 일반 백성들이 어느 결에 이 엄청난 분량의 책을 모두 읽을 수 있겠느냐는 이유였다.

학자와 문사들은 다시 힘든 작업을 시작했다. 하지만 '인간사'란 워낙 복잡하고 다양하기 때문에 줄이는 일이 쉽지 않았다. 여러 달 동안 줄이고 압축했지만 그래도 책은 수십 권에 이르렀다. 군왕은 같은 이유에서 책을 다시 되돌렸다. 이렇게 하기를 수차례 반복되었다. 결국 학자와 문사들이 머리를 짜고 지혜를 동원해 마련한 내용이 '고苦'자 한 마디였다. 인간사란 결국 고통이라는 결론이었다.

이 사화史話의 의미는 정의하기도 정리하기도 쉽지 않은 인간의 역사에 대한 비유지만, 다른 한 켠은 '압축'에 관한 의미 부여다.

간혹 작가들 중에는 단편이나 중편으로 정리해도 될 스토리를 길게 늘어뜨리고, 학자들 중에는 자신의 연구성과를 전개하기보다 외국 학자들의 주장을 장황하게 소개하는 경우가 있다. 긴 글을 압축하는 것, 장황한 내용을 줄이는 것도 참 글쟁이들의 역할의 하나일 것이다.

《대반야경大般若經》을 260여 글자로 압축하여 《반야심경》을 만든 이도 있고, 《팔만대장경》을 요약하면 '만법귀일萬法歸一' 넉자면 족하다고 한 이도 있었다. 공자는 천하를 유세한 유학의 경전을 두고 "오도吾道는 일이관지一以貫之"라고 정리했고, 석가는 장엄한 득도의 경문을 '일체무상一切無常'이라는 일구로 요약했다.

어떻게 하면 자신의 생각을 짧은 글로 표현할 수 있는가, 어떻게 하면 복잡한 상태를 평이하게 정리할 수 있는가, 어떻게 하면 짧게 자기 뜻을 타인에게 제대로 전달할 수 있는가, 이것은 결국 글쓰기의 요체가 될 것이다.

🖋 베이컨의 '심성을 치료하는 독서'

영국의 정치가·철학자 베이컨(1561~1626)은 근대 경험론의 선구자다. 데카르트와 함께 근대 철학의 시조로도 불린다. 대표작은 《수상록》과 《노붐오르가눔》 등이 있다. 다음의 인용문은 《수필》에 나오는 〈심성을 치료하는 독서〉의 요지다.

독서가 심성을 치료한다는 주장은 베이컨이 처음 제기한 이래 많은 연구가 이루어져 왔다.

> 어떤 책을 읽을 때, 그것에 대하여 반대하거나 논박하는 것을 목적으로 해서는 안 된다. 그렇다고 해서 일일이 다 신용하여 몽땅 그대로 받아들여서도 안 된다. 사고와 관찰을 위해서 적절한 도움을 받는다는 입장에서 읽어야 한다. 책에는 여러 가지 종류가 있다.
> 어떤 책은 그 풍미를 감상할 만하고, 어떤 책은 꿀꺽 삼켜야 하고, 어떤 책은 잘 씹어서 소화를 시켜야 한다. 다시 말하면 어떤 책은 그 일부분을 들여다보고서 특징을 파악하면 그만이고, 어떤 책은 통독할 필요가 있으나 자세히 음미할 필요는 없으며, 어떤 책은 연구적인 태도로 읽을 필요가 있

다는 말이다.

그리고 남을 시켜서 대신 읽게 한 뒤에 얘기를 듣거나, 남이 발췌한 부분만을 읽어도 되는 책도 있다. 하지만 그것은 중요하지도 않고 고상하지도 않은 책이다. 일반적으로 책을 요약하거나 발췌를 하면 무미건조해지기가 쉽다. 증류수처럼 아무 맛이 없다.

이리하여 독서는 충실한 사람을 만들고, 담화는 기민한 사람을 만들고, 필기는 정확한 사람을 만든다. 따라서 필기를 적게 하는 사람은 기억력이 좋아야 하고, 담화를 적게 하는 사람은 임기응변의 재능이 있어야 하고, 독서를 적게 하는 사람이 교양이 있는 것처럼 보이기 위해서는 모르는 것도 알고 있는 것처럼 말하는 민첩한 태도가 필요하다.

학문의 내용에 관해서 얘기하면, 역사는 사람을 현명하게 하고, 시인의 작품은 사람의 감수성을 발달시키고, 수학은 예민하게 하고, 과학은 심원하게 하고, 윤리학은 묵직한 인품을 만들고, 논리학과 수사학은 토론에 능숙하게 한다.

옛말에도 있는 것처럼 '학문은 인격을 형성'한다. 그리고 육체의 질병을 교정하는 적당한 운동이 있는 것과 마찬가지로, 지능의 어떤 장애나 고장에 대해서도 그것을 극복하는 데 도움이 되는 적당한 학문이 있다. 이를테면 투구投球는 결석結石과 신장에 좋고, 보행은 소화기관에 좋고, 수렵은 호흡기관에 좋고, 승마는 머리에 좋은 것처럼 마음이 산란한 경우에는 수학을 공부하는 게 좋다.

수학적 증명을 하려면 마음이 침착해야 하기 때문이다. 사리를 분별하는 힘이 부족한 경우에는 스콜라 학문을 공부하는 게 좋다. 그들은 '조그만 깨알을 더욱 세밀하게 분석하는 사람들'이기 때문이다. 복잡한 문제에 대해서 적절한 판단을 내리는 일에 능숙하지 못한 경우에는 법률의 판례를 연구하는 게 도움이 될 것이다. 이와 같은 우리 심성의 모든 결점에 대해서도 그것을 치료하는 적절한 방법이 있다.

🐟 소명태자의 '문질빈빈' 글쓰기 정신

고대 중국문학의 성과를 총괄하여 처음으로 순수문예 총집《문선文選》이란 책을 펴낸 사람은 소명태자昭明太子. 양나라 무제의 아들로 태어나서 궁중에 3만 권의 책을 수집해놓고 왕도보다 문도의 길을 택한 보기 드문 인물이다. 소명태자는 어려서부터 총명하고 책읽기를 좋아하여 귀한 신분이었는데도 교만하거나 방종한 태도를 보이지 않았다. 그의 아버지 무제도 대단한 문학적 소양을 지닌 군주였고, 주변의 대신들도 당대의 문학가들이어서 궁중이 거대한 문원을 이루었다. 중국의 역대 황실에서는 흔치 않는 풍경이다.

소명태자는 스스로를 조비曹조에 비하면서 주위에 7명의 문사들을 두고 이들을 '건안칠자'에 비유했다. 또 친동생 간문제 역시 글을 좋아해서 조식曹植에 비견할 만했는데, 이들 형제는 권력을 탐하는 대신 문예를 즐겨 지난날 조비·조식 형제와는 크게 달랐다. 세상에서는 조조·조식·조비의 이른바 '삼조'는 많이 알려진 반면 이들 부자 형제는 덜 알려진 편이다.

소명태자는 《문선》을 편찬할 때 중국 고대·중세시기에 나타난 각종 작품들을 엄선해 실었다. 작품 선정의 기준은 이른바 '문질병중론文質竝重論'이었다. 문자가 지나치게 소박하면 질박한 내용만 있을 뿐 아름다운 형식이 없어 천박하고 문체가 없게 된다는 것이다. 반대로 너무 형식의 아름다움만을 추구하여 내용의 건강성을 홀대하는 것 역시 경박하고 공허한 잘못을 면하기 어렵다고 했다.

따라서 반드시 형식과 내용이 서로 조화를 이루고 혼연일치를 이루는 '문질빈빈文質斌斌'의 경지에 도달해야만 진정한 문학이 될 수 있다고 보았다. 이러한 원칙에서 골라 편찬한 것이 《문선》이었다.

소명태자의 이와 같은 문학사상이 잘 나타나는 글이 일곱째 동생에게 보냈던 〈상동왕湘東王에게 보내는 회신〉이다. 다음은 편지의 일부문이다.

> 대저 문장이란 지나치게 예스러운 소박함을 추구하면 거칠고 저속하게 되고 지나치게 화려하면 또 내용이 없어 경박해진다. 만약 아름답되 지나치게 넘치지 않고 예스러이 소박하되 저속하지 않아 형식과 내용이 조화롭게 빛난다면, 진정 군자의 지극한 풍도가 있다 하겠다. 내 늘 이렇게 문장을 짓고자 하였으나 애석하게도 공부가 부족했다.
> 네가 지은 몇몇 문장을 보니 참으로 나의 뜻과 부합됨이 있어 이렇게 편지를 써 그 뛰어남을 기리는 바이다.

편지의 원문에 나오는 '전이불야典而不野 문질빈빈文質斌斌'이라는 대목이 글의 핵심이다. "예스러이 소박하되 저속하지 않아 내용과 형식이 조화를 이룬다면" 지극한 군자의 풍도가 나온다는 것이다. 소명태자는 진정 글 쓰는 묘체를 아는 문사였다. 그러나 하늘이 이런 문사의 재능을 시기했던지, 한참 활동할 나이인 31세에 병사하고 말았다. 애석 또 애석한 노릇이다.

🐟 소로우의 '수정처럼 투명한' 산문정신

미국식 물질문명과 기계문화 속에서 헨리 데이비드 소로(1817~1862)와 같은 인물이 태어난 것은 기적에 가깝다. 한국에도 잘 알려진 그의 작품《월든》과《야생사과》등은 베스트셀러가 되기도 했다.

소로우는《시민불복종》에서 나타나듯이 인권운동가고 노예해방론자다. 그리고 멕시코와의 전쟁을 반대하는 등 반전운동을 하기도 했다. 또 "그는 자연을 인간의 언어로 옮겨놓기 위해 태어났다"라고 일컬어질 만큼 독보적인 산문작가였다. 소로우의 진경眞景은 바로 이 분야라 해야 할 것이다. 그는 "자신의 글에서 야외의 향기가 나야 한다"는 주장을 펴면서《콩고드 강과 메리맥 강에서 일주일》에서 다음과 같이 속내를 드러냈다. "나는 이 책에서 서재와 도서관, 심지어 시인의 다락방 냄새조차도 나지 않고 오직 들판과 숲의 냄새만 난다고 믿는다. 또 이 책은 지붕을 덮지 않은 채 창공 아래 펼쳐놓고 사철 풍상을 겪게 만든 야생의 책이어서, 어떤 서가에서도 보관하기가 쉽지 않을 것이다."

소로의 글쓰기 정신은 '진실'이었다. 그는 "작문의 단 한 가지 원칙은, 내가 수사학 교수라면 이 점을 끝까지 역설하겠는데, 진실을 이야기하는 것이다. 이것이 첫 번째이자 두 번째요, 그리고 세 번째 대원칙이다"라고 말했다.

주제의 선택에 있어서도 지극히 평범하다. "주제는 아무것도 아니다. 생활의 모든 것이다. 나에게 단순하고, 값싸고, 소박한 주제를 달라. 나는 평범한 것을 기술한다. 이것이 그 무엇보다도 매력적이고 진정한 시의 주제다. 나에게 무명의 생활, 빈자와 천민의 오두막집, 세상의 평범한 나날들, 메마른 들판을 달라."

소로는 시인으로서 '삼류'라고 겸양했지만 시인으로 살고자 했고, 실제로 여러 편의 시를 지었다. 그는 "나는 타고난 시인이다. 의심할 여지없이 삼류지만 그래도 시인이다. 내 노래는 확실히 거칠고 거의 산문에 가깝다. 그러나 나는 영혼과 물질 간에 형성되고 있는 교감의 예민한 감지자요. 열렬한 애호가라는 점에서 한 사람의 시인이다"라고 말했다. 그럼에도 불구하고 소로는 대단히 우수한 산문가였다. '자연을 담아낸' 최고의 시는 결국 그의 산문이었다.

> 위대한 산문은 같은 수준에 있는 위대한 시보다 더 큰 존경심을 불러일으킨다. 왜냐하면 위대한 산문을 쓰는 작가들은 좀더 영속적이고 고귀한 사상을 생활 속에서 실천해나가기 때문이다. 시인은 스파르타인처럼 갑자기 침입했다가 사라지지만, 산문작가는 로마인처럼 정복해서 식민지를 세운다.

따지고 보면 생명력이 길고 후대에 영향력이 큰 작품의 다수는 산문이다. 소로의 우수한 작품도 대부분 산문이다. 자연의 신선함과 야생성으로 문학에 새로운 맛을 첨가한 소로의 산문이 성공을 거둘 수 있었던 것에 대해 문학 비평가 스티븐슨은 다음과 같이 말했다. 그리고 소로에게 적대적이었던 비평가 로웰은 이렇게 감탄했다.

다 익은 과일이 떨어지듯이 완벽한 표현이 저절로 우러나올 수 있었던 것은 오직 생각이 충만했기 때문이다. 또 소로가 그렇게 태연히 앉아 글을 쓸 수 있었던 것은 산책하면서 정력적으로 활동했기 때문이다.　　　　　(스티븐슨)

적어도 그의 글 중 가장 뛰어난 부분에 있어서는 필적할 만한 다른 작가의 글을 찾아보기 어렵다. 그의 시야는 좁지만, 그래도 그는 대가다. 소로의 문장은 완벽하고 생각은 수정처럼 투명하다. 게다가 그가 사용하는 은유와 이미지는 언제나 막 땅에서 캐낸 듯 신선하다.　　　　　(로웰)

소피스트와
궤변론의 원류

　　　　　　　기원전 5세기 무렵 아테네에는 자유민으로서 교
양이나 학예, 특히 변론을 가르치는 일을 직업으로 삼던 사람들이
있었다. 프로타고라스, 고르기아, 제논 등이 대표적이다. 중국에서
는 기원전 4세기에서 기원 3세기까지 공손룡公孫龍과 혜시惠施 등이
대표적인 궤변론자들이었다.

　소피스트나 궤변론은 철학을 개념의 유희로 전환하고 철학적 논
의나 논쟁에서 궤변을 주된 수법으로 삼는 것을 말한다. 현대적 의
미로는 상대방을 이론으로 이기기 위해 상대편의 사고思考를 혼란
시키거나 감정을 격양시켜 거짓을 참인 것처럼 꾸며대는 논법을 말
한다. 당초에는 논변술의 하나이던 소피스트(궤변론)가 자기 이익을
위하여 변론술을 악용하는, 그리하여 궤변가를 뜻하게 되었다.

　그리스에서는 자연 철학자들을 소피스트라 불렀는데 이 말은 원
래 지자知者 또는 현자賢者라는 의미로 쓰였다. 소피스트학파는 변

증법이나 '역설의 논증'을 통해 젊은이들에게 지식이나 웅변술을 가르쳤다. 그러나 '소피스트학파'라는 말은 나중에 언변을 농하는 사람이라는 경멸의 뜻으로 쓰이게 되었다.

제논을 비롯한 일군의 소피스트들은 인간과 사회에 대해 처음으로 광범위한 관심을 나타냈으며 자유주의를 주장했다. 이들은 그리스의 종족 배타성을 비판했고 일반인의 자유와 권리에 대해 진보적인 견해를 갖고 있었다. 또 그들은 전쟁의 무모함과 아테네인의 국수주의를 비난했다. 그들은 사람들에게 종교나 도덕적인 것보다 토론하는 기술과 그에 필요한 여러 가지 지식을 가르쳤다. 자신들이 가지고 있는 의견을 변론기술로 효과적으로 전달할 수 있는 방법을 가르친 것이다.

🦁 제논의 역설과 사자 이야기

소피스트의 원조 격인 제논에 관해서는 이렇다 할 자료가 남아 있지 않다. 후대 연구가들이 여기저기 산재된 단편을 꿰어 맞춘 것들뿐이다. 다음의 인용도 그런 사례의 하나다.

등장인물(동물) : 제논, 제자, 사자
장소 : 엘라아에 있는 제논의 학교

제자 : 스승님! 거리에 사자가 나타났습니다.
제논 : 아주 훌륭해! 자네가 지리학을 제대로 터득했군. 그리

니치에서부터 측량한 자오선 15°는 포세이돈 신전에서 아고라로 향하는 대로大路와 일치하지. 그러나 자네는 그것이 단지 상상속의 선線이라는 것을 잊어서는 안 되네.

제자 : 아닙니다. 스승님! 저는 지금 다른 이야기를 하고 있습니다. 진짜 사자, 동물원의 사자가 학교를 향해 오고 있습니다.

제논 : 나의 제자여! 자네는 지리학에 정통함에도 불구하고 철학은 조금 부족한 편이군. 현실적인 것은 상상적인 것이 될 수 없고, 상상적인 것은 현실적인 것이 될 수 없다네. 있는 것(존재)은 있고, 없는 것(비존재)은 없는 거야. 그것은 내가 존경하는 스승님 파르메니데스께서 증명하셨고, 나 자신이 자네에게 전해주고자 하는 진리라네.

제자 : 스승님 용서하십시오. 제가 너무 서두르고 흥분하여 스승님과 우리 학교에 어울리지 않게 감정 표현을 애매하게 했습니다. 스승님께서 저희들에게 가르쳐주셨던, 비존재에 의해 만들어진 덫 (즉 사고와 언어 사이에 있는 소용돌이) 속으로 단 한번 제가 빠져들었습니다. 제가 말씀드리고자 했던 것은 동물원에서 도망친 사자 두 마리가 무서운 속도로 학교를 향해 돌진해오고 있어 곧 여기에 도착할 것이라는 사실입니다.

(사자가 가까이 오고 있다)

제논 : 오, 나의 제자여! 나는 인간 지성의 완고함과 그 지성이 진리와 비교될 수 없음을 생각하느라고 괴롭네! 게다가

나는 도제徒弟가 되기 전의 수습기간을 지금의 30년에서 40년으로 연장시켜야겠다는 점을 깨달았네. 사자는 그것의 존재는 가능할지 모르지만, 그것이 현실적으로 달리는 것은 불가능하네. 게다가 여기에 현실적으로 도달한다는 것은 더욱 있을 수 없는 일이네!

제자 : 스승님······.

제논 : 동물원에서 이곳 엘레아 학교까지 오기 위해서는 사자가 처음 있던 곳에서 그 거리의 반을 지나야만 되지?

(사자는 그 반半의 거리를 지났다)

제논 : 그러나 사자는 그 반의 거리를 지나기 전에 그것의 반의 거리를, 그리고 그 반에서 또 반의 거리를 지나야 하네. 그래서 사자는 동물원에서 학교까지의 거리를 반으로 계속 나눈 무한의 점을 다 지나야 되지. 따라서 사자는 학교까지 오는 거리의 극히 작은 부분을 통과하기 위해서 무한한 시간 이전부터 그의 여행을 시작하지 않을 수 없다네.

(사자가 학교 마당으로 뛰어들었다)

제자 : 오, 스승님! 달려옵니다. 달려와요. 사자가 저기 달려옵니다.

제논 : 이리하여 우리는 귀류법歸謬法에 의하여 사자는 그 여행을 절대로 출발할 수 없다는 것을 증명했네. 자네들이 쓸데없이 고통으로 가득 채운 그것은 환상일 뿐이네.

(제자는 이오니아식 원주圓柱로 기어 올라갔고, 사자는 제논을 삼켜버렸다)

제자 : 뭐가 뭔지 하나도 모르겠군. 스승님의 논증에 결점은 없었던 것 같은데…….

이것은 제논의 역설이 얼마만큼 현실과 어긋나는지를 비유할 때 자주 인용되고 있는 논법이다.

🐾 공손룡의 명학과 논증

공손룡 등 중국의 궤변학파는 명학名學에는 명名이 있음으로써 형形을 알 수 있고 형이 있음으로 인하여 명을 규정할 수 있다고 했다. 명으로써 실물이 어떠한 것인가를 검토하고 실물로써 명칭이 결정된다는 것이다. 이것은 사물의 정의를 확정하고 명칭과 사물과의 차이를 없애기 위한 것이다. 즉, 명학은 명칭에 포함되어 있는 개념을 분석하고 명칭과 사물과의 관계에서 개념과 실체의 관계를 논하는 것이다. 몇 가지 사례를 살펴보자.

- 알卵에는 털毛이 있다. 알에서 새가 생기고 털이 돋는다. 그러므로 알에는 털이 있다.
- 백구白狗는 검다. 왜냐하면 눈이 큰 개는 대구大狗요, 눈이 검은 개는 흑구黑狗라고 하기 때문이다. 그러니까 비록 털색이 희다고 할지라도 검은 개라고 할 수 있다. 고로 백구는 검다.

이제 공손룡의 대표적인 '백마白馬는 말이 아니다'라는 '백마비마론白馬非馬論'과 '단단하고 흰 돌은 돌이 아니다'라는 '견백론堅白論'의 역설과 논증을 들어보자.

A : '백마는 말이 아니다'라고 할 수 있는가?

B : 할 수 있다.

A : 왜 그런가?

B : 말이란 모양을 가리키는 것이고, 백은 색깔을 나타내는 것이다. 색깔을 가리키는 것은 모양을 가리키는 것과 다르다. 그러므로 백마는 말이 아니다.

A : 백마가 있으면 말이 없다고 할 수는 없다. 이미 말이 없다고 할 수 없다면 말이 있는 것이다. 백마가 있으면 그것이 곧 말인데 도리어 '백마는 말이 아니다'라고 하면 어떻게 된 것인가?

B : 말을 찾으면 백마나 황마 중 어느 쪽을 가져와도 좋다. 그러나 백마를 찾을 때 황마나 흑마를 가져올 수는 없다. 백마가 말이라면 이것을 찾는 것이 한 가지라는 것이다. 찾는 것이 한 가지로 같다면 백마는 말과 다르지 않다. 백마가 말과 다르지 않다면 황마, 흑마가 어떤 때는 올 수 있고, 어떤 때는 올 수 없는 것은 무슨 까닭인가? 올 수 있는 것과 올 수 없는 것은 서로 반대의 것이다. 그러므로 황마와 흑마를 하나로 보아 말이 있다고는 할 수 있지만 백마가 있다고는 할 수 없다. 그러므로 '백

마는 말이 아니다'라는 것이 분명하다.

A : 말에 색깔이 있기 때문에 말이 아니라고 하는데 천하에
색깔이 없는 말이 없다. 그렇다면 천하에 말이 없다고
할 수 있는가?

B : 말에는 분명히 색깔이 있기 때문에 백마가 있다. 만일
말이 색깔이 없다면 단지 말일 뿐이지 백마라고 하겠는
가? 그러므로 흰 것은 말이 아니다. 백마라는 것은 백색
과 말의 두 가지이다. 말과 백을 더한 것은 말이 아니다.
그러므로 '백마는 말이 아니다.'

A : 말이 백색과 합쳐지기 전에는 말이라 불렀고, 백색이
말과 합해지기 전에는 백색이라고 하였다. 말에다가 백
색이 더해져서 백마라고 부르게 되었다. 그러므로 두
가지가 결합한 뒤의 것을 결합하기 이전의 이름으로 부
르는 것은 옳지 않다. 따라서 '백마는 말이 아니다'는 옳
지 않다.

B : 백마가 있는 것이 말이 있는 것이라면 백마가 있는 것을
황마가 있다고 할 수 있는가?

A : 그렇지 않다.

B : 말이 있는 것과 황마가 있는 것을 구별하는 것은 황마와
말을 구별하는 것이다. 황마와 말을 구별하는 것은 황마
가 말이 아니기 때문이다. 황마가 말이 아니기 때문에
'백마는 말이다'라고 하는 것은 공중에 날아다니는 것
을 물 속에 집어넣거나 관과 곽을 따로 놓는다고 말하는

것과 같이 세상에서 가장 잘못되고 틀린 말이다.

A : 백마가 있을 때 말이 없다고 할 수 없다. 이것은 백색을 분리해서 말하는 것이다. 백색을 분리하지 않으면 백마가 있을 때 말이 있다고 할 수는 없다. 그러므로 말이 있다고 하는 것은 단지 말 그 자체를 가지고서 말이 있다고 하는 것이다. 백마가 있다고 해서 말이 있는 것이 아니다. 말이 있다고 할 때 말의 말馬이 있다고는 할 수 없다.

B : 백색이라는 것이 어떤 특정한 흰색의 물건에 고정되어 있는 것이 아니라면 이 백색이라는 것을 생각하지 않아도 좋다. 그러나 '백마'라고 할 때의 백색은 백색을 고정한 것이다. 백색이 어느 사물에 고정되어 있으면 이미 백색이 아니다. 말이라고 할 때는 색깔을 구별하는 것이 아니므로 황마나 흑마를 모두 가져올 수 있다. 백마라고 하는 것은 색깔의 구별을 하는 것이므로 황마나 흑마는 모두 색깔 때문에 제외된다. 그러므로 백마만이 올 수 있다. 색깔을 구별하지 않았을 때의 말은 색깔을 구별할 때의 말(백마)과는 다르다. 그러므로 백마는 말이 아니다.

🐟 견백론의 논증과 역설

A : 굳은, 흰색, 돌은 3개라고 할 수 있는가?

B : 그렇지 않다.

A : 돌이라고 할 수 있는가?

B : 그렇다.

A : 왜 그런가?

B : 굳음이 없고 흰색만을 보면 (돌과 함께) 둘이 되고, 흰색이 없이 굳음만을 보면 (돌과 함께) 둘이 된다.

A : 이미 흰색을 얻었다면 흰색이 없다고 할 수 없고, 이미 굳음을 얻었다면 굳음이 없다고 할 수 없다. 그 돌에 이렇게 굳음과 흰색이 있는데 어떻게 셋이 아닌가?

B : 눈으로 굳음을 볼 수 없고 흰색만을 볼 수 있으므로 굳음은 없다. (어루만지면) 흰색은 알 수가 없고 굳음만을 알 수 있으므로 흰색은 없다.

A : 세상에 흰색이 없으면 돌을 볼 수가 없고, 세상에 굳음이 없으면 돌이라 말할 수가 없다. 굳음, 흰색, 돌을 서로 배척하는 것이 아니므로 3가지가 (함께) 감추어져 있는 것이라 할 수 없는가?

B : 스스로 감추어져 있는 것이지 어느 것이 어느 것 속에 감추어져 있는 것이 아니다.

A : 흰색과 굳음을 돌이 반드시 공동으로 포함하고 있는 것인데 그것들이 저절로 감추어져 있다는 것은 무엇 때문인가?

B : 흰색을 얻을 수 있고, 굳음을 얻을 수 있다. 보이는 것(즉白)과 보이지 않는 것(즉 堅)이 서로 분리되어 있다. (그렇다면) 하나石와 이들 둘(堅과 白)은 동시에 채워질 수 없기 때문에 분리되어 있다. 분리되어 있는 것이 감추어져

있다는 말이다.

A : 돌의 흰색과 돌의 굳음은 (하나는) 눈에 보이고 (다른 하나는) 눈에 보이지 않는다. 둘(흰색+돌, 또는 굳음+돌)과 셋(흰색+굳음+돌)의 관계는, 모두 하나의 돌에 포함된 것이니, 그것은 마치 (어느 모형에) 길이와 넓이가 함께 있는 것과 같다. 이러한 설명이 맞지 않겠는가?

B : '흰색'이란 것은 희게 해야 할 어떤 것이 아직 정해지지 않은 것이요, '굳음'이란 것은 굳게 해야 할 어떤 것이 아직 정해지지 않은 것이다. 정해지지 않았으니, 두루 통하는 것兼이다. 어떻게 그것들이 돌에만 한정되겠는가?

A : 손으로 만져서 굳음이 느껴지지 않으면 돌이 아니다. 돌이 아니면 흰 돌로 취할 수 없다. (굳음, 흰색, 돌은) 서로 분리될 수 없다. 확실히 이와 같은 것이다.

B : 돌에서는 하나이지만, 굳음과 흰색은 두 가지 성질이다. 돌의 측면에서 보면 손으로 만질 때는 굳음은 알 수 있지만 흰색은 볼 수 없고, 눈으로 보아서는 흰색은 볼 수 있지만 굳음은 알 수 없다. 그러므로 알 수 있는 것과 알 수 없는 것은 서로 분리되어 있고, 볼 수가 있는 것과 볼 수 없는 것은 서로 감추어져 있다. 감추어져 있다면 누가 그것들이 분리되어 있지 않았다고 하겠는가?

만일 흰색은 반드시 흰색만 될 수 있다면 흰색은 어떤 구체적인 물체에 드러나지 않아도 흰색이 될 것이다. 황색, 흑색도 마찬가지이다. 가령 돌이 없다고 한다면 굳고 흰색인 돌을 어떻게 얻을 수 있는가? 그러므로 분리되어 있다고 하는 것이다. 분리되어 있는 까닭은 이와 같다. 지혜와 노력을 들여 분리된 결과를 추구하는 것은 이러한 원인을 이해하는 것만 못하다.

눈을 통해 흰색을 보고, 눈은 또 빛이 있음으로써 볼 수 있다. 그러나 빛 자체는 사물을 보지 못한다. 빛과 눈이 있어도 사물을 보지 못한다. 정신의 작용을 거쳐야 볼 수 있다. 정신만 있어도 보지 못한다. 볼 수 있는 것은 사물이 분리되어 있기 때문이다. 손으로서 굳음을 알고, 손은 또 방망이로 두들겨 보고 굳음을 안다. 그러나 손과 방망이로써만은 굳음을 알 수 없다. 정신의 작용을 거쳐서도 굳음을 알 수 없다. 정신에 의지할 것인가? 이것은 사물이 분리되어 있기 때문이다. 모든 사물이 분리되어 단독으로 존재한다는 것이 올바른 것이다.

경학자와 사가의
글공부와 글쓰기 정신

　　동양에서는 옛부터 글쓰기의 전범으로 경학의 경우 공자의 '춘추필법', 사학의 경우 유지기劉知幾의 '재才·학學·식識'이 거론되었다. 후대에 와서 여기에 몇 가지 주문이 추가되었지만, 공자의 '춘추필법'과 유지기의 '삼장론三長論'은 경학자와 사가의 기본적인 글쓰기 정신이고 글 쓰는 사람이 갖춰야 할 자격이었다.

　　근대 우리나라의 경우를 살펴보면, 역사적으로 가치 있는 책이나 글의 상당수가 경학과 사학이 겹치는 경우였다. 따지고 보면 경학이 없는 사학, 사학이 없는 경학은 별로 가치가 없으려니와 생명력도 길지 못하다. 퇴계와 율곡, 성호와 다산 등의 일련의 저술에는 아무리 경학 관련 책이라도 사학이 들어 있고 사학의 경우도 경학의 내용이 포함되었다. 사학이 없는 경학은 개인의 일기장과 같고, 경학이 없는 사학은 역사드라마 대본과 같다면 지나칠까.

　　세종대왕은 신하들에게 명하여 《자치통감훈의》를 참고하여 《강목통감훈의綱目通鑑訓義》를 편찬하게 했다. 그리고 큰 활자를 사용해 노안에도 볼 수 있도록 만들어 학자들에게 나눠주고 곳곳에 비치하여 백성들이 읽을 수 있도록 했다. 책의 서문에서는 어째서 경학과 사학이 함께해야 하는가를 밝혀주고 있다.

주문공朱文公(주희의 시호)의 《강목綱目》은 《춘추》(공자가 지은 노나라의 역사)의 필법을 근본으로 하였으니, 그 글은 역사나 그 뜻은 경經이다. 상감께서 집현전 부교리 이계전과 김문 등에게 명하여 이르시기를, "무릇 공부하는 방법은 경학을 근본으로 삼는 것이니 진실로 마땅히 먼저 해야 하지만, 경학만 닦아 사학史學에 통달하지 않으면 그 학문이 넓지 못하다. 사학을 닦으려는 데 《강목》과 같은 한 가지 책이 없을 수 있겠는가. 이미 《자치통감훈의》를 편찬하였기에, 또 이 책으로 말미암아서 《강목》을 아울러 주석하여 후학들에게 혜택을 주고자 하니 너희들은 힘써 하도록 하라." 하였다.

여기서는 유학자 퇴계 이황의 경학 정신과 사가 유지기의 '삼장론'에 관해 살펴보겠다.

퇴계의 공부방법과 인품

어느 날 제자 김성일이 퇴계에게 "잠언과 경구의 말을 써서 좌우명으로 하면 어떻겠습니까?" 하였다. 이에 퇴계는 다음과 같이 말하였다. "옛 사람들도 쟁반과 사발, 책상이나 지팡이에 모두 명銘을 넣었다. 그러나 마음에 경계하고 반성하는 것이 없다면, 좌우명을 벽에 가득히 붙여둔들 무슨 필요가 있겠는가. 학문을 하려면 장횡거張橫渠와 같이 낮에 닦음이 있으면 밤에는 얻음이 있고, 말씀에 가르침이 있으면 행동에는 법도가 있어 눈 깜짝하는 사이에도 지니는 바가 있고, 숨 한번 쉬는 사이에도 기르는 것이 있으면 마음이 항상 있어 이에 벗어나지 아니할 것이니, 어찌 옆에 써 붙이기를 기다리겠는가." 하였다.

퇴계가 일찍부터 서재 한쪽 벽 위에 걸어 둔 시구가 있었다. 당나라 시인 백낙천白樂天의 시였다.

> 번거로움을 막는 데는 고요함보다 나은 것이 없고
>
> 捄煩莫如靜
>
> 못난 것을 막는 데는 부지런함보다 나은 것이 없다
>
> 捄拙莫如動

퇴계처럼 일생동안 많은 책을 읽고 사색하고 가르치고 저술을 한 유학자도 흔치 않을 것이다. 그는 전통적인 경학자이고 모범적인 조선의 선비이며 빼어난 지식인이었다. 그리고 그는 대단히 겸손한 인품의 소유자였다.

나는 비록 늙도록 아는 것이 없지만은 젊을 때부터 성현의 말씀을 독실히 믿어 훼예毀譽나 영욕에 구애되지 않았고 또 남다른 행동으로 남에게 해괴하게 보이려고 하지도 않았다. 공부하는 사람이 훼예나 영욕을 두려워한다면 자립할 수가 없을 것이며, 또 안으로 공부한 것이 없는데도 남다른 행동으로 남에게 해괴하게 여겨진다면 스스로 보전할 수 없을 것이다.

요컨대 공부하는 사람은 모름지기 단단하고 굳세어야만 바야흐로 지킬 수가 있을 것이다. 　　〈제자 김부륜金富倫에게〉

퇴계의 책 읽는 방법은 숙독이었다. 그의 숙독은 단순히 책을 깊이 읽는 것이 아니라 철학과 수양이 함께 있었다.

독서하는 방법으로 가장 좋은 것은 숙독이다. 글을 읽는 사람이 비록 글의 뜻을 알고 있으나 곧 잊어버리게 되는 까닭은 숙독하지 않기 때문이다. 그리고 독서는 "조용히 앉아 마음을 편안히 맑게 해서 하늘의 이치를 몸소 알아낸다"는 자세가 중요하다.

그리하여 더욱 중요한 일은 반드시 성현의 말과 행실을 본받아 조용히 찾고 가만히 익힌潛求默玩 다음에, 학문으로 나가야 공적이 길러질 수 있을 것이다.

만일 지나치거나 예사로이 외우기만 할 뿐이라면, 이것은 문장만을 익히는 제일 좋지 못한 방법이니, 비록 글을 천 편

을 외우고 머리가 희도록 경전을 이야기한들 무슨 도움이

되겠는가.   (제자 김성일의 기록)

제자들이 기록한 다음의 글도 참고할 만하다.

신유년(1561년) 겨울에 선생은 도산서당 완락재玩樂齋에 기

거하였다. 닭이 울면 일어나서 《심경부주》를 외우곤 하였

다. 나이가 점점 많아지고 병은 깊어갔지만 학문을 진전시

키기에 더욱 힘쓰고 도를 지키기에 더욱 무거운 책임감을

느꼈다. 엄숙하고 공경하여 혼자일 때 더욱 엄격하였다. 날

이 밝기 전에 일어나서 세수하고 머리 빗고 갓을 쓰고는 온

종일 책을 보며, 혹은 향을 피우고 고요히 앉아서 그 마음

살피기를 해가 처음 솟아오르는 때와 같이 하였다. 그리하

여 선생의 학문은 경敬과 의義를 함께 지니고 지知와 행行이

아울러 나아가서 겉과 속이 일치하고 본本과 말末을 겸비하

였으므로 큰 근원을 밝게 보고 큰 근본을 굳게 세웠다. 그

지극한 정도를 말할 것 같으면 우리 동방에 퇴계 한 사람뿐

일 것이다.   (제자 김성일과 정유일의 기록)

퇴계를 평가하는 데는 문인 제자인 김성일만한 사람이 없다. 김

성일은 퇴계의 사후 지은 〈실기實記〉에서 유려한 필치로 퇴계의 생

애를 담담하게 기술한다. 다음은 퇴계의 인간성, 학문, 독서와 관련

한 몇 대목이다.

가정이 본래 청렴하고 가난하여 집은 겨우 비바람을 가리었고, 나물밥에 채소를 씹으니 다른 사람은 견디지 못할 바이나 선생은 안연하게 대하였다. 조상의 제사에는 성효를 다하였고, 형을 섬기는 것은 우애와 공경을 다하였으며, 일가에는 돈독하게 하였고, 외롭고 궁한 사람을 두루 불쌍히 여겼다.

남과 대할 때는 공경하면서 예절이 있었으며, 자신에게는 간소하나 도리를 다하였다. 기쁘고 성냄을 얼굴에 나타내지 않았고 욕하고 꾸짖음을 남에게 미치지 않도록 하였다. 비록 창황하여 급할 때라도 말을 빨리 하거나 조급한 기색을 나타낸 적이 한 번도 없었다.

의義와 이利의 구별이 엄하였고 취하고 버림의 분별이 자세하였으며, 의심나는 것을 따지고 숨은 것을 밝혀서 털끝만한 일이라도 그저 예사로 지나지 않았다. 진실로 의가 아니면 아무리 녹이 많아도 받지 않았고 길에 떨어진 지푸라기 하나도 취하지 않았다. 착함을 좋아하고 악함을 싫어하는 것은 그의 천성에서 나온 것이고 남의 행실을 보고는 몇 번이라도 가상히 여겨 권장하여 반드시 그것을 성취시키고자 하였고, 남의 과실을 들으면 거듭 탄식하고 애석히 여겨 반드시 개과천선하도록 하였다.

만년에는 도산 기슭에 서당을 지었는데 방안은 고요하나 도서는 벽에 가득하였다. 날마다 그 가운데 거처하면서 마음을 채근하여 이치를 찾고, 은둔함을 좋아하여 그윽히 수양을 하니, 삶을 즐기고 근심을 잊었다. 사람들은 그가 이룩한 경지를 감히 들여다볼 수는 없었으나 다만 그 속에 가득 쌓인 것이 발월發越하여 마음이 넓고 몸이 부하고, 얼굴은 윤택하고 등이 두툼한 모습은 스스로 가리우지 못하였음을 볼 뿐이었다. 가슴 속은 훤히 트이어 "가을 달 얼음 항아리秋月氷壺" 같고 기상은 온수하여 "순도 높은 금과 아름다운 옥精金美玉" 같았으며, "웅장하고 무겁기는 산악莊重如山嶽" 같았으며, "고요하고 깊기는 못靜深如淵泉" 같았다. 단정하고 자상하며 한가하고 평안하며 독실하고 두터우며 참되고 순수하여 겉과 속이 하나와 같고 사물과 나와의 사이가 없었다.

선생은 여러 유학자를 집대성하여 위로는 끊어진 학문의 도통을 잇고, 아래로는 뒤에 오는 후학의 길을 열어서上以繼絶緖 下以開來學 공자·맹자·정자·주자의 도를 빛나게 이 세상에 다시 밝혔으니, 우리 동방에서 구한다면 기자 이후 이 한 분이 있을 뿐이다.

역시 퇴계의 제자인 문인 정유일鄭惟一은 스승의 말씀과 행실言行通述에 대해 다음과 같이 기술했다. 다음은 그중 몇 대목이다.

굳은 결심으로 밥 먹는 것조차 잊으면서 피나게 노력하던 차에, 너무 지나치게 애를 써서 드디어 마음의 병을 얻게 되었다.

오랫동안 요양을 한 뒤에는 공부하는 데 더욱 힘이 붙었다. 경의협지敬義夾持(경과 의를 함께 지님), 지행병진知行並進(지식과 실천이 함께 나아감), 내외일치內外一致(본질과 현상을 함께 다룸) 하기를 오래하는 동안, 큰 근본을 환히 알게 되고 마음과 몸이 융통하게 되니 마침내 큰 근본을 세우기에 이르렀으며 도는 높아지고 덕은 존귀하게 되어서 유교의 도통이 이 분에게 있게 되었다.

퇴계의 공부하는 차례를 볼 것 같으면 선유의 학설을 연구함으로써 성현의 본뜻을 알고, 성현의 말을 통하여 현지의 이치를 끝까지 찾고자 하였다. 삼가 생각하고 밝게 분별해서 알지 못하는 것은 그대로 두지를 않았다. 한 가지 일, 한 가지 사물의 미세한 것에서부터 천지만물의 변화에 이르기까지 가장 깊은 데까지 궁리하고, 가장 정밀한 데까지 분석하지 않음이 없었다. 그리하여 마침내 환하게 꿰뚫고야 말았다. 그러면서도 가까운 사례를 들어 알기 쉽게 하고 생활의 절실한 것들을 표준으로 하였다. 한 번도 아득하거나 구름 잡는 듯한 사색과 논의는 하지 않았다. 그가 생각하여 얻은 것은 한갓 빈말이 아니라 반드시 몸으로 돌이켜보아 실천하였던 것들이다.

그의 시는 처음에는 매우 맑고 고왔으나 차츰 화려한 것을 깎아버리고 오로지 전실典實·장중莊重·간담簡淡한 데로 돌아가서 하나의 독자적 경지를 이루었다. 그의 문장은 육경六經을 근본으로 하고 고문古文을 참고로 하였다. 화華와 실實을 모두 겸하고 문文(문체·형식·무늬)과 질質(내용·바탕)이 알맞게 갖추어 웅혼하면서 전아하고 청건하면서 화평한 데로 돌아가서 오로지 한결 같이 바름正으로 나갔다.

글씨체筆法는 처음에 왕희지의 체體法를 따르다가 뒤에는 여러 가지 체를 두루 취하였다. 대개 그의 서체는 경건(굳세고 건실함)하며 방엄方嚴(방정하고 엄정함)함을 위주로 하였다. 사람들은 그의 글씨를 한 자만 얻어도 마치 백금이나 얻은 듯 보배로워 하였다.
그의 시문의 아름다움과 서법의 묘함은 온 세상이 모두 '스승의 본'으로 삼았으니 이른바 "덕이 있어야 표현이 있다有德必有言"는 말과 같이 한 가지에 달통하면 못하는 일이 없는 것이다.

선생이 시골에 계실 때는 순순恂恂해서 남과 별다름이 없었다. 착한 일을 하는 사람은 그의 도를 사모하였고, 착하지 않은 일을 하는 사람은 그의 의를 두려워하였다. 무슨 일을 하려고 할 때면, 반드시 선생이 어떻게 생각하실까를 염려하였으며, 어떤 안건이 생기면 반드시 그에게 물어서 결정하였다. 그를 공경하기는 신명神明처럼 하였고 신뢰하기는 시귀蓍龜(틀림없는 예언)와 같이 여겼다.

그가 돌아갔다는 소문을 듣자 원근에서 슬퍼하지 않은 사람이 없었고, 비록 선생의 얼굴을 보지 못한 사람일지라도 여러 날 고기를 먹지 않았다. 성균관 유생과 사방의 선비들이 다투어서 조상을 드리니 사람을 감동시킨 크나큰 덕을 보았다. 선생은 도통이 끊어진 뒤에 나서, 스승에게 배움이 없이 오직 초연하게 혼자서 터득하였다.
순수한 자질純粹之資, 정밀하게 살핀 견해精識之見, 넓고 우뚝한 몸가짐弘之毅守, 높고 밝은 학문高明之學으로써 도는 그 한 몸에 쌓이고, 그 말은 백대에 드리웠다. 그의 공적은 선성先聖을 빛내고 그의 은택은 후학에게 흘러내렸으니 동방에서 찾는다면 오직 이 한 사람뿐이다.

책을 많이 읽고 남달리 책을 아꼈던 퇴계는 책과 독서와 관련하여 여러 편의 글을 남겼다.

고인도 날 못보고 나도 고인 못 봬
고인을 못 봬도 녀던 길 앞에 있네
녀던 길 앞에 있거든 아니녀고 어쩔고

여기서 '녀던'은 '걸어가던'의 옛말이다. 책을 통해 고인을 만나고 그 길을 함께 걷게 된다는 '독서론'이다.

> 병 깊고 하염없는 백발 된 이 늙은이
> 이 몸이 길이길이 좀벌레와 벗하여라
> 좀이 글자 먹는단들 그 맛이야 어이 알리
> 하늘이 글을 내시니 그 중에 기쁨 있어라

이 시의 백미는 3연의 "좀이 글자 먹는단들 그 맛이야 어이 알리魚食字耶知味"라는 구절이다. 좀벌레가 책장을 갉아먹지만 '글자의 맛'을 어찌 알겠는가. 사람만이 '글의 맛'을 아는 유일한 이족二足 동물이다.

유지기의 '삼장론' 정신

중국사학에서 대표적인 저술의 하나는 유지기의 《사통史通》이다. 유지기는 20년 동안 사관史官으로 재직하면서 많은 역사 관련 책을 지었다.

"유지기는 젊은 시절부터 만년에 이르기까지 쉬지 않고 계속 책을 저술하였다. 조정에서 책이 편찬될 때마다 틀림없이 그에게 위임되었다"(《구당서舊唐書》 권102)고 전해질 정도였다. 《사통》을 비롯해 《유씨가사劉氏家史》《보고譜考》 그리고 문집이 전해지다가, 현재는 《사통》 외에 남아 있는 것이 없다. 하지만 《사통》만으로도 그의 명성은 중국 사학사에서 사마천과 더불어 쌍벽을 이룰 정도다.

유지기는 유학자이면서도 인습적인 유가사상을 벗고 자유주의적인 위치에서 각종 사서를 저술했다. "그는 비록 도교道教를 말로 표현하지는 않았지만, 실제로는 이미 도교의 싹을 심었던 것이다"(《사통》 곡필편) 라고 원칙론을 제시했다. 이런 주장은 공자의 《춘추》 이래 일반적인 사서 집필의 원칙이 되었다. 유지기는 "사가가 올바른 평가를 수행하고 인물의 유품流品을 분별할 능력이 있어 군자와 소인이 그들의 취향에 따라 구분되고, 상지上智와 중재中才가 등급에 따라 나눠진다면, 권선징악 및 선의촉진으로 장재는 불후不朽할 것이다"라고 강조했다.

유지기는 사서 집필의 어려움을 토로한 바 있다. 그는 "사가들은 절대군주의 압력·주의·권력자들의 자의恣意에서 진실을 고집하는 신념 없이 섣불리 사필을 들어서는 안 된다"라고 했다. 그러면서 다음과 같은 예를 들었다. "한조漢朝의 비比를 저술한 사마천, 정의감에서 오조吳朝를 공격한 위소韋昭, 위조魏朝의 기휘忌諱를 위반한 최호崔浩, 이들은 모두 도끼로 도륙되고 동시대인들의 비웃음을 받았거나, 그들의 저서가 지하 구덩이에 처박혀 후세에 전해지지 않았다."(《사통》 직서편) 유지기는 사필을 드는 사람의 중요성과 임무를 강조했다. "역신逆臣과 적자賊子, 음군淫君과 난주亂主를 서술하면서 그들의 행위를 직서하고 그들의 결점을 숨기지 않는 것이다. 그러면 일대一代의 더러운 흔적이 드러나게 되고 그 악명이 남을 것이다"라는 주장이었다. 모름지기 사가는 군주와 권력자의 행위를 선악을 불문하고 두려워하지 않고 모두 기록해서 기록자와 심판자적 역할을 하라는 주문이다.

유지기의 진정한 사가 정신이 드러나는 대목은 예부상서 정유충 鄭惟忠과의 대화에서 잘 나타난다. 정유충이 물었다. "자고로 문사 文士가 많았음에도 불구하고 재능이 있는 사가가 적은 것은 무엇 때 문입니까?" 이에 대한 유지기의 대답은 백세에 남을 말로 전한다.

재능이 있는 사가가 되려면 세 가지 자격 즉 재才·학學·식 識을 가져야 합니다. 이 세 가지를 모두 겸비한 사람이 세상 에 드물기 때문에 그런 사가가 적은 것입니다. 학만 있고 재 가 없는 사가는 마치 돈을 다루지만 그것을 불리지 못하는 어리석은 장사꾼과 같으며, 재만 있고 학이 없는 사가는 마 치 재주는 있으나 아무 연장이 없어 집을 짓지 못하는 목수 와 같습니다. 선악을 가리지 않고 기록하여 교만한 군주와 적신을 두렵게 하는 사가보다 더 나은 사가는 없습니다.

《신당서新唐書》권132)

이 말은 오늘에 이르기까지 사가의 자격(자질)을 논하는 격언처 럼 이어지게 되었다. 이를 두고 명나라 시대의 학자 호응린胡應麟은 지·재·학에 공심公心과 직필直筆의 정신이 추가되어야 한다고 주 장했고, 청조 말엽의 개혁운동가이자 언론계의 거두 양계초梁啓超 는 덕德의 추가를 제시했다. 아무리 지·재·학을 두루 갖췄더라도 사가가 도덕성의 바탕에 서지 않으면, 그의 글은 오염된 작품이라 는 것이다. 언론인, 학자들이 새겨들어야 할 대목이다.

선비들의 사대곡필과
주체적 글쓰기

고구려·발해가 망한 이래 지정학적인 위치 탓인지 우리나라는 강대국들의 지배와 간섭을 끊임없이 받았다. 이로 인해 많은 사람들이 사대주의(사대사상)에 물들었다. 특히 지배층과 지식인(학자)들이 심한 편이었다.

신라 중기 이래 시작된 사대주의라는 잘못된 '전통'은 지금까지도 사라지지 않고 있다. 일제는 한국을 침략할 때 사대주의·당쟁·정체성이론을 제기하면서 이것이 한국사(인)의 병폐라고 헐뜯었다.

고대사회에서 동아시아 국가들은 중국을 중심에 두고 스스로를 주변부 또는 변방으로 여겨왔다. 한 때 몽골족이나 만주족 등이 중원 대륙을 차지해 지배하기도 했지만 그리 오래 가지 못하고 중화中華 세력에 동화되거나 스스로 소멸되었다.

한국을 사대주의 사상이 심한 민족이라고 폄훼한 일본 역시 오랜 세월 동안 중국에 조공을 바치고 변방으로 자임해왔다. '사대'는 동아시아 세계에서 하나의 질서였던 셈이다.

이와 같은 사력史歷을 어느 정도 감안하더라도 신라시대 이래 한국의 지배세력과 일부 지식인들의 사대 의식은 민족적 병폐로서 악성 종양처럼 '유전'돼 왔다. 19세기 중엽까지는 중국에, 20세기 중엽까지는 일본에, 해방 후 지금까지는 미국에 사대 근성을 보이고 있다. 이러한 사대주의는 민족정신사에서 부끄러운 모습이다. 역사적으로 존경받는 인물들까지 사대곡필에 앞장선 것은 민족의 수치다. 그러나 이와 달리 정치적 복속의 관계 속에서도 민족의 자존과 주체성을 지킨 선비, 학자들도 있었다. 대표적인 사대곡필과 주체적 글쓰기 사례를 살펴보자.

📑 최치원의 친당 사대곡필

신라시대 최고의 학자·문인으로 꼽히는 최치원은 친당 사대곡필에 앞장선 인물이다. 그는 당나라에 유학하여 과거에 급제하고 그곳에서 벼슬을 하다가 황소黃巢의 난을 맞았다. 그러자 〈토황소격문討黃巢檄文〉을 지어 반란군의 항복을 받고 당나라에 널리 문명을 떨쳤다.

귀국하여 〈시무십조〉를 헌책하여 시행케 하고 아찬이라는 벼슬을 얻었다. 전해지는 책으로는 《계원필경》 등이 있다. 최치원은 지금까지 한국문학사에서 샛별과 같은 존재로 추앙받고 있다. 그러나 《삼국사기》 본전에 기록된 〈상대사시중장上大師時中狀〉이란 글을 보면 그가 얼마나 중국에 경사된 사대의식의 소유자였는가를 알게 된다. 그는 고구려와 백제를 중국의 '큰 좀벌레'라고 비하했다. 다음은 최치원이 당나라 조정에 바친 글이다.

엎드려 아룁니다. 동해의 밖에 세 나라가 있으니 그 이름은 마한과 변한과 진한이온데 마한은 곧 고구려요, 변한은 곧 백제요, 진한은 곧 신라이옵니다.

고구려와 백제의 전성시대에는 강한 군사가 백만이나 되어 남쪽으로 오나라와 월나라를 침범하였고, 북쪽으로는 유주와 연나라 그리고 제나라와 노나라를 침범하여 중국의 큰 좀벌레가 되어 수황(수나라 양제)의 실어失馭한 것이 요동의 정벌로 말미암게까지 되었습니다.

정관貞觀(당나라 태종의 연호) 중에 우리 태종황제께서 친히 6군을 거느리고 바다를 건너 공손히 천벌을 행하시자 고구려가 위엄을 두려워해서 강화를 청하므로 문황文皇(당태종)께서 항복을 받고 발길을 돌리셨습니다.

우리 무열대왕이 견마의 성의로서 일방의 난을 조정助定(협조하여 난리를 평정함)하기를 청하여 당나라에 들어가서 조알하는 것이 이로부터 시작되었습니다.

그뒤 고구려와 백제가 종전과 다름없이 막을 지으므로 무열왕이 향도가 되기를 청하였던 바 고종황제 현경 5년(신라 무열왕 7년)에 이르러 소정방에게 칙령하시어 10도道의 강한 군사와 누선 만 척을 거느리고 백제를 대파하여 그 땅에 부여도독부를 두고 유민을 불러모아 한관漢官으로 다스리게 하였는데 냄새와 맛이 같지 아니하므로 여러 번 이반한 소식이 들리자 드디어 그 사람을 하동河東으로 옮기었습니다. 그뒤 총장總章(당 고종 연호) 원년(신라 문무왕 8년 무진)에 영공英公 이적을 명하시어 고구려를 파하고 안동도독부를 두었는데 의봉 3년에 이르러 그 사람도 하남 농우로 옮기었습니다 …….

🐟 정몽주의 친명 사대곡필

고려 말 충의의 지사로 널리 알려진 정몽주는 동방이학東方理學의 시조라고 불릴 만큼 송학宋學을 집대성한 대학자로 30여 년 동안 권좌에 앉아 정사를 맡았다.

주연석상에서 이방원의 협력 요청에 "이몸이 죽고 죽어 일백 번 고쳐 죽어 백골이 진토되어 …… "라고 답한 절의사상의 시조작가로도 잘 알려져 있다.

정몽주는 우왕에게 올린 '원나라와 절연하고 명나라로 귀의하자'는 〈절원귀명絶元歸明〉의 상소문에서 명나라의 사신을 천사天使라고 부르며 명나라에 귀부歸附하기를 요청했다. 다음은 《포은집圃隱集》 권3에 실린 상소문 요지다.

대명大明 나라가 창업하여 사해四海를 휩싸매 우리 돌아가신 임금(공민왕)께서 천명을 밝히 아시어 표문表文을 바치고 신臣이라 일컬었으니, 명나라 황제가 아름답게 여겨 왕작王

爵을 봉하고 선물을 내리시어 서로 바라보기가 6년입니다.
금상今上인 우왕께서 즉위하신 처음에 적신 김의金義가 천
사天使를 예송하다가 중도에서 제 마음대로 죽이고 돌이켜
북원北元으로 들어가 원나라 유민들과 더불어 심왕瀋王에게
몸을 맡기기를 꾀하였사오니, 이 일은 천사를 죽이고 또 임
금을 저버린 것이므로 흉악한 역적의 짓이었습니다.

🐟 최만리의 한글반대 사대 곡필

조선 세종 25년(1442년) 12월, 세종 임금이 훈민정음을 창제할 때
부제학 최만리는 집현전 일부 학자들과 함께 훈민정음을 사용해서
는 안 된다는 상소를 올렸다. 이들은 스스로 "언문을 만듦이 사대모
화에 부끄럽다"고 주장했다. 이들이 내세운 반대 이유를 요약하면
다음과 같다.

첫째, 중국과 동문동궤同文同軌를 이룬 이 마당에 새로운 언
문을 만듦이 사대모화에 부끄럽다.
둘째, 우리말이 중국의 방언으로 인정되는데, 방언으로 하
여 따로 글자를 만든 전례가 없다. 몽고, 서하, 일본, 서장
등이 제 스스로 글자를 가지고 있으나 이들은 오랑캐니 어
찌 오랑캐와 같아지랴.
셋째, 이두는 한자어에 어조사만을 더하는 것으로 한문보
급의 방편이 되기도 하나 새 글자를 만들면 한문을 배우는

이가 없어져 힘들어 성리학을 배울 사람이 사라지게 된다.

넷째, 언문으로 글을 쓰면 옥사獄事가 공평하게 될 것이라고 하나 형옥의 공평은 옥리獄吏에 달렸다.

🐚 퇴계 이황의 친명 유학곡필

퇴계 이황은 조선 중엽의 대표적인 학자로서 지금도 그 학문과 생애가 국민들로부터 존경을 받는 인물이다. 한국유학의 태산북두 泰山北斗로 친다. 예조판서, 숭록대부우찬성, 대제학 등 조정의 중요한 직책을 맡으면서 《주자서절요朱子書節要》 등 십 수권의 책을 펴냈다.

퇴계는 예조판서로 재임할 때 일본 좌무위장군 미나모도에게 보낸 편지에서 "하늘에 두 개의 해가 없고 인류에 두 임금이 없다. 춘추전국이 통일된 것은 천지의 법칙이고 고금에 변치 않는 대의인 것이다. 큰 명나라는 천하의 종주국이므로 해 돋는 동방에 처한 우리나라가 어찌 감히 신복臣服치 않겠는가"라고 썼다.

퇴계는 이어 "우리 조선은 아득히 먼 데 떨어져 있으면서 번국藩國 노릇을 하며 중국을 종주국으로 모시고 있다"고 하면서 "단군에 대한 기록은 허황하여 믿을 수가 없고, (중국인) 기자箕子가 와서 조선을 통치하게 되어 비로소 문자를 알게 되었다"고 말했다. 또 "고려 400년에 …… 불교가 성행하여 무도한 오랑캐의 나라가 되어 버렸다"고도 썼다. 그는 이성계의 위화도 회군을 읊은 시에서 다음과 같이 말했다(《퇴계선생문집》 권지一 시).

(최영이) 고려 말에 미친 계획으로 감히 하늘에 반역하여 북벌을 도모하였다. 명明나라가 들의 못에서 용 같이 날아 와 위력으로 (최영의) 도모를 눌렀다.

스스로 신의 권유에 따라 위화도에서 회군하니 동해에 처한 조선이 만만년의 평화를 얻게 되었다.

🐟 율곡 이이의 친명 유학곡필

율곡 이이는 퇴계와 함께 조선조 최고의 학자로서 황해도 관찰사, 대사헌, 대제학, 호조판서, 병조판서, 이조판서 등을 역임했다. 특히 '10만 양병설'을 내놓으며 국난을 예방할 것을 주장하는 등 식견이 높은 학자이자 정치인이었다.

율곡은 〈공로책貢路策〉(《율곡전서》)에서 "하늘에 두 개의 해가 없고 인류에 두 제왕이 없다"는 퇴계의 글을 인용하면서 "우리 조선이 멀리 바다에서 동떨어져 편벽한 위치에 처해 있습니다. …… 그러나 중국과 먼 곳에 떨어져 있지만 중국에 조공하여 왔습니다. 사대의 대의에 의하여 중국은 상국上國이고 조선은 하국下國으로서 군신君臣의 분이 이미 정해져 있습니다. …… 그러므로 시세의 이해를 떠나 중국에 충성을 다해야 합니다. 바라건대 전하께서는 더욱 충성을 다하여 중국을 더욱 잘 받들기를 바랍니다"라고 진언했다.

율곡은 《기자실기箕子實記》에서 단군을 부정하고 기자를 개국조상으로 기록했다. "단군이 조선의 시조라고 하나 문헌상 근거가 없다. 삼가 생각하면 기자께서 조선에 오시어서 우리 오랑캐를 천하게 보지 아니하시고 후히 기르시고 부지런히 가르치심으로 상투를 트는 습속을 바꾸어 중국의 제 나라와 노나라와 같은 나라를 만들었다. …… 기자의 망극한 은혜를 입은 사실을 집집마다 외우고 사람마다 잘 알아야 할 것이다"라고 썼다.

명나라 가정제嘉靖帝(명 세종)를 제사하는 율곡의 제문은 차라리 존경받는 유학자 율곡의 글이 아닌 동명이인의 글이었으면 하는 마음이 들 정도다.

소신小臣은 명나라를 모시는 하복입니다.
조선이 대대로 명나라의 큰 은혜를 받았습니다. 그래서 명나라에는 옛날 황제黃帝가 용을 타고 승천할 때 용의 수염에 붙었다가 떨어진 자처럼 지성을 다하려고 합니다. 명나라에 달려가서 혈맹의 지성을 다할 길이 없사옵고 입은 있으나 다할 말이 없습니다. 명나라의 은혜는 하늘 같이 끝이 없고 크옵니다.

율곡이 명나라의 만력제萬曆帝가 보낸 사신이 조선에 왔다 돌아갈 때 지은 시(《율곡전서》권2)는 더욱 가관이다. 그는 "바다 밖에 떨어져 사는 송사리 같은 제가 천조天朝의 사신을 배행하여 먼 천리 길을 사순四旬간이나 내왕하면서 훌륭한 인격을 대하고 은혜를 많이 입사와 잊을 길이 없습니다. ……"라고 썼다. 원문에 따르면 '해외첩생海外鯫生'이라 하여 스스로를 '송사리 같은 사람'으로 비하한 것이다.

🕊 황사영의 사대종교 곡필

천주교 신도 황사영은 천주교 박해가 심한 1801년(순조 2년), 충청도 한 지방에 피신하여 문제의 글을 썼다. 그는 북경에 있는 프랑스인 주교에게 이 청원의 서한을 마련하여 비밀리에 송부하려다가 체포돼 처형당했다.

정약종의 조카사위인 황사영은 천주교 신부 주문모로부터 교화를 받고 그를 도와 교회 일을 보게 되었다. 신유교화로 주문모가 잡히자 충청도 제천으로 피신했다. 황사영은 조정의 심한 천주교 탄압으로 교도들이 참혹하게 희생되는 것보다는 차라리 청국의 힘을 빌려 복수하고 교회의 세력을 회복함이 낫겠다는 불충한 생각을 품게 되었다. 그래서 북경 주교에게 서신을 보내 교화敎禍의 전말을 보고하고 조선침공을 요청키로 한 것이다. 서한의 내용은 다음과 같다.

1. 조선은 경제적으로 무력하므로 서양제국에 호소하여 성교홍통聖敎弘通의 자본을 얻고자 한다.
2. 조선은 청국 황제의 명을 받들고 있으므로 청국 황제의 명으로서 선교사를 조선이 받아들이도록 할 것.
3. 청이 조선을 병합하고 그 공주를 조선왕이 취하여 의관을 하나로 할 것.
4. 서양에서 군함 수백 척과 정병 5~6만 그리고 필수 병기를 가지고 와서 조선국왕에게 위협을 가하여 선교사의 입국을 자유롭게 해줄 것.

🐚 박지원의 주체적 직필

조선의 선비들이 명나라에 이어 청나라 문풍文風에 기울어져 있을 때 연암 박지원은 단호하게 조선의 정신과 주체적 문체관을 역설했다. 그는 이덕무의 〈영처고嬰處稿〉 서문에서 다음과 같이 썼다.

> 산천과 풍토·기후의 지리가 중국과 다르고 언어·민요·습속의 시대가 한나라, 당나라가 아니다. 만약 중국의 수법을 본뜨고 한·당의 문체를 답습하려고 한다면, 우리는 수법이 고상할수록 뜻이 실제로 비속하게 되고, 문체가 한·당과 비슷할수록 말은 더욱 거짓이 되는 결과를 볼 뿐이다. 우리나라의 방언을 문자로 옮기고, 우리나라의 민요를 운율에 맞추기만 하면 자연히 문장이 이루어지고, 진실한 경지가 발현된다. 답습을 일삼지 않고, 남의 것을 빌어오지 않고, 현재 있는 그대로를 가지고 온갖 것들을 표현해 낼 수 있다.

연암은 또 〈좌소산인左蘇山人에게 주는 시〉에서 다음과 같이 썼다.

> 눈앞에 보이는 일과 진실이 거기 있거늘
> 어찌하여 먼 옛날만 치켜드는가
> 한나라 당나라가 지금 세상 아니요
> 우리의 가요가 중국과 다르다네
> 《한서》쓴 반고나 《사기》의 사마천이

다시 살아온다 해도 결단코 안 배우리
반고와 사마천은 지금과 다르다네
새로운 글자는 만들기 어렵지만
내가 품은 생각은 모두 써 내거늘
어찌하여 옛법에만 얽매여 살면서
억겁을 두고 그렇게 살자는가?

당시 조선 문인들이 문장은 중국 한대漢代의 문장을 잘 흉내 내고, 시는 당송대의 시를 모방해야 잘된 글이라고 칭찬하던 처지에서 연암은 주체적인 글쓰기를 주장하고 이를 실천했다.

🜊 허균의 주체적 직필

우리 생각과 문체로 글쓰기의 선각자 위치에 있는 허균은 중국식 글쓰기를 배척한 대표적인 문사다.

지금 시를 짓는 사람들이, 저 멀리로는 한위漢魏와 육조六朝를 말하고, 그 다음으로 성당盛唐과 중당中唐을 말하고, 맨 아래로는 바로 소당파와 진사도를 말한다. 그러면서 모든 사람이 스스로 일컫기를 그 자리를 빼앗을 수 있다고들 한다. 이 말은 망령될 따름이다. 이들은 그 말뜻을 주워 모아서 그대로 답습하거나 글귀를 표절해서 스스로 자랑하는 자들에 지나지 않는다. 어찌 시의 도를 말할 수 있겠느냐?

《시경》의 300편은 스스로 300편답게 되고, 한위와 육조는 스스로 한위와 육조답게 되고, 성당과 중당은 스스로 성당과 중당답게 되고, 소동파와 진사도 또한 스스로 소동파와 진사도답게 된 것이지 어찌 이들이 서로 모방을 하여서 한 가락에서 나왔으랴? 대개 나름대로 일가를 이룬 뒤에야 바야흐로 어느 경지에 이르렀다고 할 수 있을 것이다. 그 사이에 더러 본따서 짓는 것은 시험 삼아 어떤 '본'을 갖추기 위함이지 늘 그러는 것은 아니다. 마치 남의 발꿈치 아래서 살아가는 자는 호걸이 아닌 것과 같다. 그렇다면 시는 어떻게 지어야 가장 극치를 이룰 수 있을 것인가? 내 말하노라.

흥취를 먼저 정하여 시의를 세우고, 격조를 다음으로 하여 시어를 부리며, 시구는 살아 움직이고, 글자는 둥글둥글하며, 소리는 맑고 마디는 굳게 해서 소재를 취해 엄하되 바른 자리는 범하지 말고 색상色相에 집착치 말게 하여, 두드리면 쨍쨍거리는 듯하고 만지면 현란한 듯, 그것을 눌러 깊게 그것을 올려 뛰어오르게, 닫으면 단아하고 힘차고 열면 호기 있게 생각을 멋대로 구사하여 듬뿍 젖어 북치고 춤추는 듯해야 한다. 쇠라도 금과 같이 쓰고 썩은 것이라도 신선하게 만들며, 고르고 맑되 얕거나 속되게 흐르지 말게 하고, 기이하고 고아하되 괴이하거나 괴팍에 가깝지 않게 하며, 형상을 읊되 사물에 붙지 말고 깔아서 늘어놓되 소리나 음률에 병들지 말게 하며, 아름답고 곱되 이치를 헐지 말고 따지되 가죽에 끈끈하게 붙지 말게 하라. 비흥比興을 깊게 하

는 자는 만물의 이치와 통하고 고사인용을 자랑하는 자는
자기에게서 나온 것과 같이 한다. 격식이 시편에 나타나 혼
연하여 흠을 잡을 수 없고 기운이 말 밖에 나오되 호연하여
꺾을 수가 없게 한다. 이런 것을 다해서 시가 나온다면 시답
다고 할 만하겠다.

하나라와 위나라 이래로 여러 사람은 이것을 모두 깨닫고
힘써 지킨 분들이다. 그렇지 못하면 한의 달림에 위의 걸음
을 걷고 육조의 옷을 입고 당의 말과 행동을 하며 소동파와
진사도를 마부삼아 힘껏 달리더라도 스스로 그 찌꺼기나
들어낼 뿐이니 틀린 짓거리다.

🐟 정약용의 주체적 직필

다산 정약용은 1832년 71세 때 학문의 사대주의를 버리고 조선
시를 써야한다면서 조선시론을 썼다. 다산은 조선의 문인들이 '문
필진한文筆秦漢 시필성당詩必盛唐', 즉 "문장은 중국 진·한 시대를
모방하고 시는 성당시대의 시를 본받는다"는 사대사상을 배척해야
한다고 주장했다.

노인의 즐거운 일 하나는
붓 가는대로 마음대로 시 쓰는 것이
어려운 문자에 신경 안 쓰고
퇴고하느라 더디지 않고

홍이 나면 뜻을 싣고

뜻이 이르면 바로 시를 쓰네

나는 조선 사람이기에

즐거이 조선시를 쓰노라

그대는 그대의 법을 쓰면 되지

시작법이 어긋난다 떠드는 자 누구뇨

중국시의 구구한 격률은

먼 곳의 일이라 어이 안단 말인가

우리를 업신여긴 이반룡李攀龍은

우리를 동쪽 오랑캐라 비웃었네

원굉도 형제와 우동尤侗이 설루雪樓를 쳤는데도

해내는 다른 사람이 없었네

등 뒤에 탄자를 낀 사람 있는데

어느 겨를에 마른 매미 엿볼소냐

나는 수식 없는 한유의 한석시를 사모하니

계집애 시라고 비웃음 받을까 두려워하리

어찌 처절하고 어두운 것을 꾸미면서

괴로워하며 애간장을 태우는가

배와 귤은 그 맛이 다른 것처럼

오직 입맛에 맞는 것을 즐겨할 뿐이네

이 시에 나오는 이반룡은 바로 '문필진한 시필성당'을 추종하던 명나라의 문인이다. 이반룡은 조선을 오랑캐라 비웃고 진·한과 성당의 글(시)을 절대시했는데, 다산은 조선의 문인들이 그를 추종한 것에 분노하여 이 시를 지은 것이다.

지금도 크게 다르지 않다. 일제 강점기에는 친일 매국의 논리가 판을 쳤고, 해방 뒤에는 미국과 서구 일변도의 주체성 없는 글이 풍미하고 있다. 맹신적인 외국 사상과 이념, 글쓰기 수법으로 그들을 추종하는 것이다. 전통사회의 대중국 사대논리와 현대의 대서구 추종논리는 시대와 대상이 바뀌었을 뿐 겹치고 있는 것이다.

이와 달리 전통사회나 현대사에서 뚜렷한 주체성과 호연한 기상으로 우리의 생각을 우리 문체로 기록하는 문사들이 있었다. 그들이 있었기에 우리 민족정신이 지금까지 지켜지고 있는 게 아닐까.